무정 2

수능대비 한국문학 필독서 02
무정 2

지은이 이광수
엮은이 송창현
펴낸이 임상진
펴낸곳 (주)넥서스

초판 발행 2013년 3월 25일

2판 1쇄 인쇄 2018년 7월 15일
2판 1쇄 발행 2018년 7월 20일

출판신고 1992년 4월 3일 제311-2002-2호
주소 10880 경기도 파주시 지목로 5
전화 (02)330-5500 팩스 (02)330-5555

ISBN 979-11-6165-433-1 44810

가격은 뒤표지에 있습니다.
잘못 만들어진 책은 구입처에서 바꾸어 드립니다.

이 도서의 국립중앙도서관 출판예정도서목록(CIP)은
서지정보유통지원시스템 홈페이지(http://seoji.nl.go.kr)와
국가자료공동목록시스템(http://www.nl.go.kr/kolisnet)에서
이용하실 수 있습니다.
(CIP제어번호 : CIP2018020556)

www.nexusbook.com

수능대비 한국문학 필독서
02

무정 2

이광수

송창현 엮음·해설

넥서스

* 일러두기

1. 시대 분위기와 작가의 개성이 드러나는 문장이나 방언, 속어, 고어 등은 원문 표기를 따랐다.
2. 원본 한자는 한글로 바꾸고 작품의 이해에 필요한 경우에만 한자를 병기하였다.
3. 독자들의 이해를 높이기 위해 필요한 경우 괄호 속에 뜻풀이를 달았다.

이광수 대표 장편 소설 해설

무정 2

이광수[李光洙, 1892. 3. 4. ~ 1950. 10. 25.]

호는 춘원(春園). 평북 정주 출신으로 1892년 전주 이 씨 양반 가문에서 태어났으나 가세가 기울어 가난한 생활을 했고, 11세가 되던 해에 부모가 모두 콜레라로 사망하며 외가에서 청소년기를 보냈다.

1907년 일본으로 건너가 톨스토이에 심취했고, 1909년에는 단편 소설 〈사랑인가〉를 발표하여 유학생 사이에 차츰 이름이 알려지기 시작했다. 1910년 일본 명치학원을 졸업하고, 오산학교 교원으로 있다가, 1916년 일본 와세다 대학 철학과에 입학했다.

1917년 우리나라 최초의 근대 장편소설 《무정》을 《매일신보》에 연재하였고, 그해 단편소설 〈소년의 비애〉, 〈어린 벗에게〉를 《청춘》에 발표하고 《개척자》를 《매일신보》에 연재했다. 1919년에는 동경에서 2·8 독립 선언서를 작성하고 상해로 탈출, 노산 안창호의 흥사단 이념에 감명받아 임시 정부 기관지 독립 신문사의 사장 겸 편집국장에 취임했다. 1922년에는 논문 〈민족개조론〉을

《개벽》에 발표하고 《허생전》, 《재생》, 《마의 태자》 등의 작품을 계속 발표했다.

1937년 '수양 동우회' 사건으로 안창호 등과 함께 수감되었다가 반년 만에 병보석으로 풀려났다. 그 후 조선문인협회 회장이 되고, 가야마 미쓰로(香山光郎)로 창씨개명을 해 친일 행위를 시작하였다. 1950년 6·25 전쟁 중에 납북된 후 1950년 10월 폐결핵으로 사망했다.

이광수는 이상주의에 바탕을 둔 계몽적 민족의식을 표방하며 작품 세계를 펼쳐 나갔다. 그는 문체 확립, 실험적 인물 묘사, 현대적 주제 설정 등을 작품에 적용하며 현대 문학 선구자로서의 문학사적 위치를 차지하였다. 또한 그는 많은 논설을 통해서 자신의 사상을 주장했다. 그는 기존의 도덕과 윤리를 강렬하게 비판하였으며, 진화론적 사고에 토대를 둔 근대적이고 새로운 가치관과 세계관을 역설하였다. 그는 일제 강점기 하의 억압과 현실의 부조리, 구사상과 새로운 서구 민주주의 사상과의 갈등, 유교적 가치관과 기독교 사상의 대립 등을 작품에 투영하였다.

그가 남긴 저서로 장편 소설 《무정》, 《개척자》, 《재생》, 《마의 태자》, 《단종애사》, 《이순신》, 《흙》, 《그 여자의 일생》, 《유정》, 《사랑》, 《꿈》, 《원효대사》 등이 있고, 단편 소설 〈무정〉, 〈소년의 비애〉, 〈방황〉, 〈무명〉 등이 있다.

무정 2

◆ **작품 개관**

1917년 1월 1일부터 그해 6월 14일까지 총 126회 걸쳐《매일신보》에 연재된 한국 최초의 근대 장편소설이다. 허구적 작품이지만 고아로 자라 대학을 졸업하고 교사가 된 작가의 자전적 소설이기도 하다. 식민지 조선의 지식인들이 나아가야 할 방향을 제시하여 큰 호응을 얻었다.

◆ **주요 등장인물**

이형식 경성학교 영어 교사이다. 어린 시절 부모를 여의고 우국지사이자 선각자인 박 진사의 도움으로 동경 유학을 다녀온 조선의 지식인이다. 7년 만에 다시 만난 박영채에 대한 의무감과 김선형에 대한 사랑 사이에서 갈등하다 결국 김선형과의 결혼을 선택한다. 삼각 관계의 갈등을 민족적 개화, 계몽으로 극복한다.

박영채 우국지사인 박 진사의 딸이다. 집안이 몰락한 후 모진 시련을 겪고 기생이 된다. 어린 시절 아버지가 맺어 준 이형식을 자신의 정혼자로 생각하며 그를 찾지만 자신의 모습이 부끄러운 데다가 겁탈까지 당하자 현재의 처지를 비관해 자살을 결심한다. 그러나 자살하려는 과정에서 김병욱을 만나 새로운 가치관과 희망을 발견하고 동경 유학의 길을 떠난다.

김선형 김 장로의 딸로 미국 유학을 준비하며 이형식에게 영어 과외를 받다가 그와 약혼한다. 박영채로 인해 갈등하는 이형식을 보며 질투심을 느끼지만 삼랑진 수해에서 이형식의 민족애를 보며 갈등을 극복한다.

신우선 이형식의 동경 유학 친구로 신문 기자이다. 기생인 박영채에게 이형식의 존재를 알려 주며, 박영채가 겁탈당할 때 이형식을 도와 그녀를 구출한다. 또한 이형식이 박영채를 찾아 평양으로 갈 때 그를 돕는다.

배명식 경성학교에서 학감을 맡고 있는 인물로 교육적이지 못한 처사로 학생들로부터 비난을 받는다. 경성학교주 김 남작의 아들인 김현수와 함께 박영채를 겁탈한다.

김병욱 동경 유학생이며 음악을 전공하는 황주의 부잣집 딸이다. 자살하려는 영채를 설득하여 새로운 가치관을 심어 준다. 삼랑진 수해에서 영채와 선형을 이끌고 자선 음악회를 성공적으로 개최

하는 적극적인 근대 여성이다.

◆ **줄거리**

경성학교 영어 교사인 이형식은 김 장로의 부탁으로 미국 유학을 준비하는 그의 딸 선형의 영어 과외를 맡는다. 수업을 마치고 집으로 돌아온 형식은 자신을 찾아온 우국지사 박 진사의 딸인 영채를 만나 박 진사의 내력과 집안의 몰락 과정을 전해 듣는다. 영채의 이야기를 듣던 형식은 영채의 모진 삶에 탄식하며 영채에 대한 의무감으로 그녀를 사랑하겠다고 마음먹지만 기생이 된 영채의 현재 처지로 인해 갈등한다. 영채는 자신의 처지를 형식이 이해하지 못할 것으로 생각하고 자신의 집으로 돌아간다.

영채는 집안이 몰락한 후 외가댁에 기거하며 갖은 수모와 고난을 겪다 도망 나온다. 영채는 갖은 고초를 겪으며 가까스로 아버지와 오빠가 잡혀 있는 평양에 도착하나 힘 없는 아버지를 보고 실망감과 슬픔에 빠진다. 그러다 우연히 감옥 대합실에서 만난 사람을 따라가고 아버지와 오빠를 구하기 위해 기생이 되고자 결심한다. 그러나 영채가 기생이 되었다는 소식을 듣고 박 진사는 자결하고, 영채는 자신의 몸값을 다른 이에게 가로채인다.

영채는 형식만을 생각하며 정절을 지켜왔으나 그가 자신을 구원해 줄 힘이 없는 것을 알고 죽을 결심을 한다. 형식은 영채를 살려야겠다는 마음먹고 영채를 만나기 위해 기생집을 찾는다. 형식은 영채가 청량리로 손님을 모시고 갔다는 말을 듣고 그를 쫓아간다. 가는 중에 친구인 신문 기자 신우선을 만나 함께 동행한다. 청량사에 도착한 그들은 김현수와 배 학감이 영채를 겁탈하는 장면을 목격하고 그녀를 구해 낸다.

형식과 함께 집으로 돌아온 영채는 죽을 결심을 하고 다음날 주인 노파에게 편지를 남기고 평양으로 떠나간다. 선형과 영채 사이에서 갈등하던 형식은 영채의 집을 찾지만 영채는 이미 평양으로 간 이후이다. 형식은 영채가 남긴 편지와 물건을 통해 영채의 마음을 확인하고 그녀를 쫓아 평양으로 간다. 박 진사의 무덤에도 그녀가 오지 않았음을 안 형식은 그녀가 죽었을 것이라 생각하고 서울행 기차를 탄다.

학교로 돌아온 형식은 기생을 따라 평양에 갔다는 이유로 학생들과 배 학감에게 모멸을 받고 학교를 떠난다. 중이 되고자 하는 마음과 영채를 찾고자 하는 마음 사이에서 갈등하던 형식은 목사를 통해 김선형과의 약혼 이야기를 전해 듣는다. 형식은 선형과의 결혼을 승낙하고 그녀와 미국으로 유학을 가기로 한다.

평양으로 가는 기차 안에서 영채는 동경 유학생인 김병욱을 만난다. 영채는 병욱의 설득으로 새로운 삶을 살기로 결심하고 함께 병욱의 집으로 간다. 영채는 병욱의 오빠인 김병국을 마음에 두지만 결혼한 병국이 자신과 함께할 수 없음을 깨닫고, 병욱과 함께 일본 유학의 길을 떠난다.

한편 김 장로 내외는 형식이 기생집에 다닌다는 소문을 듣고 형식에 대해서 불쾌하게 생각한다. 선형은 형식의 진심에 대해 고민하나 그로부터 사랑 고백을 듣고 그의 사랑을 받아들이기로 한다.

영채와 병욱이 탄 기차는 남대문에 도착한다. 그곳에서 병욱은 선형이 결혼을 하고 미국 유학을 간다는 소식을 듣고 그의 남편이 형식임을 알게 된다. 형식은 선형을 통해 영채가 같은 기차에 탄 것을 알게 되고 선형에게 영채와 있었던 그간의 사연을 이야기하고 영채를 만나러 간다. 영채를 만난 형식은 자신의 잘못에 대한 용서를 구하고 선형과의 약혼을 파하려고 하나 우선이 그의 그런 결심을 만류한다.

삼랑진역에 도착한 기차는 홍수로 인해 선로가 파손되어 더 이상 갈 수가 없다. 아침 식사를 하고 돌아오던 형식 일행은 수해로 집을 잃은 산모가 고통스러워하는 것을 보고 그녀를 돕는다. 그 후 병욱은 경찰서를 찾아 수재민을 위한 자선 음악회를 열 수 있도록 부탁하고 세 처녀는 음악회를 성공적으로 마친다. 형식은 수재민들의 모습을 보고 조선에 문명의 힘이 필요하며 그것은 바로 자신들이 해야 할 일임을 일행에게 역설한다. 일행은 모두 각자 무엇을 할지를 정하고 유학의 길에 오른다.

◆ **작가와 작품**

작가의 자전적 소설

《무정》은 문학사적으로도 큰 의미가 있지만 작가 자신에게도 기념비적인 작품이다. 이 작품이 춘원 이광수의 26년간의 생애를 그대로 투영하기 때문이다. 이광수가 《무정》을 쓸 당시 그는 동경 와세다 대학교의 학생이었다. 그는 육당 최남선의 신문관에서 지사적 계몽주의 그룹에 속했고, 조선 연구회 회원이었으며, 총독부 기관지인 《매일신보》의 가장 유력한 기고자 중 한 명이었다. 이러한 그의 생애는 작품 속 이형식과 박영채라는 인물에 상당 부분 반영되었다.

이형식은 일찍 부모를 여의고 박 진사의 집에서 새로운 학문을 배운다. 형식은 그곳에서 박 진사의 딸인 박영채를 만난다. 실제 이광수는 11세에 부모를 콜레라로 여의고 외가와 재종(6촌 형제) 집에서 지냈다. 그러다 12세에 동학에 입도하여 박찬명 대령의 집에서 기숙하며 심부름꾼으로 지냈다. 박찬명 대령에게는 예옥이라는 딸이 있었는데, 작가는 그녀를 사랑했으나 그 사랑을 이루지 못했다고 그의 자서전에서 밝히고 있다. 박찬명 대령은 일본 헌병대에 끌려가 죽었고, 예옥과 그녀의 어머니도 헌병에게 농락되는 운명을 겪었다. 이는 작품 속 박 진사의 몰락과 연결 지을 수 있는 부분이다.

또한 이형식은 동경 유학을 다녀온 후 경성학교 교원으로 학생들을 가르치고 선형과 결혼한 후 미국으로 떠난다. 실제 이광수는 11세 때 동학당에 구제를 받고 손병희의 도움으로 동경 유학을 떠났다가 귀국 후 19세부터 4년간 오산학교 교원으로 지내다가 24세 되던 해에 다시 일본 와세다 대학에 편입하였다.

박영채는 매우 기구한 운명을 지닌 여인이다. 실제 박영채의 삶에는 이광수의 어린 시절의 경험이 고스란히 투영되어 있다. 작가는 4세에 한글을 깨치고 5, 6세에 《대학》을 읽었을 정도로 똑똑했으나 부모를 여의고 의지할 곳이 없어 사람들의 천대와 멸시를 받았다. 고아가 된 작가는 한동안 외가와 재종(6촌 형제) 집에서 기거하나 삼종제(8촌 동생)인 이학수의 총명함에 가려 행복한 생활을 하지 못한다. 이광수는 재종 집에 있던 불구의 삼종 누나를 통해 많은 고소설 등의 이야기 책을 접하게 되고 여인의 한을 알게 된다. 이러한 작가의 경험은 박영채가 기생이 되기까지의 힘든 삶에 그대로 반영되었다.

◆ **작품의 구조**

《무정》의 시간 구조를 통해 본 작가 의식

《무정》의 작품 속 시간은 한 달 남짓이다. 형식이 선형에게 영어 교습을 하고 며칠 만에 약혼하며 미국으로 유학을 떠나는 시간까지 한 달 남짓한 시간이 걸린 것이다. 물론 그 사이에 형식은 영채를 만나고 그녀를 찾아 평양에 다녀오기도 한다.

이러한 시간과 작품의 분량을 연결해 보면 다음과 같다. 선형과 영채를 동시에 만나는 첫날의 사건이 17회분, 영채의 정절이 훼손되는 데까지 27회분, 평양에 가서 영채를 찾다가 돌아오는 데까지 20회분, 떠나는 당일이 23회분이다. 이러한 작품의 분량은 작가의 의식과 연결해서 생각해 볼 수 있다.

우선 영채의 정절이 훼손되는 부분에 많은 분량이 할애되고 있다. 이는 일제 강점기라는 현실에서 예부터 지켜 오던 전통적 가치관이 훼손되는 것을 상징적으로 보여 준다.

이광수는 개화기 지식인으로 인습과 사회 윤리의 모순에 대해 극렬하게 비판했다. 그는 새로운 시대 정신에 걸맞은 개혁을 통해 조선을 건설하고자 했다. 그렇기 때문에 영채가 배 학감과 김현수로 대표되는 친일적 파렴치한에게 정절을 훼손당하는 것은 어찌 보면 당연한 결과이다.

하지만 단순히 전통적 가치관을 훼손시키는 데만 목적이 있다고 볼 수는 없다. 그 까닭은 영채와 선형이 유학을 떠나는 부분이 그 다음으로 많은 분량을 차지하고 있다는 점을 통해 알수 있다. 작가는 영채로 대변되는 전통적 가치관을 가진 인물이 새로운 가치관을 지닌 사람으로 재탄생되기를 바랐다. 이는 영채가 죽음을 선택하려 할 때 병욱을 통해 새로운 가치관을 얻고 그와 함께 유학을 떠나는 모습으로 표현된다. 작품을 쓸 당시 이광수는 낙관적인 진화 사상을 가지고 있었다. 그가 신문에 기고한 여러 논설에서 이러한 사상을 확인할 수 있는데, 이러한 그의 사상은 영채의 변화를 통해 드러난다.

결국 시간과 관련된 작품 분량을 통해 작가가 말하고자 하는 바를 일부 확인할 수 있다. 작가는 전통적으로 내려오던 과거의 인습이나 모순에서 벗어나 새로운 가치관을 획득해야만 이상적인 미래를 만들 수 있다고 믿었다. 문명 개화를 통해 일제의 지배에서 벗어날 수 있다는 작가의 생각은 영채의 변화를 통해 엿볼 수 있다.

◆ **작품의 감상과 수용**

최초의 근대 장편소설로서 가지는 의의와 한계

《무정》은 한국 최초의 근대 장편소설로 평가받는다. 서술의 구체화, 근대적 의식의 반영, 권선징악 구조의 탈피, 구어체로의 접근, 인물의 심리 묘사 상세화, 플롯을 중심으로 한 사건 전개 등이 있기 때문이다. 하지만 우연적 요소에 의한 사건 전개, 민중에 대한 시혜적 성격, 과다한 계몽성, 주제를 서술하는 점 등은 작품이 가지는 한계다.

《무정》은 문어체, 서술체에서 탈피해 구어체로 접근하고 인물의 심리 묘사를 상세화한 서술의 구체화를 보여 준다. 소설 1회에 나타나는 대화와 심리 묘사를 통해 이를 확인할 수 있다.

또 고전소설이 가지고 있던 권선징악의 구조에서 벗어나 플롯 중심으로 사건을 전개한다.《무정》에서 선과 악의 대립이 전혀 없는 것은 아니지만 이것이 소설의 중심축을 형성하는 것은 아니다. 또한 단순히 스토리를 전달하려는 데 목적이 있는 것이 아니라 인과 관계의 형성을 위해 시간을 다양하게 역전시켜 설명하는 모습을 보여 준다. 현재 시점에서 영채의 과거를 서술하고 영채나 형식 각각의 입장에서 사건을 전개해 나가는 등 다양한 인물의 이야기를 다양한 사건 중심으로 서술한다.

《무정》이 가진 한계 중 가장 두드러지는 것은 작가가 가진 과도한 계몽성과 민중에 대한 시혜적 성격이라고 할 수 있다.《무정》에는 작가가 가지는 민족 개조론과 계몽사상 등이 직접적으로 서술되는 부분이 많다. 이러한 부분은 이형식을 통해 또는 서술자의 서술을 통해 다양하게 드러난다. 하지만 이런 한계에도 불구하고《무정》이 지니는 소설적 의의는 매우 크다.

◆ **작품에 반영된 현실**

전통적 가치관과 새로운 가치관의 대립과 갈등

《무정》에는 세 가지 가치관이 나타난다. 첫 번째 가치관은 박영채로 대표되는 전통적 가치관이며, 두 번째는 배 학감과 김현수로 대표되는 훼손된 가치관이며, 세 번째는 이형식으로 대표되는 미정형의 가치관이다. 이러한 세 가치관의 모습은 1910년대 일제 강점기 하의 조선이라고 할 수 있다.

첫 번째 가치관인 박영채로 대표되는 전통적 가치관에는 대부분 몰락한 선비와 서민 계층이 속한다. 작품 속에 등장하는 박영채의 아버지 역시 첫 번째 가치관에 속한다고 할 수 있다. 다만 그는 조선의 선비로서 청국에 유람 갔다가 상해에서 서적을 수입하여 신문화 운동을 벌이던 민족의 선각자라고 할 수 있다. 하지만 그는 결국 교육 사업의 재정난으로 인한 제자의 강도짓으로 감옥에 가고, 딸이 기생이 되었다는 소식에 자결한다. 박 진사의 딸 영채 역시 기생이 되기는 했지만 7년 동안 정절을 지키며 이형식과의 만남을 기다린다. 하지만 박영채는 배 학감과 김현수로 대표되는 훼손된 가치관에 의해 겁탈당하는데, 이는 당대 전통적 가치관이 하락하는 현상을 상징적으로 보여 준다고 할 수 있다.

두 번째 가치관은 배 학감과 김현수로 대표되는 훼손된 가치관이다. 배 학감은 파렴치한 교육자이며, 김현수는 경성학교주의 아들이자 친일파이다. 이들은 변화하는 시대의 부정적인 가치관의 소유자다. 이들은 조선 지식인으로서 스스로의 책무를 다하지 못하고 외부에서 들여온 가치관을 잘못 받아들인 인물이라고 할 수 있다. 작가는 이런 인물들을 동맹 휴학을 통한 학생들의 비판 행위와 겁탈 장면에서의 이형식의 비판을 통해 드러낸다.

세 번째 가치관은 이형식으로 대표되는 미정형의 가치관이다. 이형식은 일본 유학을 다녀온 신지식인이다. 작품 속에서 이형식은 스스로를 학생들을 선도하고 일깨우는 선각자로 자부한다. 그러나 이형식은 박영채가 정절을 지켜 온 것을 알고 내적 갈등을 겪는다. 그러나 그는 박영채가 배 학감과 김현수에게 겁탈당하는 것을 막지 못하는 무기력함을 보이며, 결국 학교에서 쫓겨나는 운명에 처한다. 그는 전통적 가치관을 고수하지 못하고 파렴치한 친일파가 되지도 못하는 미정형의 상태에 놓여 있다. 이러한 갈등 속에서 이형식은 일본식 문명 개화를 통해 학생들과 이 나라를 개조해 나가고자 하는 의지를 보이지만 이 또한 일제 강점기라는 현실적 제한과 배 학감과 김현수로 대변되는 일제 강점기 하의 훼손된 가치관을 가진 인물들과의 갈등에서 나약하게 져버리는 한계를 보인다. 이러한 모습은 결국 작가인 이광수가 향후 친일 행위를 하게 되는 이유를 설명해 주는 부분이기도 하다.

62

그 사람은 자행거에 비스듬히 몸을 기대어 쾌활하게,

"그런데 웬일인가? 언제 왔는가?"

하고 담배를 내어 형식에게도 권하고 자기도 붙인다. 형식은 담배 연기를 코와 입으로 내보내면서,

"오늘 아침 차에 왔네."

하고 말하기 싫은 듯이 자행거의 말긋말긋한 방울을 본다.

그 사람은 형식의 곁에 한 걸음 비켜섰는 계향을 유심히 보고 형식이 어떤 기생을 데리고 가는가 하고 의심하면서,

"그런데 주인은 어디인가? 왜 바로 집으로 오지 아니하고."

하면서도 형식의 얼굴을 보며 '무슨 까닭이 있구나.' 한다.

형식은,

"무슨 일이 있어서, 잠깐 다녀갈 양으로 온 것이니까."

하고 고개를 들어 멀리 하얗게 보이는 대동강을 본다.

그 사람은 한 번 더 계향을 보더니,

"그런데 저 여자는 누군가?"

형식은 잠깐 얼굴이 붉어지며 어떻게 대답할 줄을 모른다. 계향도 민망한 듯이 고개를 숙인다. 그 사람은 형식이 얼른 대답하지 못하는 것을 보고 의심스럽다 하는 듯이 고개를 기울인다.

형식은 빙긋이 웃으며,

"내 누이일세."

하였다. 그리고 내가 대답을 잘 하였구나, 하고 마음에 만족하였다. 그리고는 새로운 용기를 얻어 정면으로 그 사람을 본다.

그 사람은 '내 누이일세.' 하는 형식의 대답의 뜻을 몰라 담배를 문 채로 멍멍하니 섰다. 그 사람은 형식에게 오직 한 누이가 있는 줄을 알고 또 그 누이는 이미 남의 아내가 된 줄을 안다. 한참이나 우두커니 섰더니 담배 꽁댕이를 발로 비비면서,

"그런데 어디로 가는가?"

한다. 형식은 다만,

"기자묘를 보러 가네."

한다. 그 사람은 형식의 행색이 수상하다 하면서,

"그러면 저녁에는 내 집으로 오게. 하룻밤 이야기나 하세."
하고 자행거를 타고 달아난다.

얼마를 가다가 자행거에서 고개를 돌려 천천히 걸어오는 두 사람의 모양을 보더니 그만 어떤 길 굽이를 돌아간다. 그 흰 껍데기 씌운 나폴레옹 모자 꽉대기가 번뜻번뜻 보이더니 아주 아니 보이고 만다.

계향은 안심한 듯이 형식의 손을 잡으며,

"그 어른이 누구시야요?"

한다.

"내 친구외다. 동경 가 있을 때에 같은 학교에 있던 친구요."

계향은 이 말을 듣고 '그러면 이 사람은 동경 유학생인가.' 하였다. 그리고 자기의 집에 동경 유학생이 여러 사람 오는 것을 생각하고, 그중에 그림 잘 그리는 사람이 오는 것도 생각하였다. 그 그림 잘 그리는 사람이 늘 술이 취하여 자기를 껴안을 때에 그 입에서 구역나는 술 냄새가 나던 것과, 또 한 번은 자기의 화상을 그려 줄 터이니 벌거벗고 앉으라 할 때에 '그러면 싫소!' 하고 건넌방으로 뛰어가던 것을 생각한다.

두 사람은 칠성문에 다다라 잠깐 걸음을 멈춘다. 칠성문 통으로 시원한 바람이 들어온다. 형식은 두루마기 고름을 늦추고 땀에 젖은 자기의 적삼 가슴을 보면서 바람을 맞아들이려는 듯이 두루마기를 벌린다. 계향은 '후-후-' 하고 입김을 내불면서 두 손으로 두 귀밑을 부친다.

형식은 계향의 얼굴을 보았다. 그 얼굴은 둥그스름하다. 그리고 더위에 술이 취한 모양으로 두 빰이 불그레하게 되었다. 오늘 아침에는 분도 바르지 아니하였건마는, 귀밑에는 어저께 발랐던 분이 조금 남았다. 계향의 적삼 등에도 땀이 배었다. 형식은 선형의 적삼에 땀이 배어 그 젖은 자리가 작았다 컸다 하던 것을 생각하고 빙긋이 웃었다. 계향은,

"왜 웃으세요?"

하고 웃는다. 형식은 계향의 어깨를 만지며,

"적삼 등에 땀이 배었구려."

한다.

계향은 얼른 돌아서며 형식의 등을 만져 보더니 머뭇머뭇거리다가,

"여기도 땀이 배었습니다."

한다.

계향은 형식을 무엇이라고 부를지 모른다. 자기의 집에 놀러 오는 동경 유학생들을 그 어머니는, 혹 '무슨 주사'라고도 하고 그저 '나리'라고도 하고 또 관 앞에 있는 키 큰 사람은 '김 학사'라고도 부르건마는, 계향은 형식을 무엇이라고 부를지 모른

다. 그래서 형식의 등에 땀이 밴 것을 보고 '나리도' 할까, '이 학사도' 할까 하고 잠깐 주저하다가 '여기도 땀이 배었습니다.' 한 것이다.

형식은 그것을 알고 어디 계향이 자기를 무엇이라고 부르는가 보리라 하여 또 웃으며,

"계향 씨의 얼굴은 술이 취한 것같이 붉구려."

하였다. 계향도 형식이 자기를 무엇이라고 부를지 몰라 주저하던 것을 알았는가 하여 더욱 얼굴을 붉히더니,

"오빠의 얼굴도……."

하고 부끄러운 듯이 고개를 더 숙이고 말을 다 하지 못한다.

계향은 아까 형식이 자기를 '내 누이일세.' 하던 것을 생각한다. 형식이 계향에게서 들으려던 말은 이 '오빠'란 말이었다. 그러나 계향이 '오빠의 얼굴도…….' 하는 것을 듣고는 미상불 부끄러운 생각이 났다.

형식은 친누이 하나와 종매가 이삼 인 있다. 그러나 친누이는 그 시가를 따라 함경도에 살므로, 이래 사오 년간에 만나 본 적이 없고, 방학 때를 타서 고향에 돌아가면 누구보다도 먼저 종매 세 사람을 찾아갔다. 그 종매들은 오래간만에 만나는 종형을 잘 사랑하였다.

그중에도 형식보다 나이 어린 두 종매는 형식을 만날 때에 떠

날 때에 늘 울었다. 시부모의 앞이라 마음대로 반가운 정을 표하지는 못하나, 처음 만나서 '오빠' 하는 소리와 밥상에 놓은 국에 닭고기를 많이 넣는 것으로 넉넉히 그네의 애정을 알았다. 형식이 방학에 고향에 돌아가는 것은 실로 이 두 종매에게 '오빠' 하고 부르는 소리를 듣기 위함이었다.

계향의 '오빠의 얼굴도…….' 하는 간단한 말은 형식에게 무한한 기쁨을 주었다. 형식과 계향은 또 걷는다. 그러나 계향은 형식의 손을 잡지 아니하였다.

63

두 사람은 칠성문을 나섰다. 길가에는 쓰러져 가는 집들이 섰다. 철도가 생기기 전에 지나가는 손님도 있어서 술도 팔고 떡도 팔더니 지금은 장날이 아니면 사람 그림자도 보기가 어렵다.

문밖에는 문짝 모양으로 만든 소위 '평상'이란 것을 놓고, 그 위에는 다 떨어진 볏짚 거적을 폈다. 어떤 낡디 낡은 탕건을 쓴 노인이, 이 더운 때에 때 묻은 무명옷을 입고 할 일이 없는 듯이 평상에 앉아서 몸을 앞뒤로 흔들흔들하면서 두 사람의 지나가는 양을 본다. 그 노인의 얼굴은 붉고 눈에 빛이 있으며 매우 풍채가 늠름하다.

형식은 그가 수십 년 전 조선이 아직 옛날 조선으로 있을 때에 선화당 안에서 즐겁게 노닐던 사람인 줄을 알았다. 그리고 형식의 고향에도 일찍 그 골에서 내로라하고 번쩍하게 행세하던 사람들이 갑오 이래로 세상이 돌변하매 모두 시세를 잃고 적막하게 지내는 노인이 있음을 생각하였다. 그리고 우뚝 서며 그 노인을 다시 보았다. 그 노인도 두 사람을 보았다.

저 노인도 갑오 전 한창 서슬이 푸르렀을 적에는 평양 강산이 다 나를 위하여 있고, 천하 미인이 다 나를 위하여 있다고 생각하였으리라. 그러나 갑오년 을밀대 대포 한 방에 그가 꿈꾸던 태평 시대는 어느덧 깨어지고 마치 캄캄한 밤에 번개가 번쩍하는 모양으로 새 시대가 돌아왔다.

그래서 그는 세상에서 버려진 사람이 되고 세상은 그가 알지도 못하던, 또는 보지도 못하던 젊은 사람의 손으로 돌아가고 말았다. 그는 철도를 모르고 전신과 전화를 모르고 더구나 잠행정이나 수뢰정을 알 리가 없다.

그는 대동문 거리에서 오 리가 못 되는 칠성문 밖에 있으면서 평양 성내에서 밤마다 어떠한 일이 일어나는지도 모른다. 그의 머리에는 선화당이 있을 뿐이요, 도청(道廳)이라는 것을 알지 못한다. 그는 영원히 이 세상이 무엇인지를 깨닫지 못하리니,

그는 이 세상에 살아 있으면서 이 세상 밖에 있음과 같다.

형식과 그 노인은 전혀 말도 통하지 못하고 글도 통하지 못하는 딴 나라 사람이다. '낙오자, 과거의 사람'이라 하는 생각과 함께 자기가 아무리 새 세상 이야기를 하여도 못 알아듣다가 세상을 버린 자기의 종조부를 생각하였다. 그리고 형식은 그 노인에게 대하여 일종의 말할 수 없는 설움을 깨달았다.

계향은 형식이 오래 서서 무슨 생각을 하는 양을 보다가 형식의 소매를 끌며,

"어서 가세요!"

한다. 형식은 다시 그 노인을 돌아보고 '돌로 만든 사람'이라 하다가 '아니다, 화석한 사람'이라 하였다.

노인은 한참이나 형식을 보더니 무슨 생각이 나는지 눈을 감고 여전히 몸을 앞뒤로 흔든다. 계향은 가늘게,

"아시는 노인이야요?"

한다. 형식은 계향의 어깨에 손을 놓고 걷기를 시작하면서,

"네, 이전에는 알던 노인이더니 지금은 모르는 노인이 되고 말았어요."

하고 웃으며 계향을 본다.

형식은 생각에 '계향이 너는 영원히 저 노인을 알지 못하리라.' 하였다. 그리고 형식은 자기가 처음 평양에 올 때에 이리로

지나가던 생각을 하였다.

머리에 흰 댕기를 드리고 감발을 하고 아장아장 이 길로 지나가던 소년을 생각하였다. 그리고 그 소년은 저 노인을 알았다 하였다. 대동문 거리에서 커다란 유리창을 보고 놀라고, 대동강 위에서 '쨍' 하고 달아나는 화륜선을 보고 놀라던 소년은 그 노인을 알았다. 그러나 그러하던 소년은 이미 죽었다. '쨍' 하는 화륜선을 볼 때에 이미 죽었다.

그리고 그 소년의 껍데기에 전혀 다른 '이형식'이라는 사람이 들어앉았다. 마치 선화당이던 것이 도청이 되고, 감사(監司)이던 것이 도장관(道長官)이 된 모양으로.

그리고 곁에 있는 계향을 보았다. 계향과 그 노인과의 거리를 생각하였다. 그 거리는 무궁대(無窮大)라 하였다.

형식은 어느 집 모퉁이로 돌아서려 할 때에 다시 그 노인을 보았다. 그러나 그 노인은 여전히 몸을 앞뒤로 흔들흔들한다. 계향도 그 노인을 보더니,

"어떤 노인이야요?"

한다.

"계향 씨는 모를 노인이오."

하고 웃을 때에 계향은 의심나는 듯이 형식의 얼굴을 본다. 가만히 형식의 손을 잡는다.

두 사람은 성 밑 비탈길로 남쪽을 향하고 나아간다. 그리 길지 아니한 풀 잎사귀가 내리쪼이는 볕에 조금 시들어서 가만히 고개를 숙이고 있다.

형식은 무너져 가는 성을 바라보고 저 성을 쌓은 조상의 얼과 저 성이 지금까지 구경한 조상의 성하던 것, 쇠하던 것, 저 성이 그동안 몇 번이나 총알을 맞고 대포알을 맞았는가 하는 생각을 한다. 비탈 위에 우뚝 섰는 오랜 성이 마치 사람과 같이 정도 있고 눈물도 있는 것같이 생각되고, 할 말이 많으면서도 들어줄 자가 없어서 못하는 듯한 괴로워하는 빛이 보이는 듯하다.

계향은 땀을 발발 흘리고 형식의 뒤로 따라가면서 아까 자기가 형식에게 '오빠' 하고 부르던 생각이 난다. 계향은 아직도 '오빠'라고 불러 본 사람이 없었다. 계향은 그 어머니의 외딸이요, 또 그 아버지가 누구인지도 자세히 모르므로 아는 친척도 없었다. 그러므로 계향이 '형님' 하고 부르는 사람은 이삼 인 되건마는 '오빠' 하고 부를 사람은 없었다.

계향뿐 아니라 계향의 주위에는 '오빠', '누나' 하고 지내는 사람이 별로 없다. 계향이 있는 사회는 대개 여자의 사회요, 대하는 남자는 대개 기생집이라고 놀러 오는 손님뿐이었다.

계향은 처음 '오빠' 하고 불러 본 것이 매우 기뻤다. 아까 담뱃불을 붙여 줄 때보다 형식이 더 정답게 보인다 하였다. 그리고 한 번 더 '오빠'라고 불러 보고 싶었다. 두 사람은 죄인들의 무덤 있는 곳에 다다랐다.

64

계향은 앞서서 가지런히 있는 세 무덤을 찾았다. 여러 해 동안에 비에 씻겨 내려 원래 작던 무덤이 거의 평지와 같이 되었다. 처음에는 나무패를 써 박았던 듯하여 썩어진 조각이 무덤 앞에 떨어졌다. 그 곁에도 그와 같은 무덤이 수십 개나 된다. 어떠한 무덤에는 서너 치 넓이 되는 나무패가 아직도 새로운 대로 있다.

계향은 그 셋이 가지런히 있는 무덤을 가리키면서,

"이것이 월향 형님 아버지의 무덤이요, 이것이 두 오라버니의 무덤이야요."

하며 이전에 월향과 같이 왔던 생각을 한다.

계향은 월향을 따라 서너 번이나 이 무덤에 왔었다. 그중에도 지난봄에 월향이 서울로 가려 할 때, 월향은 술을 한 병 가지고 계향을 데리고 왔었다. 그때는 따뜻한 늦은 봄날, 이 불쌍한 자들의 무덤 곁에는 이름 모를 조그마한 꽃이 피고, 보통 벌에는 새로 난 수수와 조가 부드러운 바람에 가볍게 물결이 졌다.

월향은 아버지의 무덤 앞에 술을 따라 놓고 말없이 한참이나 울다가 곁에서 우는 계향의 등을 만지며 자기가 서울을 가거든 네가 한 해에 두 번씩 이 무덤을 찾아보아 달라 하였다. 그때에 계향은, '형님의 아버지면 내 아버지요, 형님의 오빠면 내 오빠지요.' 하였다.

계향은 이러한 생각을 하고 형식을 보며 눈물을 흘린다.

형식은 가만히 세 무덤을 보고 말없이 섰다. 그 눈이 크고 콧마루가 높고 키가 크고 평생 몸을 꼿꼿이 하고 앉았던 박 진사를 생각하였다.

그가 사랑에서 젊은 사람들은 모두 데리고 상해에서 사 가지고 온 석판으로 박은 책들을 가르치던 것을 생각하고 그가 포박을 당할 때에 '내가 잡혀가는 것은 조금도 슬프지 아니하거니와 저 학교가 없어지는 것이 슬프다.' 하고 눈물을 흘리던 것을 생각하였다.

그리고 영채의 말에, 영채가 기생이 되었다는 말을 듣고 옥중에서 절식 자살하였다는 말을 생각하였다. 그리고 시대의 선구(先驅)의 비참한 운명을 생각하였다.

박 선생은 너무 일찍 깨었다. 아니, 박 선생이 너무 일찍 깬 것이 아니라, 박 선생의 동족이 너무 깨기가 늦었다. 박 선생이 세

우려던 학교는 지금 도처에 섰고, 박 선생이 깎으려던 머리는 지금 사람마다 깎는다. 박 선생이 만일 그 문명 운동을 오늘에 시작하였던들 그는 사회의 핍박은커녕 도리어 사회의 칭찬과 존경을 받을 것이라. 시대가 옮아갈 때마다 이러한 희생이 있는 것이거니와 박 선생처럼 참혹한 희생은 없다. 지금 그 며느리 두 사람은 어떻게 있는지 모르거니와 이제 영채까지 죽었다 하면 아주 박 진사의 집은 멸망한 것이다. 형식의 집도 거의 멸망하다가 형식이 한 사람만 남고, 박 진사의 집도 거의 멸망하다가 영채 하나만 남았다.

그러나 이제 영채마저 죽으니 영채의 집은 아주 이 세상에 씨도 없이 되고 말았다. 수십여 호 되던 박씨 문중이 신미혁명(辛未革命)에 다 쓰러지고, 오직 하나 남았던 박 진사의 집이 신문명 운동에 희생이 되어 아주 없어지고 말았다. 일문(一門)의 운명도 알 수 없고 일가(一家)의 운명도 알 수 없다 하였다.

그러나 형식은 그렇게 이 무덤을 보고 슬퍼하지는 아니하였다. 형식은 무슨 일을 보고 슬퍼하기에는 너무 마음이 즐거웠다. 형식은 죽은 자를 생각하고 슬퍼하기보다 산 자를 보고 즐거워함이 옳다 하였다. 형식은 그 무덤 밑에 있는 불쌍한 은인의 썩다가 남은 뼈를 생각하고 슬퍼하기보다 그 썩어지는 살을 먹고 자란 무덤 위의 꽃을 보고 즐거워하리라 하였다.

그는 영채를 생각하였다. 영채의 시체가 대동강으로 둥둥 떠나가는 모양을 생각하였다. 그러나 형식은 슬픈 생각이 없었고, 곁에 섰는 계향을 보매 한량없는 기쁨을 깨달을 뿐이다.

이렇게 생각하고 형식은 혼자 놀랐다. 내가 어느덧 이다지 변하였는가 하였다. 형식은 너무 놀라서 눈을 부릅뜨고 두 주먹을 쥐었다. 형식은 어저께 영채의 편지를 보고 울었다. 가슴이 터질 듯이 슬퍼하였다. 그리고 밤에 차를 타고 올 때에도 남모르게 가슴을 태우고 남모르게 눈물을 씻었다.

더구나 아까 경찰서에서 영채가 아주 죽은 줄을 알 때에 형식의 몸은 마치 끓는 물에 들어간 듯하였다. 그리고 계향의 집을 떠나 박 선생의 무덤을 찾아올 때에도, 무덤에 가거든 그 앞에 엎드려 실컷 통곡이라도 하리라 하였다. 그리하였더니 이것이 웬일인가. 은사의 무덤 앞에서 억지로라도 눈물을 흘리려 하였으나 조금도 슬픈 생각이 아니 났다. 사람이 이렇게도 갑자기 변하는가 하고 혼자 빙그레 웃었다.

계향은 형식의 모양이 수상하다 하였으나 알아보려고도 하지 아니한다.

형식은 이런 살풍경한 곳에 오래 섰는 것보다 계향의 손을 잡고 재미있는 이야기를 하면서 걸음을 걷는 것이 좋으리라 하여,

"자, 갑시다."

하였다. 계향은 이상하다 하는 듯이,

"어디로 가셔요?"

"집으로 갑시다."

"북망산에 아니 가시고요?"

"거기는 가서 무엇하오? 가면서 이야기나 합시다. 영채 씨가 여기 왔던 행적이 없으니까 아마 아무 데도 아니 왔던 게지요."
하고 계향의 손을 잡는다.

형식은, 영채는 죽은 사람으로 작정하고 계향의 집에 돌아와, 노파는 이삼 일 평양에 있는다 하므로 자기 혼자 그날 저녁 차로 서울에 올라왔다. 평양을 떠날 때에 노파는 문밖에 나와 형식의 손을 잡고 울면서,

"아무리 하여서라도 영채를 찾아 주시오."
하였다. 그러나 형식은 다만 계향을 떠나는 것이 서운할 뿐이요, 영채를 위하여서는 별로 생각도 아니하였다.

형식은 차 속에서 '꿈이 깬 듯하다.' 하면서 여러 번 웃었다.

65

평양서 올라올 때에 형식은 무한한 기쁨을 얻었다. 차에 같이

탄 사람들이 모두 다 자기의 사랑을 끌고, 모두 다 자기에게 말할 수 없는 기쁨을 주는 듯하였다. 치바퀴가 궤도에 깔리는 소리조차 무슨 유쾌한 음악을 듣는 듯하고, 차가 철교를 건너갈 때와 굴을 지나갈 때에 나는 소요한 소리도 형식의 귀에는 웅장한 군악과 같이 들렸다.

형식은 너무 신경이 흥분하여, 거의 잠을 이루지 못하고 차창을 열어 놓고 시원한 바람을 쐬면서 어스름한 달빛을 어렴풋하게 보이는 황해도 연산을 보았다.

산들은 수묵으로 그린 묵화 모양으로, 골짜기도 없고 나무나 돌도 없고, 모두 한 빛으로 보인다. 달빛과 밤빛과 구름 빛을 합하여 커다란 붓으로 종이 위에 형체 좋게 그린 그림과 같다 하였다. 이렇게 생각하는 형식의 정신도 실로 이와 같았다.

형식의 정신에는 슬픔과 괴로움과 욕망과 기쁨과 사랑과 미워함과, 모든 정신 작용이 온통 한데 모이고 한데 녹고 한데 뭉치어, 무엇이 무엇인지 구별할 수가 없었다. 비겨 말하면 이 모든 정신 작용을 한 솥에 집어넣고 거기다가 맑은 물을 두고 장작불을 때어 가며 그 솥에 있는 것을 홰홰 뒤저어서 온통 녹고 풀어지고 섞여서, 엿과 같이 죽과 같이 된 것과 같았다.

그러므로 이때의 형식의 정신 작용은 좋게 말하면 가장 잘 조화한 것이요, 좋지 않게 말하면 가장 혼돈한 상태였다. 옮은 구름 속에 가려진 달빛이 산과 들을 변하게 하여 꿈과 같이 몽롱하게 만든 모양으로, 그 달빛이 형식의 마음에 비치어 그 마음을 녹이고 물들여 꿈과 같이 몽롱하게 만들어 놓았다.

형식의 눈은 무엇을 보는지도 모르게 반짝반짝하고 형식의 머리는 무엇을 생각하는지도 모르게 흐물흐물한다.

형식의 몸은 차가 흔들리는 대로 흔들리고 형식의 귀는 무슨 소리가 들리는 대로 듣는다.

형식은 특별히 무엇을 생각하려고도 아니하고, 눈과 귀는 특별히 무엇을 보고 들으려고도 아니한다. 형식의 귀에는 차의 가는 소리도 들리거니와 지구의 돌아가는 소리도 들리고 무한히 먼 공중에서 별과 별이 마주치는 소리와 무한히 작은 '에틸'의 분자의 흐르는 소리도 듣는다.

산와 들에 풀과 나무가 밤 동안에 자라노라고 바삭바삭하는 소리와, 자기의 몸에 피 돌아가는 것과, 그 피를 받아 즐거워하는 세포들의 소곤거리는 소리도 들린다.

그의 정신은 지금 천지가 창조되던 혼돈한 상태에 있고 또 천지가 노쇠하여서 없어지는 혼돈한 상태에 있다.

그는 하느님이 장차 빛을 만들고 별을 만들고 하늘과 땅을 만들려고 고개를 기울이고, 이럴까 저럴까 생각하는 양을 본다. 그리고 하느님이 모든 결심을 다 하고 나서 팔을 걷고 천지에 만물을 만들기 시작하는 양을 본다. 하느님이 빛을 만들고 어두움을 만들고 풀과 나무와 새와 짐승을 만들고 기뻐서 빙그레 웃는 양을 본다.

또 하느님이 흙을 파고 물을 길어다가 두 발로 잘 반죽하여 사람의 모양을 만들어 놓고 마지막에 그 사람의 코에다 김을 불어넣으매, 그 흙으로 만든 사람이 목숨이 생기고 피가 돌고 소리를 내어 노래하는 양이 보인다. 그리고 처음에는 움직이지 못하는 한 흙덩이다가 그것이 숨을 쉬고 소리를 하고 또 그 몸에 피가 돌게 되는 것을 보니 그것이 곧 자기인 듯하다.

이에 형식은 빙긋이 웃는다. 옳다, 자기는 목숨 없는 흙덩이였다. 자기는 숨도 쉬지 못하고 움직이지도 못하고 노래도 못하던 흙덩어리였다. 자기는 자기의 주위에 있는 만물을 보지도 못하였고 거기서 나는 소리를 듣지도 못하였다.

설혹, 만물의 빛이 자기의 눈에 들어오고 소리가 자기의 귀에 들어온다 하더라도, 그는 오직 에틸의 물결에 지나지 못하였다. 자기는 그 빛과 그 소리에서 아무 기쁨이나 슬픔이나 아무 뜻도 찾아낼 줄을 몰랐다. 지금까지 혹 자기가 웃기도 하고 울기도 하였다 하더라도, 그는 마치 고무로 만든 인형의 배를 꾹 누르면 웃기도 하고 울기도 하는 것과 같았다.

그러므로 그 웃음과 울음은 결코 자기의 마음에서 스스로 흘러나오는 것이 아니요, 전혀 타동적(他動的)이었었다.

자기가 지금껏 '옳다, 그르다, 슬프다, 기쁘다' 하여 온 것은 결코 자기의 지의 판단과 정의 감동으로 된 것이 아니요, 온전히 전습(傳襲)을 따라, 사회의 습관을 따라 하여 온 것이었다.

예로부터 옳다 하니 자기도 옳다 하였고, 남들이 좋다 하니 자기도 좋다 하였다. 다만 그뿐이로다. 그러나 예로부터 옳다 한 것이 자기에게 무슨 힘이 있으며, 남들이 좋다 하는 것이 자기에게 무슨 상관이 있으랴. 내게는 내 지(知)가 있고 의지가 있다. 내 지와 의지에 비추어 보아 옳다든가, 좋다든가, 기쁘고 슬프다든가 하는 것이 아니면 내게 대하여 무슨 상관이 있으랴.

나는 내가 옳다 하던 것도 예로부터 그르다 하므로, 또는 남들이 옳지 않다 하므로 더 생각하지도 아니하여 보고 그것을 내버렸다. 이것이 잘못이로다. 나는 나를 죽이고 나를 버린 것이로다.

자기는 이제야 자기의 생명을 깨달았다. 자기가 있는 줄을 깨달았다. 마치 북극성이 있고 또 북극성은 결코 백랑성도 아니요, 노인성도 아니요, 오직 북극성인 듯이, 따라서 북극성은 크기로나 빛으로나 위치로나 성분으로나 역사로나 우주에 대한 사명으로나 결코 백랑성이나 노인성과 같지 아니하고 북극성 자신의 특징이 있음과 같이, 자기도 있고 또 자기는 다른 아무러한 사람과도 꼭 같지 아니한 지와 의지와 위치와 사명과 색채가 있음을 깨달았다. 그리고 형식은 더할 수 없는 기쁨을 깨달았다. 형식은 웃으며 차창으로 내다보았다.

66

차는 지금 신막 남천역을 지나 경의 철도 중에 제일 산이 많은 옛날 금천 큰고개 근방으로 달아난다. 초승달은 벌써 넘어가고 창밖은 캄캄하다. 달빛이 없는 것이 도리어 산들의 모양을 보기에는 편하다.

하늘과 산과의 경계는 굵은 붓으로 되는 대로 구불구불하게 그린 곡선 모양으로 아주 분명하게 보인다. 왈칵왈칵 하는 차바퀴 소리 사이로 산 강물이 조약돌 많은 여울로 굴러 내려가는 소리가 들린다. 이따금 기관차 굴뚝으로 나오는 불빛에 조그마한 산골짜기에 초가집 두어 개가 번쩍 보이고 혹 오랜 가물에 얼마 아니되는 물이 가기 싫은 듯이 흘러가는 시내의 한 토막도 보인다.

차가 산모퉁이를 돌아설 때에 저편 컴컴한 속에 조그마한 불빛이 반짝반짝한다. 그 불빛이 차가 달아남을 따라 깜박깜박 있다가 없다가 함은 아마 잎이 무성한 나무에 가리어짐인 듯, 그 불은 꽤 오랫동안 형식의 차창에서 보인다.

형식은 물끄러미 그 불을 본다. 저 불 밑에는 누가 앉아서 무엇을 하는고. 가난한 어머니가 아이들을 재워 놓고 혼자 일어나 지아비와 아이들의 누더기를 깁는가. 잘 보이지 아니하는 눈으로 바늘구멍을 찾지 못하여 연방 불을 돋우고 눈을 비비는가. 그러다가 '아아, 늙었구나!' 하고 깁던 누더기에 굵은 눈물을 떨구는가. 그때에 아랫목에서 자던 앓는 어린아이가 꿈에 놀라서 우는 것을 껴안고 먹은 것이 없어서 나지도 아니하는 젖을 물리고 있는 것이나 아닌가.

또는 앓는 외아들을 가운데 놓고 늙은 내외가 자리 위에 서서 번갈아 아들의 몸을 만지고 번갈아 울고 위로하면서 마음속으로 '하느님 내려다봅소서.' 하는 것이 아닌가.

이에 형식은 십여 년 전에 세상을 떠난 자기 부모를 생각하였다. 어머니는 아직 젊었으나 아버지는 오십이 넘었으므로, 자기가 조금이라도 병이 나면 그 병이 낫기까지 목욕재계하고 자기의 곁에서 밤을 새우던 것과, 자기가 혹 눈을 뜨면 아버지는 자기의 눈을 보고 그 아들이 눈을 뜨는 것이 무한히 기쁜 듯이 빙그레 웃으며 자기의 손을 잡던 것과, 아직 삼십이 다 못 된 자기의 어머니는 곤함을 이기지 못하여 앉은 대로 졸던 것이 생각이 난다.

형식은 잠깐 추연하다가 다시 그 불을 본다. 천지가 온통 캄캄한 중에 오직 불 하나가 반짝반짝하는 것과, 세상이 다 잠을 다 깊이 들었을 때에 그 불 밑에 혼자 깨어 있는 사람을 생각하매 형식은 그것이 마치 자기의 신세인 듯하였다.

차가 또 어떤 산모퉁이를 돌아서매 그 불은 그만 아니 보이게 되고 말았다. 형식은 서운한 듯이 머리를 창으로 끌어들였다. 차실에 같이 탄 사람들은 다 깊이 잠들었다. 바로 자기의 맞은편에 누운 어떤 노동자 같은 소년이 추운 듯이 허리를 굽힌다.

형식은 얼른 차창을 닫고 자기가 깔고 앉았던 담요로 그 소년을 덮어 주었다. 이 소년은 아마 어느 금광으로 가는지 흙 묻은 무명 고의를 입고 수건을 말아서 머리를 동였다. 머리는 언제 빗었는지 머리카락이 여기저기 뭉쳐지고 귀밑과 목에는 오래 묵은 때가 껴 있다. 역시 조그마한 흙물 묻은 보퉁이로 베개를 삼았는데 그 보퉁이를 묶은 종이로 꼰 노끈이 걸상 밑으로 늘어졌다.

형식은 그 노끈을 집어 보퉁이 밑에 끼웠다. 소년의 굵은 베로 만든 조끼 호주머니에는 국수표 궐련갑이 조금 보이고 그 속에는 물부리가 넓적하게 된 궐련이 서너 개나 보인다. '아끼는 궐련이로구나.' 하고 형식은 빙그레 웃으면서 자기의 '조일(朝

日)'을 만져 보았다. 그리고 담배를 붙일 생각이 나서 한 대를 내었다. 형식은 그 궐련에 불을 붙여 길게 빨았다. 그때에 담배 맛은 특별하였다.

형식은 다시 차실을 돌아보았다. 어떤 일본 부인이 잠을 깨어 정신없이 사방을 둘러보고 두어 번 머리와 목을 만지며 무엇을 찾는 듯이 기웃기웃하더니 도로 보퉁이에 엎디어 잠이 든다. 형식도 내일에 관할 것을 생각하고 한참 자리라 하여 수건을 창문 턱에 접어놓고 눈을 감았다.

그러나 형식의 정신은 더욱 쇄락할 뿐이요, 암만하여도 잠이 들지 아니하였다. 형식은 그래도 잠이 들까 하고 눈을 감은 대로 차바퀴 소리를 세었다. 형식의 정신은 마치 풍랑이 침식한 바다 모양으로 아주 잔잔하게 되었다.

형식의 머리에는 영채와 선형과 노파와 배 학감과 이희경과 또 칠성문 밖에서 보던 노인과 박 선생의 무덤과 계향과……. 이러한 것들이 순서도 없이 번쩍번쩍 떠온다. 형식은 눈을 감은 채로 그 모든 사람의 얼굴을 보았다. 그 사람들은 혹 웃기도 하고, 울기도 하고, 혹 성난 듯이 입을 내밀고, 눈을 흘깃흘깃하기도 하고, 혹 나무로 새겨 놓은 듯이 시치미 떼고 나서기도 한다. 더구나 영채의 모양이 오래 보이고 또 자주 보인다.

형식은 곁에 놓인 가방을 생각하였다. 그 속에 있는 영채의 편지와 지환과 칼이 눈에 보인다. 형식은 오싹 소름이 끼치며 번쩍 눈을 떴다. 아, 내가 잘못함이 아닌가. 너무 무정함이 아닌가. 내가 좀 더 오래 영채의 거처를 찾아야 옳을 것이 아닌가.

설사, 영채가 죽었다 하더라도, 그 시체라도 찾아보아야 할 것이 아니던가. 그리고 대동강가에 서서 뜨거운 눈물이라도 오래 흘려야 할 것이 아니던가. 영채는 나를 생각하고 몸을 죽였다. 그런데 나는 영채를 위하여 눈물도 흘리지 않아. 아, 내가 무정하구나, 내가 사람이 아니로구나 하였다. 남대문을 향하고 달아나는 차를 거꾸로 세워 도로 평양으로 내려가고 싶다 하였다.

그러나 형식은 마음은 평양으로 끌리면서 몸은 남대문에 와 내렸다.

67

형식은 숙소에 돌아와 조반을 먹고 곧 학교에 갔다. 노파가,

"얼굴에 몹시 곤한 모양이 보이는데, 오늘은 하루 쉬시지요."

하는 말도 듣지 아니하였다.

형식은 지나간 사흘 동안에 너무 정신을 쓰고 또 잠을 잘 자지 못하여 얼굴에 졸리는 빛이 보이도록 몸이 피곤하였다. 그러

나 오늘 아침 첫 시간에는 사 년급 영어가 있다. 어제도 쉬고 오늘도 쉬면 연하여 이틀을 쉬게 된다. 형식은 이것이 괴로웠다.

형식은 병이 있기 전에는 아직도 학교 시간을 쉬어 본 적이 없었다. 감기가 들어 여간 두통이 나고 열이 있더라도 억지로 학교에 출석하였다. 그리고 돌아와서 병이 더치더라도 형식은 '내 의무를 위함'이라 하여 스스로 만족하였다.

형식은 자기가 한 시간을 편안히 쉬기 위하여 백여 명 청년으로 하여금 각각 한 시간을 허송하게 하는 것을 큰 죄악으로 안다. 그러나 형식이 이처럼 열심으로 학교에 가는 데는 의무라는 생각 밖에 더 큰 무엇이 있었다. 그것은 이렇다.

형식은 외롭게 자라났다. 형식은 부모의 사랑이라든가, 형제자매의 사랑도 모르고 자라났다. 그뿐더러 형식에게는 사랑하는 동무도 없었다. 나이 같고 성미가 서로 맞는 동무의 사랑은 여간 형제자매의 사랑에 지지 않는 것이다.

그러나 형식은 일정한 처소에 있지 아니하여 그러한 동무를 사귈 기회가 없었고 또 불쌍하게 돌아다닐 때에는 동무 될 만한 아이들이 형식을 천대하여 동무로 여겨 주지를 아니하였다.

형식이 열두 살 적에 그 족제(族弟) 하나를 심히 사랑한 일이 있었다. 족제는 형식과 동갑이요, 이전에는 글도 같이 읽었다. 한 번은 형식이 그 족제의 집에서 놀다가 밤이 깊었다. 그때에

형식은 그 족제와 한자리에서 자게 된 것을 더할 수 없이 기뻐하였다. 그래서 자기의 숙소 되는 당숙의 집에 갈 수도 있건마는 '어두워서 못 가겠다.'고 떼를 쓰고 같이 자기를 청하였다. 그러나 족제는, '네 옷에는 이가 많더라.' 하고 크게 소리를 쳐 온 집안사람이 다 소리를 듣게 하였다.

그때에 형식은 섧기도 하고 분하기도 하나 어찌할 수 없어 눈물을 흘리면서 그 집에서 뛰어나온 일이 있었다. 과연 형식의 옷과 머리에는 이가 많이 끓었었다. 이러하므로 어린 형식은 동무의 사랑조차 맛보지 못하였다.

그 후 박 진사의 집에 와서는 자기보다 십여 세 위 되는 사람과만 같이 있었고, 경성에 올라와서도 역시 그러하였다. 형식이 동무의 재미를 보려면 볼 수 있던 때는 동경 유학하는 동안이었다. 동경에는 자기와 연갑 되는 소년이 많았다.

그래서 동무에 목마른 형식은 될 수 있는 대로 그네와 친하려 하였다. 그러나 형식은 어려서부터 세상에 부대껴 왔으므로 어느덧 소년의 어여쁜 빛이 스러지고 얼굴에나 마음에나 노성한 어른의 빛이 있었다. 그러므로 아무리 자기와 연갑 되는 소년들과 친하려 하여도 그 소년들이 마음을 허하지 아니하였다.

더구나 형식은 그 소년들에 비하여 학문의 정도에 차이가 많았으므로 그 소년들은 형식을 선배 모양으로 공경하는 생각은 가지되, 어깨를 겯고 손을 잡고 동무가 되려고는 하지 아니하였다. 그 소년들은 형식을 대하면 가댁질하던 것도 그치고 고개를 숙이며,

"안녕합시오."

하였다. 형식도 하릴없이,

"안녕합시오."

하고 대답하였다.

한 번은 형식이 자기보다 두어 살 아래인 소년을 붙들고,

"여보, 나하고 동무가 되십시다. 너, 나 하고 지내입시다."

하였다. 그 소년은 농담인 줄 알고,

"네."

하면서 모자를 벗고 경례하고 달아났다.

그 후에도 기회 있는 대로 소년들의 동무가 되려 하였으나 소년들은 헤헤 웃고는 경례를 하고 달아났다. 마침내 형식은 소년의 동무가 되어 보지 못하고 말았다. 그리고 지금까지 평생 자기보다 십여 년이나 어른 되는 이와 친구가 되어 왔다.

형식은 일찍 이렇게 자탄하였다. '나는 소년 시대를 건너뛰었어!' 소년 시대를 보지 못한 형식의 마음은 과연 적막하였다. 그는 항상 말하기를 '나는 인생의 한 권리를 빼앗겼다.' 하였고, 또 '그리고 그 권리는 인생에게 가장 크고 즐거운 권리다.' 한다. 이

러한 말을 할 때마다 형식은 적막한 생각을 이기지 못하여 길게 한숨을 쉰다.

그러다가 스물한 살에 경성학교 교사가 되어 여러 소년과 가까이 접할 기회를 얻었다. 그러나 소년들이 '선생님' 하고 슬슬 피할 때에는 형식은 여전히 적막한 생각이 있었다. 그래서 나도 이제 어느 중학교에 입학을 하여 저 소년들과 같이 놀아 보았으면 하는 생각까지도 하였다.

형식은 학생들을 지극히 사랑하였다. 그의 학생들에 대한 일언일동은 어느 것이나 뜨거운 사랑에서 아니 나옴이 없었다. 형식은 어린 학생들의 코도 씻어 주고 구두끈과 옷고름도 매어 주었다. 어떤 교사들은 형식이 이렇게 함을 비웃기도 하고, 심지어 형식이 학생들을 끔찍이 사랑하는 것을 좋지 못한 뜻으로까지 해석하였다. 더구나 형식이 이희경을 특별히 사랑하는 것은 필연 희경의 얼굴을 탐내어 그러하는 것이라 하며, 어떤 자는 형식과 희경의 더러운 관계를 확실히 아노라고 장담하는 자도 있었다. 그래서 형식은 어떤 친구에게 충고를 받은 일도 있었고, 희경도 동창 사이에 좋지 못한 조롱을 받은 일이 있으며, 희경이 우등을 하는 것은 형식의 작간이라고 험구를 하는 자도 있었다. 그러나 형식은 여전히 학생들을 사랑하였다. 만일 학생들 중에 사람의 피를 마셔야 살아나리라 하는 병인이 있다 하면 형식은 달게 자기의 동맥을 끊으리라고까지 생각하였다.

그중에도 이희경 같은 몇 사람에게 대하여서는 남자가 여자에게 대하여 가지는 듯한 굉장히 뜨거운 사랑을 깨달았다.

68

말이 좀 곁가지로 들어가지마는, 이 기회를 타서 형식의 지나간 동안 교사 생활을 좀 말할 필요가 있다. 사 년간 형식의 경성학교 교사 생활은 일언이폐지하면 사랑과 고민의 생활이었다.

형식이 이십 년간 간히고 주렸던 사랑은 교사가 되어 여러 소년을 접하게 되매, 마치 눈에 가려졌던 풀의 움이 봄바람을 타고 쏙 나오는 모양으로 나오기를 시작하였다. 부모의 사랑이나 형제의 사랑이나 동무의 사랑도 맛보지 못하고, 하물며 여자에게 대한 사랑은 꿈도 꾸어 보지 못한 형식의 사랑은 사리에 밀려들어 오는 밀물 모양으로 경성학교의 사백 명 어린 학생을 덮었다.

그가 일찍 일기에,

'너희는 나의 부모요, 형제요, 자매요, 아내요, 동무요, 아들이로다. 나의 사랑을 나의 전 정신을 점령한 것은 너희로다. 나는

너희를 위하여 이 피가 다 마르도록, 이 살이 다 깎이도록, 이 뼈가 다 휘도록 일하고 사랑하마.'

한 구절은 형식의 거짓 없는 정을 말한 것이다.

형식은 아침마다 학교 문을 들어서서 학생들이 노니는 양을 보면 기쁘고, 시간마다 강단에 서서 학생들이 자기를 보고 자기의 말을 듣는 양을 보면 기쁘고, 밤에 혼자 자리에 누워 학생들의 놀던 모양과 배우던 모양을 생각하면 기뻤다. 그래서 어찌하면 하나라도 학생들을 더 가르쳐 줄까, 어찌하면 그네의 행실을 아름답게 만들고, 어찌하면 그네의 정신을 깨우쳐 줄까 하여 자기가 아는 바 모든 것을 말하고, 할 수 있는 바 모든 방법을 다 하였다. 그래서 학생들이 토론회를 할 때에 자기의 가르친 말을 끌어 쓴다든가 무슨 일을 할 때에 자기가 시켜 준 어느 방법을 쓰는 것을 보면 형식은 더할 수 없이 기뻐하였다.

이렇게 지나간 사 년간의 형식의 경력과 시간의 대부분은 완전히 학생들을 위하여 소비되었다. 그 때문에 형식은 얼마큼 신경도 쇠약되고 몸도 약하게 되었다. 자기도 그런 줄을 안다.

그러나 순전히 자기의 손으로 만들어 놓은 사 년급 학생들을 대할 때에는 마치 봄부터 여름내 땀을 흘리고 고생하던 농부가 가을에 누렇게 익어 고개 숙인 논과 밭을 보고 깨닫는 듯하는 기쁨과 만족을 깨닫는다.

형식의 생각에 사 년급 학생의 지식의 대부분과 아름다운 생각과 말과 행실의 대부분은 다 자기의 정성으로 힘쓴 결과려니 한다.

과연 형식은 조그마한 기회라도 놓치지 아니하고 자기가 가진 지식과 경험과 감상과 재미있는 이야기까지도 들려주었다. 그래서 이제는 사 년급 학생을 대하여도 별로 할 말이 없으리만큼 자기가 가진 바를 온통 나눠 주었다. 형식은 교과서를 가르치고 남는 시간을 반드시 새롭고 유익하다고 생각하는 이야기로 채웠다. 형식이 독서를 하는 이유의 하나는 이 학생들에게 알려 주려는 욕심이었다. 그리고 학생들도 형식의 말을 재미있게 들었다.

"또 더 해 주셔요."

하고 형식에게 청하기까지도 하였다.

이렇게 학생들이 청하는 것을 보고는 형식은 더욱 만족하였다. 물론 여러 학생 중에는 형식의 하는 이야기를 귀찮게 여기는 자도 있고, 형식이 한창 정성으로 이야기할 때에 일부러 한눈을 팔며 공책에 붓장난을 하는 자도 있었으나 형식이 보기에 대부분은 자기의 말을 흥미 있게 듣는 듯하였다.

그러므로 학생들이 형식에게서 받은 감화와 얻은 지식과 쾌락도 적지 아니하였다. 여러 교사 중에 학생들에게 영향을 많이 주기로는 남들도 형식이라고 허하고 형식 자신도 그렇게 확신하였다.

그러나 교사들은 형식의 학생에게 미치는 영향을 그다지 좋은 줄로도 생각지 아니하고 어떤 교사는 학생들에게 교만한 마음을 생기게 하느니, 학생들에게 좋지 못한 소설을 읽어 주어 학생들의 마음을 어지럽게 하느니 하고 비방도 한다.

이러한 비방도 아주 까닭이 없음은 아니다. 형식은 늘 학생들에게 될 수 있는 대로 자유를 주는 것이 옳다고 주장하며, 학교 당국도 될 수 있는 대로 학생의 의사를 존중하기를 주장한다.

더구나 처음 형식이 이 학교에 교사로 왔을 때에는 교장과 학감이 극히 전제를 숭상하는 인물이 되어서 학생들은 선생에게 대하여 감히 한마디도 자기네의 의사를 표하지 못하였고, 혹 다만 한마디라도 학교의 명령이나 교사의 말에 대하여 비평을 하거나 반대하는 자가 있으면 학생 일동의 앞에서 엄혹하게 책망을 한 후에 혹은 정학도 시키고 심하면 출학까지도 하였다.

그래서 자유사상을 품은 형식은 여러 번 의견도 충돌하였다. 형식은 학생들 앞에서,

"학도에 대하여 불만한 일이 있으면 당당하게 말하는 것이 옳소. 정당한 일을 학교가 부정당하게 여길 때에는 반항을 하여도 옳소."

이러한 위험한 말도 할 때가 있다. 그러므로 배 학감이, 이번 학생의 소동도 형식의 충동이라 함이 아주 근거가 없는 말은 아니다.

또 형식은 삼사 년급 학생들에게 은연중 문학을 장려하였다. 그래서 학생 중에는 혹 소설도 보며, 철학에 관한 서적도 보며, 잡지도 보는 자가 생기고, 그중에는 가장 문학자인 체, 사상가인 체, 철인(哲人)인 체하여 무슨 큰 생각이나 하는지 고개를 숙이고 다니는 학생도 몇 사람이 생기고, 또 그러한 학생들도 다른 교사들을 아주 정신생활이라는 것을 알지 못하는 아주 유치한 사람들이라고 비웃기도 한다.

형식이 보기에 이는 학생들의 진보함이라 기쁜 일이건마는, 다른 교사들 보기에 이는 학생들이 타락함이요 주제넘게 됨이었다. 교사들뿐 아니라 학생 중에도 이희경 일파가 글자 작은 어려운 책을 들고 다니는 것과 그달에 발행한 잡지를 들고 다니는 것을 비웃었다.

물론 이희경 일파가 그 어려운 책을 알아보지는 못하였다. 열

페이지나 스무 페이지를 읽은 뒤에 그 속에 있는 뜻을 계통적으로 깨닫지는 못하였다. 다만 여기저기 한 구절씩 혹은 두어 줄씩 자기네가 깨달을 만한 것이 있으면 그것으로써 만족하였다.

그네는 하루에 알지는 못하면서도 여러 페이지 읽기를 자랑으로 알고 형식에게 들은 대로 서양 문학자, 철학자, 종교가 같은 사람들의 이름과 그네의 저서의 이름을 외우기로 유일한 영광을 삼았다.

그리고 그네가 보는 책에서 '인생이란 무엇이뇨?'라든가 '우주란 무엇이뇨?' 하는 구절을 외워 토론회나 친구 간에 하는 회화에 인용하였다. 혹 톨스토이나 셰익스피어의 격언을 인용하기도 하고 혹 그것을 영어대로 통으로 암기하여 인용하기도 하였다. 인용하는 자기도 그 뜻을 잘 모르면서도 그것을 인용하면 자기의 말하려는 바가 잘 발표된 듯하였고, 그것을 듣는 다른 학생들도 '흥' 하고 코웃음을 하면서도 그네의 지식이 많음을 속으로는 부러워하였다. 그래서 자기네도 몰래 낡은 잡지를 사다가 보기도 하고, 또는 이희경 일파에게 들은 말을 가만히 기억하였다가 다른 데 가서 자랑삼아 써 보기도 하였다.

이희경은 꽤 이해력이 있었다. 형식의 생각에 희경은 가장 사상이 익었는 듯하고 희경 자신도 자기는 제법 형식의 하는 말을 깨닫는 줄로 믿었다. 그래서 형식과 희경이 같이 앉았을 때에는 마치 뜻 맞는 사상가들이 오래간만에 만난 모양으로 인생 문제와 우주 문제가 뒤를 대어 흘러나왔다.

그러나 형식은 아직도 희경에게 말할 수 없는 고상한 사상을 많이 가진 듯이 생각하였다. 그는 사실이었다. 형식이 한참이나 자기의 사상을 말하다가 희경의 멍하니 앉았는 것을 보고는 '너는 아직 모르는구나.' 하는 듯이 빙그레 웃으며 말을 끊었다. 그러할 때에는 희경은 형식에게 모욕을 당한 듯하여 얼굴이 붉어졌다.

물론 희경은 형식이 자기보다 지식이 많고 사상이 깊은 줄을 인정한다. 그러나 자기보다 여러 십 리 앞섰으리라고는 생각하지 아니한다. 그래서 형식이 자기를 '네야 알겠니?' 하는 듯이 대접할 때 형식에게 대하여 불쾌하고 반항하는 생각이 났다.

희경은 이 년급까지는 형식은 자기보다 수천 리나 앞선 사람인 듯이 보였다. 형식의 머릿속에는 없는 것이 없고, 형식의 입에서 나오는 말은 모두 다 깊은 뜻이 있는 것같이 생각하였다. 형식은 조선에 제일가는 지식도 많고 생각도 깊은 사람으로 여겼다.

그러나 삼 년급이 반쯤 지나간 뒤로부터는 형식도 자기와 얼마 다르지 아니한 사람과 같이 보았다. 형식의 지식은 그렇게 많지 못하고 형식의 생각하는 바는 자기도 생각하는 것같이 생각하였다. 그리고 형식이 강단에서 하는 말도 별로 감복할 만한 말이 아니요, 자기도 강단에 올라서면 그만한 말은 넉넉히 할 수 있으리라 하였다.

그러나 정작 토론회에서 말을 하여 보면 암만해도 형식만 못한 것 같았다. 그러나 이는 결코 자기가 형식만 못하여 그러한 것이 아니라 형식은 여러 해 교사로 있어 말하는 법이 익은 것이지 자기가 그만큼 말을 연습하면 형식보다 나으리라 하였다.

희경의 생각에 삼 년만 지나면 자기는 생각으로나 지식으로나 말로나 모든 것으로 형식보다 나으리라 한다. 사 년급이 되어 독본 사권을 배우게 되매 형식도 혹 모른다는 글자가 있고 문법관계도 분명히 설명하지 못하는 것이 있게 되매 희경은 영어로도 형식을 그렇게 우러러보지 아니하게 되었다.

지금은 희경이 보기에 형식은 자기보다 두어 걸음밖에 더 앞서지 못한 사람같이 보이고 장래에는 자기가 형식보다 열 배 스무 배나 높아질 것같이 보였다.

희경은 중학교 교사를 우습게 보게 되었다. 다른 교사를 아무것도 모르는 껍데기로 본 지는 벌써 오래거니와 그중에 가장 무엇을 아는 듯하던 형식도 자세히 알고 보면 아무것도 아닌 것을 깨달았다. 자기는 중학교 교사 같은 직업을 가질 사람이 아니요, 장차는 큰 학자가 되거나 박사가 되거나 중학교에 온다 하더라도 교장이나 주면 하리라 한다.

교사들은 대개 될 대로 다 된 작은 인물같이 보이고, 자기는 무한히 크게 될 가능성이 있는 듯이 생각한다.

그러나 희경은 형식도 육칠 년 전에는 자기와 같은 생각을 가졌던 줄을 모른다. 희경이 보기에 형식은 본래 그릇이 작아서 높이 뛸 줄을 모르고, 사 년이 넘도록 중학교 교사로 있고, 또 일생을 중학교 교사로 지내는 것같이 보여서 일변 형식을 경멸하는 생각도 나고 일변 불쌍히도 여긴다.

이러한 생각을 하는 것은 희경뿐이 아니다. 희경과 같이 어려운 책을 읽으려 하는 자는 다 이러한 생각을 가지게 되었다. 다른 학생들은 애초부터 형식을 존경하지도 아니하였고, 다만 끔찍이 친절하게 굴려 하는 젊은 교사라 할 뿐이었다. 그뿐더러 그들은 형식이 이희경 일파를 편애하는 것과 특별히 희경을 사랑하는 것을 비웃고 얼마큼 형식을 싫어하는 생각까지 있었다.

학생들은 아이로부터 어른이 되었다. 일 년급부터 사 년급이 되었다. 아무 지식도 없던 것들이 보통 지식을 얻게 되었다. 학생들 생각에 자기는 지나간 사 년간에 진보도 하였다. 자라기도 하였다. 그러나 형식은 일 년급 적이나 사 년급 되는 지금이나 학생들이 보기에는 변함이 없는 듯하였다. 희경은 그 가진 바 지식을 온통은 아니라도 거의 다 자기네에게 빼앗기고 이제는 자기네보다 높다고 할 자격이 없는 것같이 생각한다.

그러므로 그네가 형식에게 하는 표면의 행동은 전이나 다름이 없어도 마음으로는 형식을 자기네와 동등 또는 자기네 이하로 보게 되었다.

70

형식은 항상 입버릇 모양으로 자기의 지식과 수양이 부족함을 한탄하였다. 자기는 진실로 자기의 지식과 수양이 부족함을 한탄한 것이건마는, 학생들은 이전에는 그것이 다만 형식의 겸사에 지나지 못하거니 하였다.

그러나 근래에 와서는 학생들은 그 한탄이 참인 줄로 안다.

그래서 형식의 하는 말에도 전과 같이 신용을 주지 아니하게 되었다. '나는 지식과 수양이 부족하외다.' 하는 말을 형식이 자기네를 두려워하여 사죄하는 말로 알게 되었다. 그러나 형식은 그러한 뜻으로 한 말은 아니었다. 설혹 자기의 지식과 수양이 부족하다 하더라도 아직은 희경 일파에게 떨어지기를 무서워할 지경은 아니었다. 형식의 보기에 희경 일파는 아직 어린아이들이었다.

그네가 자기를 따라오려면 두 주먹을 불끈 쥐고 달음질을 하더라도 여간 육칠 년 내에 따라잡힐 것 같지는 아니하였다. 형식은 자기가 조선에 있어서는 가장 진보한 사상을 가진 선각자로 자신한다. 그래서 겸손한 듯한 그의 속에는 조선 사회에 대한 자랑과 교만이 있다. 그는 서양 철학도 보았고 서양 문학도 보았다.

그는 루소의 《참회록(懺悔錄)》과 《에밀》을 보았고, 셰익스피어의 《햄릿》과 괴테의 《파우스트》와 크로포트킨의 《면포(麵麭)의 약탈》을 보았다. 그는 신간 잡지에 나는 정치론과 문학 평론을 보았고, 일본 잡지의 현상 소설에 당선되어 상도 한 번 탔다.

그는 타고르의 이름을 알고, 엘렌 케이 여사의 전기(傳記)를 보았다. 그리고 우주도 생각하여 보았고, 인생도 생각하여 보았다. 자기에게는 자기의 인생관이 있고, 우주관, 종교관, 예술관이 있고, 교육에 대하여서도 일가견이 있는 줄로 자신한다.

그가 만원 된 차를 타고 눈앞에 욱적욱적하는 사람을 볼 때에 나는 저들의 모르는 말을 많이 알고, 모르는 사상을 많이 가졌다고 생각하고는 일종 자랑의 기쁨을 깨닫는 동시에 '언제나 저들을 나만큼이나마 가르치는가.' 하는 선각자의 책임을 깨닫고 또 이천만이나 되는 사람 중에 내 말을 알아듣고 내 뜻을 이해하는 자가 몇 사람이 없구나 하는 선각자의 적막과 비애를 깨닫는다.

그리고 자기의 하는 말을 알아들을 만한 친구를 생각하여 본다. 그러나 형식은 열 손가락을 다 꼽지 못한다. 그리고 이 열도 못 되는 사람이 조선 사람 중에 신문명을 이해하는 선각자요, 따라서 온 조선 사람을 가르치고 이끌어 낼 자라 한다. 그리고 지나간 사 년간에 자기가 희경 등 사오 인을 자기와 같은 계급에 끌어낸 것을 더할 수 없는 만족으로 여긴다.

물론 자기보다는 어린아이로되 다른 사람들에게 비기면 어른이요, 선각자라 한다. 조선 안에 학교도 많고 학생도 많되 희경 일파만 한 학생은 없다 하며, 따라서 교육자 중에 자기가 홀로 신문명을 이해하고 조선 전도를 통견(洞見)하는 능력이 있는 줄로 생각한다. 서울 안에 수백 명 되는 교사는 모두 다 조선인 교육의 의의를 모르고 기계 모양으로 산술을 가르치고, 일어를 가르치는 것이라고 생각한다. 그러므로 그는 조선인 교육계에 대하여 항상 불만한 생각을 품는다.

그가 경성교육회라는 것을 설립할 양으로 두어 달을 두고 분주한 것도 이러한 기관을 이용하여 자기의 교육에 대한 이상을 선전하려 함이었다.

그러나 다른 교사들은 형식을 그처럼 지식과 사상이 높은 자라고 인정하지 아니하였고, 어떤 사람은 형식을 자기네와 평등이라고도 생각하지 아니하였다. 과연 형식의 하는 말에나 일에는 별로 뛰어난 것이 없었다. 형식이 큰 진리인 듯이 열심으로 하는 말도 듣는 사람에게는 별로 감동을 주는 바가 없었다. 다만 형식의 특색은 영어를 많이 섞고 서양 유명한 사람의 이름과 말을 많이 인용하여 무슨 뜻인지 잘 알지도 못할 말을 길게 함이었다. 형식의 연설이나 글은 서양 글을 직역한 것 같았다.

형식의 말을 듣건대 이러한 말이나 글이 아니고는 깊고 자세한 사상을 발표할 수가 없다고 한다. 그래서 여러 사람이 자기의 의견을 좇지 아니함은 그네가 자기의 사상을 깨달을 힘이 없음이라 하여 혼자 분개해 한다. 공평하게 말하면 형식은 다른 교사들보다 좀 더 진보한 점이 있고, 또 자기가 믿는 바를 어디까지든지 실행하려 하는 정성은 있다. 그러나 그는 사람의 마음을 보는 법이 어두웠다. 그의 생각에 세상 사람의 마음은 다 자기의 마음과 같아서 자기가 좋게 생각하는 바는 깨닫기만 하면 다른 사람에게도 좋게 보이려니 한다. 일언이폐지하면 그는 주관적이요, 이상의 인이요, 실제의 인은 아니다.

그의 지나간 사 년간의 교사 생활은 실패의 생활이었다. 그는 학교에서 여러 가지 의견을 제출했으나 별로 채용된 것이 없었고, 학생들에게도 여러 가지로 가르치고 시키는 바가 있었으나 별로 환영되지도 아니하였고, 물론 실행된 것은 별로 없었다.

형식은 이것을 보고 분개한 적도 있고 비관한 적도 있었다. 그러나 그는 이것을 자기가 부족함이라고 생각하지 아니하고 세상 사람이 아직 자기의 높은 사상을 깨닫지 못함이라 하여 스스로 선각자의 설움이라 일컫고 혼자 안심하였다.

그러나 남들이 형식의 의견을 채용치 아니함은 자기네가 그것을 깨닫지 못함이라고는 하지 아니하였다. 그네가 보기에 형식의 의견은 도저히 실행할 수 없는 것이요, 또 설사 실행한다 하더라도 효력이 없을 듯한 것이었다. 그러나 여러 사람도 차차 형식의 지식이 꽤 많음과 어려운 책을 많이 보고 생각이 꽤 깊은 줄을 인정하였다. 그래서 농담 삼아, 칭찬 삼아 형식을 '사상가'라고도 하고, '철학자'라고도 하였다. 그러나 이러한 별명에는 '너는 생각이나 하여라. 실제에는 아무것도 못하겠다.' 하는 조롱의 뜻이 대부분이었다. 그러나 이 별명을 듣는 형식은,

'너희는 사상가가 무엇이며 철학자가 무엇인지를 아느냐.' 하고 비웃으면서도 그러한 별명이 아주 듣기 싫지는 아니하였다.

71

형식은 사무실에 들어갔다. 벌써 상학종을 쳐서 교사들은 다

교실에 들어가고 배 학감이 혼자 궐련을 피우고 앉았다가 형식을 슬쩍 보고 고개를 돌린다. 형식은 문득 불쾌한 생각이 났으나 잠자코 분필통과 책을 들고 이층 사 년급 교실에 들어갔다. 형식은,

"시간이 늦어서 미안하외다."

하고 반가운 듯이 교실을 둘러보았다.

희경이 형식을 슬쩍 보더니 웃으며 고개를 숙인다. 다른 학생들도 빙글빙글 웃으며 형식을 쳐다보기도 하고 서로 돌아보기도 한다. 김종렬이 혼자 웃지도 아니하고 점잖게 앉았다.

형식은 책을 펴서 책상 위에 놓고 교의에 걸터앉아서 수상한 듯이 일동을 본다. 형식의 가슴에는 말할 수 없이 불쾌한 생각이 난다. 학생들의 태도가 암만해도 수상하다 하였다. 전에는 이러한 일이 없었다. 오늘은 학생들의 태도에 자기를 비웃는 빛이 보인다. 그러나 형식은 웃으며,

"왜들 나를 보고 웃으시오……. 자, 시작합시다. 제십팔과……. 김 군, 읽어 보시오."

학생들은 참다못한 듯이 한꺼번에,

"와!"

하고 웃는다. 책상 위에 이마를 대고 끽끽 하며 웃는다. 학생들의 등이 들먹들먹한다.

형식은 얼굴이 빨갛게 되었다. 부끄럽기도 하고 분하기도 하고 슬프기도 하였다. 그래서 발을 구르며 책망도 하고 싶고 소리를 내어서 울고도 싶었다.

형식은 벌떡 일어나서 엄한 목소리로,

"이게 무슨 일들이오? 무슨 버르장머리들이란 말이오?"

하고 눈을 부릅떴다. 그러나 그 말소리는 떨렸다. 일동은 웃음을 그치고 모두 바로 앉았다.

희경은 고개를 푹 수그리고 연필로 책상에 무엇을 그적그적한다. 김종렬은 여전히 시치미 떼고 앉았다. 형식은 차마 가르칠 생각이 없다. 가슴이 울렁울렁하고 숨이 차다. 자기가 사오 년간 전심력을 다 바쳐서 가르치던 자들에게 모욕을 받은 것 같아서 참 분하였다.

저편 교실에서는 수학을 강의하는 모양이더니 학생의 웃음소리와 형식의 큰 소리가 나자 갑자기 말이 끊어진다. 아마 이편 교실 모양을 엿듣는 듯하다. 형식은,

"무슨 일이오, 누구든지 말을 하시오. 학생들이 그게 무슨 행위란 말이오? 말을 하시오!"

일동의 시선은 김종렬에게로 몰린다. 희경은 더욱 고개를 숙이고 다리를 흔들흔들하면서 연필로 무슨 글자를 쓴다.

김종렬은 우뚝 일어선다. 학생들은 형식과 종렬의 얼굴을 번

갈아 보며 빙끗빙끗 웃기도 하고 서로 쿡쿡 찌르기도 한다. 어떤 자는 소곤소곤 이야기까지 한다.

형식의 머리터럭은 온통 하늘로 올라가는 듯하였다.

종렬은 연설하는 사람 모양으로 한 번 기침을 하더니,

"선생님, 한마디 질문할 말씀이 있습니다."

하고 형식을 노려본다.

형식은 '질문'이라는 말에 몸이 으쓱하였다. 그러나 어떤 일이라도 상관없다 하는 용기도 난다. 그래서 종렬을 마주 보며,

"무슨 질문이오?"

"선생님 그동안 어디 갔다 오셨습니까……. 제가 질문이라 함은 그것을 가리킴이외다."

하고 자리에 앉는다.

일동의 시선은 형식의 입으로 모인다. 형식은,

"그래, 평양 갔다 왔소. 그래서? 그러니 어떻단 말이오?"

"무엇하러?"

하고 어떤 학생이 혼잣말 모양으로 묻자 다른 어떤 학생이,

"누구하고?"

한다.

학생들은 또 한 번 끽끽 웃는다. 또 어떤 학생이,

"누구를 따라서?"

한다. 형식은 다 알았다. 종렬이 다시 일어나며,

"평양은 무슨 일로 가셨습니까? 학교를 쉬고 가시는 것을 보매 무슨 중대한 사건이 발생한 줄을 추측하기 비난합니다마는……."

형식은 말이 막혔다. 고개를 숙이고 눈을 감았다. 자기도 무엇을 생각하는지 모르게 한참이나 가만히 섰다. 학생들은 또 웃는다. 누가,

"계월향이 따라서 후후."

한다.

이때에 배 학감이 쑥 들어오며,

"이 선생, 왜 이렇게 교실이 소요하오? 다른 교실에서 상학할 수가 없구려."

하고 학생들을 돌아보며,

"왜들 이렇게 떠드오?"

하고 돌아서서 나가려 할 적에 학생 중에서,

"계월향!"

하고 소리를 지른다.

배 학감은 형식을 한 번 흘겨보고 문을 닫고 나간다. 형식은 고개를 들어 학생들을 둘러보더니 떨리는 목소리로,

"사 년간 교정이 이에 다 끊어졌소. 나는 가오."

하고 교실에서 나왔다.

교실에서는 웃는 소리, 지껄이는 소리가 들린다. 형식의 눈에는 눈물이 고였다.

사무실로 들어가 모자를 집어 들고 어디로 달아나리라 하였다. 그러나 배 학감이,

"여기 좀 앉으시오그려."

하고 의자를 권하므로 아무 생각도 없이 의자에 앉아서 궐련을 끄집어내어 불을 붙였다.

배 학감은,

"그동안 어디 가셨어요?"

"네, 평양 좀 갔다 왔어요."

"아마 재미 많으셨겠습니다. 평양 경치가 좋지요?"

"노형은 나를 조롱하시오?"

하고 형식은 배 학감을 흘겨보았다. 배 학감은 웃으면서,

"아, 그렇게 성내실 것은 없지요. 남자가 기생을 좀 데리고 논다고 그렇게 흠할 것은 아니니까……. 다만 이 선생님께서는 너무 고결하시니까 그런 일이 없을 줄 알았단 말이지요. 나는 계월향이 이 선생의 사랑하는 계집인 줄은 몰랐구려. 벌써 알았다면 그러한 실례는 아니하였을 것인데, 그렇게 계월향을 감추실 게야 있어요? 우리 같은 사람도 그 얼굴이나 보고 소리나 듣게

해 주시지요. 허허, 참 복 좋으시오."

"이기지심으로 탁인지심(以己之心度人之心)이로구려! 이형식이 노형같이……."

"흥, 물론 노형은 고결하시지요, 성인이시지요, 백이숙제(伯夷叔齊)시지요."

형식은 주먹으로 책상을 탁 치고 교문을 나섰다.

72

형식은 운동장에 나섰다. 일 년급 어린 학생들이 체조를 하다가 형식을 쳐다본다. 뚱뚱한 체조 교사가 수건으로 이마에 땀을 씻으면서 형식에게 인사를 한다. 형식의 생각에는 모두 자기를 보고 웃는 것 같았다.

더구나 평생 배 학감에게 아첨을 하여 가며 자기에게 대하여 반대의 태도를 가지던 체조 교사의 눈에는 확실히 자기를 조롱하는 빛이 있다 하였다.

그래서 형식은 '다시는 이놈의 학교에 발길을 아니하겠다.' 하면서 교문을 나섰다. 그러나 교문을 나서서는 한참 주저하였다. 자기가 사오 년 동안 집으로 알아 오던 학교와, 형제로 자녀로 아내로 사랑하는 자로 알아 오던 학생들을 영원히 떠나는가 하면 미상불 슬프기도 하였다. 그 운동장에 풀 한 대, 나무 한 가지가 어느 것이나 정들지 아니한 것이 없다.

저편 철봉 뒤에 선 십여 길이나 되는 포플러는 형식이 처음 부임한 해에 자기의 손으로 심고, 자기가 날마다 물을 주고 벌레를 잡아 가며 기른 것이다. 그 포플러는 벌써 가지가 퍼지고 잎이 성하여 훌륭한 정자나무가 되었다. 어여쁜 학생들이 낮에 그 나무 그늘에 앉아서 즐겁게 이야기하는 것을 볼 때에 형식은 매양 기쁨을 깨달았다. 마치 자기의 마음이 그 포플러가 되어서 어린 학생들을 가려 주는 것같이 생각하였다. 그리고 자기도 쉬는 시간에는 그 나무 그늘에서 거닐기도 하고 반가운 듯이 그 나무를 어루만지기도 하였다.

그러나 이제는 형식은 간다. 그 나무는 점점 더 퍼져서 수없는 어린 학생들이 그 나무 그늘에서 여전히 즐겁게 노닐련만, 다시 자기를 생각할 자는 없을 것이다.

형식은 고개를 돌려 한참 그 나무를 쳐다보며 창연히 눈물을 흘렸다. 그러나 차마 이 학교 문밖에 오래 섰지 못하여 고개를 푹 숙이고 안동 네거리를 향하고 내려온다.

일기는 날로 더워 가고 하늘에는 구름장이 떠돌건마는 언제 비가 올 것 같지도 아니하다. 길 가는 사람들은 홰를 내어 부채질을 하고, 구루마꾼들은 흐르는 땀에 눈도 잘 뜨지 못한다. 파출소에 흰 복장 입은 순사가 추녀 끝 그늘에 들어서서 입으로 후후 바람을 내고 섰다. 그러나 형식은 더운 줄도 모르고 이따금 마주 오는 구루마를 비키면서 안동 골목으로 내려온다.

형식의 정신은 극히 혼란하다. 경성학교에 사직표를 제출할 것은 생각하나, 그 밖에는 어찌하여야 좋을는지 생각이 없다. 형식의 머리는 마치 물 끓는 모양으로 부걱부걱 끓는다. 여러 날 정신과 몸이 피곤한 데다가 지금 학교에서 극렬한 자극을 받았으므로 형식은 마치 열병 환자와 같이 되었다. 다만 말할 수 없는 슬픔이 천근만근의 무게로 머리를 내려 누를 뿐이다.

아까 교실에서 일어난 사건은 형식에게는 가장 중대하고 가장 불행한 사건이다. 형식의 전 희망은 그 사 년급에 있었고, 형식의 전 행복도 그 사 년급에 있었다. 그 사 년급이 있는지라 형식은 적막함이 없었고, 그 단순하고 무미한 생활 중에서도 큰 즐거움을 얻어 왔던 것이다.

그 사 년급은 어떤 의미로 보아 지나간 사오 년간에 그의 재산이었고 생명이었다. 또 그의 전심력을 다하는 사업이었다. 그리고 그의 생각에 사 년급 삼십여 명 학생은 영원히 자기의 정신적 아우와 아들이 되어, 마치 자기가 오매에 그네를 잊지 못하는 모양으로 그네도 자기를 잊지 아니하리라 하였다. 자기가 그네를 사랑하는 모양으로 그네도 자기를 사랑하리라 하였다.

그러나 그것은 한바탕 꿈이었다. 형식은 부모도 없고 형제도 없고 별로 친한 친구도 없으매 그네를 그처럼 사랑하였거니와, 그네에게는 형식 외에 부모도 있고 형제도 있고 사랑스러운 동무도 있었다.

사오 년래 혹 형식을 따르는 학생도 없지는 아니하였으나, 가장 따르는 듯하던 이희경에게도 형식은 결코 중요한 사랑하는 자가 아니었었다. 형식은 이런 줄을 모르고 있다가 오늘에야 비로소 깨달은 것이다. 오늘에야 비로소 사 년급 학생들의 눈에 비친 자기를 분명히 깨달은 것이다.

자기가 전심을 다하여 사랑하여 오던 자가, 또는 자기를 전심력을 다하여 사랑하거니 하던 자가 일조에 자기를 사랑하지 아니하는 줄을 깨달을 때에 그 슬픔이 얼마나 할까. 아마도 인생의 모든 슬픔 중에 '사랑의 실망'에서 더한 슬픔은 없을 것이다.

형식은 정히 이러한 상태에 있다. 지금 형식에게는 남은 것이 하나도 없다. 이번 평양 갔던 일은 변명도 할 수 있으려니와, 그것을 변명하는 것은 형식에게는 그다지 필요한 일이 아니다. 그것을 변명한다 하더라도 사 년급 학생들이 자기를 사랑하지 아니한다는 진리는 변할 수 없는 것이다.

형식은 자기의 명예를 위하여 슬퍼하는 것이 아니다. 명예는 사람에게 셋째나 넷째로 귀중한 것이다.

형식은 지금은 목숨의 뿌리를 잃어버린 것이다. 인생에 발 디딜 데를 잃고 공중에 둥둥 뜬 모양이다.

형식이 아주 말라죽고 말는지, 다시 어디다가 뿌리를 박고 살는지 이것은 장래를 보아야 알 것이다.

73

형식은 정신없이 집에 돌아왔다. 노파가 웃통을 벗고 마루에 앉아서 담배를 먹는다.

어깨와 팔굽이에 뼈가 울룩불룩 나오고 주름 잡힌 두 젖이 말라붙은 듯이 가슴에 착 달라붙었다. 귀밑으로 흘러내리는 두어 줄기 땀이 마치 그의 살이 썩어서 흐르는 송장물 같은 감각을 준다. 반이나 세고 몇 올이 아니 남은 머리터럭과, 주름 잡히고 움쑥 들어간 두 뺨과, 뜨거운 볕에 시든 풀잎과 같은 그 살과 허리를 구부리고 담배를 먹는 그 모양은 사람에게 말할 수 없는 슬픔을 준다. 그도 일찍 여러 남자의 정신을 황홀케 하던 젊은 미인이었다.

그의 생각에 천하 남자는 다 자기를 보고 정신을 잃은 줄 알았다. 자기의 얼굴과 몸의 아름다움은 영원하리라 하였다. 그렇게 생각한 지가 불과 이삼십 년 전이었다. 그러나 그의 얼굴과 몸에 있던 아름다움은 다 어디로 날아가고 말았다. 그가 흘리는 땀이, 즉 그 아름다움이 녹아내리는 물인 것 같다.

그는 무엇하러 세상에 났으며, 세상에 나서 무슨 일을 하였고, 무슨 낙을 보았는고. 그렇지마는 그 노파는 아직도 살아간다. 병이 나면 약을 먹고, 겨울이 되면 솜옷을 입어 가면서 아직도 죽을 생각은 아니하는 것 같다. 내일이나 내년에 무슨 새로운 낙이 오기를 기다리는지도 모르지마는 그는 밤이 새고 아침이 되면, 또 자리에서 일어나서 밥을 짓고 빨래를 한다. 일찍 형식이 노파의 빨래하다가 허리를 툭툭 치며 담배를 피우는 것을 보고,

"담배 먹는 재미로 살으십니다그려."

한 적이 있다. 그때에 노파는 빙끗 웃었다. 형식은 그 웃음의 뜻을 모른다. '그렇소.' 하는 뜻인지 '아니오.' 하는 뜻인지 몰랐다. 이 뜻을 아는 사람은 없다. 노파 자기도 모른다.

그러나 누가 보든지 노파의 살아가는 목적은 담배 먹기 위함이다. 그 담배 연기 속에 노파의 모든 행복과 사업이 있다. 노파는 하루 스물네 시간에 거의 절반은 담배 연기를 바라보고 살아간다. 눈도 끔뻑하지 아니하고 독한 담배 연기를 물끄러미 쳐다

보고 앉았는 것이 노파의 생활의 중심이다.

노파에게서 만일 담배를 빼앗으면 이는 생명을 빼앗음이나 다름없다. 평생 아랫목에 우두커니 섰는, 댓진 배고 헝겊으로 세 군데나 감은 담뱃대가 즉 노파의 생명이다. 노파의 입에서 담배 연기가 아니 나오게 되면 이는 노파의 몸에 피가 아니 돌아가게 된 표다.

노파 자기는 이렇게 생각하는지 아니하는지 모르지마는 곁에서 보기에는 암만해도 그렇게밖에 더 생각할 수가 없다. 담배 먹기밖에 노파에게 모슨 인생의 목적이 있는 것 같지 아니하다.

형식이 정신없이 들어올 때에 노파가 무슨 생각을 하였는지 모른다. 아마 아무 생각도 없이 다만 무럭무럭 피어오르는 담배 연기만 쳐다보았을 것 같다. 만일 무슨 생각이 있었다 하면 그는 아마 희미한 안개 속으로 보는 듯한 젊었을 적의 기억일 것이다.

어떤 대감 집에서 세력을 잡던 기억, 젊고 고운 문객의 품에 안기었던 기억, 그렇지 아니하면 토실토실한 아기의 손에 자기의 부드럽고 살진 젖꼭지를 잡히던 기억, 또는 다 자란 아들이 턱춤을 추며 죽던 기억, 또는 아무 때 어디서 어떠한 고운 옷을 입고 어떠한 맛나는 음식을 먹던 기억일 것이다.

아마 하루에 몇 번씩 담배 연기 속에 이러한 기억이 떠 나오는 것을 볼 것이다. 지금은 어떠한 기억이 떠 나왔는지 모르거니와 노파는 형식을 보고 얼른 곁에 벗어 놓았던 땀이 밴 적삼을 입으며,

"어째 벌써 오셔요?"

한다.

형식은 두루마기와 모자를 벗어 홱 방 안에 집어던지면서,

"흥, 학교에도 다 갔소."

"왜, 이제는 학교에 아니 가셔요?"

"이제는 교사도 그만둘랍니다."

하고 툇마루에 쿵 하고 몸을 던지는 듯이 걸터앉으며,

"냉수나 한 그릇 주시오. 속에서 불길이 피어올라 와 못 견디겠소."

노파는 부엌에 들어가 사기대접에 냉수를 떠서 형식을 준다.

형식은 냉수를 한 모금에 다 들이켜더니,

"에 시원하다. 냉수가 제일 좋다."

하고 밀수 먹은 사람 모양으로 맛나는 듯이 입을 다시며 혀를 내밀어 아래위 입술에 묻은 물을 말끔 빨아들인다.

노파는 이상한 듯이 물끄러미 보더니 자기 방에 건너가 초갑과 담뱃대를 들고 형식의 곁으로 온다.

형식은, '또 나를 위로할 작정으로 오는구나.' 하고 괴로운 중

에도 속으로 웃었다. 그러나 노파의 위로를 듣는 것이 더욱 괴로울 듯하여 먼저 말끝을 돌려,

"어저께 신 주사 안 왔었어요?"

"아니오."

"왜 근래에는 신 주사를 싫어하세요? 한동안은 꽤 신 주사를 좋아하셨지요."

"누가 신 주사를 싫어하나요. 너무 함부로 말씀을 하시니 그렇지."

하고 픽 웃는다.

"장찌개에 구더기 있다고."

하고 형식도 허허 웃었다. 노파는 이 기회를 아니 놓치리라 하는 듯이,

"그런데 왜 학교를 그만두세요? 그 배 학감인가 하는 사람과 다투셨어요?"

"다툰 것도 아니야요. 교사 노릇도 너무 오래했으니 이제는 다른 것을 좀 해 보지요."

"다른 것? 무엇이오? 옳지, 이제는 벼슬을 하시오. 그런 배 학감 같은 사람과 같이 있으니깐 살이 내리지, 벼슬을 하면 작히나 좋아요. 저 건너편 집 아들도 일전에 무슨 주사를 해서……."

"나는 벼슬보다 중노릇을 하고 싶어요. 저 깊은 산 속에 들어

가서 조그만 암자에다가……. 옳지, 칡베 장삼에 나무아미타불, 나무아미타불하는 것이 제일 좋아요.”

하고 웃으며 노파를 본다. 노파는 눈이 둥그레지며,

“저런! 무엇을 못해서 중이 되어요?”

“중이 안 되면 무엇을 해요?”

한참 잠잠하였다.

74

형식은 무심중 ‘중노릇을 하고 싶어요.’ 하였다. 그러나 말을 하고 본즉 과연 중 되는 것이 제일 좋을 듯하다. 또 중 될 것밖에 더 길이 없는 것도 같다.

조선의 문명을 위하여, 자기의 명예를 위하여 힘쓰겠다는 마음이 일시에 다 스러지는 것 같다. 마치 어떤 사람이 아내도 죽고, 아들딸도 다 죽고 재산도 다 없어진 것 때문에 느끼는 듯하는 슬픔과 절망이 가득 찼다.

영채가 죽은 것과 영채의 집이 멸망한 것과 자기가 지금 사년급 학생에게 욕을 당한 것과 모든 것이 힘을 합하여 형식의 정신을 깊고 어두운 땅속으로 끌고 들어가는 것 같다. 지금껏 자기가 하여 온 생활이 마치 아무 뜻도 없고 맛도 없는 것 같고, 길고 불쾌한 꿈을 꾸다가 우연히 번쩍 눈을 뜬 것같이 불쾌한 생각이 난다.

학교에서 사오 년간 분필을 들고 가르치던 것이며, 늦도록 책을 보고 외국 말의 단자를 외우던 것이며, 선형과 순애에게 가르치던 것이며, 영채를 만났던 것과, 청량리에서 한 일과, 평양에 갔던 일이 모두 다 무슨 부끄럽고 싱거운 일같이 보인다.

지금껏 정답게 생각하여 오던 노파까지도 마치 무슨 더럽고 냄새나는 물건같이 보인다. 모든 것이 다 부끄럽고 불쾌하고 성이 난다. '응, 내가 무엇하러 이 모양으로 살아왔는고.' 하여 본다. 내가 지금까지 살아온 값이 무엇이며 뜻이 무엇인고 한다. 당장 이 생활을 온통 내던지고 어디 사람 없는 외딴 곳에 들어가서 숨고 싶은 생각이 난다. 한 시간이라도 이 서울 안에, 이 노파의 집에 있기 싫은 생각이 난다. 그래서 노파에게,

"중이 제일 좋아요. 세상에 있으면 무슨 재미가 있나요."

"선생 같은 이야 왜 재미가 없어요. 나이가 젊으시것다, 재주가 있것……, 왜 세상이 재미가 없겠소."

"아주머니께서는 젊었을 때에 재미가 많았어요?"

노파는 빙그레 웃으며,

"아, 젊었을 적에야 날마다 기쁘기만 했지요. 웃다가도 울기

도 했지마는, 젊었을 때에 우는 것은 늙어서 웃는 것보다도 낙이라오…….”

형식은 ‘노파가 참 말을 잘한다.’ 하고 노파의 얼굴을 보았다. 노파는 젊었을 때를 생각만 해도 기쁜 듯 얼굴에 화기가 돌며,

“나는 이 선생께서는 무슨 재미에 살으시는지 모르겠습디다. 좋은 벼슬도 아니하고, 고운 색시도……. 하하, 이런 말씀을 하면 선생은 늘 이마를 찌푸리시것다……. 그러나 내 말이 옳지요. 꽃 같은 청춘에 왜 혼자 우두커니 방에만 들어앉았겠어요. 그러니까 세상이 재미가 없어서 중이 되느니 무엇이 되느니 하지요. 나는 젊었을 적에는……. 말을 다해 무엇하겠소. 늙으면 허사입니다.”

이 말은 거의 한 달에 한 번씩이나 형식을 대하여 하는 말이었다. 그러나 형식은 다만 웃고 들었을 뿐이었다. 그러나 오늘은 그 노파의 말에 새로운 뜻과 힘이 있는 것같이 들린다. 그리고 선형과 영채를 대하였을 때의 즐겁던 생각이 난다.

그리고 외국 서적에 사랑의 즐거움을 찬미한 것을 보던 생각이 난다. 과연 남녀의 사랑이 인생에 제일 큰 행복이라 할까. 적어도 이 노파는 일생에 기쁜 일이라고는 남녀의 사랑밖에 없는 것같이 말한다. 내가 평생 적막하고, 세상에 따뜻한 재미를 못 붙임은 이 사랑이란 맛을 못 보는 때문인가 하여 본다. 그래서

웃으며,

"그러면 나도 즐거운 재미를 볼 수가 있을까요?"

하였다. 그리고는 미련한 질문을 다 하였다 하고 속으로 부끄러웠다. 노파는,

"아, 재미를 볼 수가 있고 말고. 선생 같은 이면 장안 미인들이 저마다 따르지요. 얼굴이 좋것다, 마음씨가 곱것다……. 지금은 세상이 말세가 되어서 그렇지마는, 전 세월 같으면 대과 급제에, 선생 같으신 이는 미인에 걸려 다니시지를 못하겠소."

"흥, 그러니까 지금은 쓸데없단 말씀이구려. 대과 급제가 없으니까."

"전 세월만 못하단 말이지, 지금인들 장안에 일등 기생이 여러 백 명 될 터인데……."

하더니 문득 목소리를 낮추며,

"그런데……."

하고 잊어버렸던 것을 생각하는 듯이 고개를 기울이더니,

"영채, 그 새악시 말이야요. 어떻게 되었나요? 그 후에 한 번 만나 보셨어요?"

형식은 이 말에 가슴이 뜨끔하였다. 손에 들었던 궐련을 땅에 떨어뜨렸다. 그렇게 형식은 놀랐다.

"그만 물에 빠져 죽었답니다."

"물에 빠져? 언제?"

"아마, 그저께 빠져 죽었겠지요."

"에그머니, 웬일이야요? 왜 빠져 죽어요? 저런!"

형식은 말없이 두 팔로 제 목을 안고 고개를 수그렸다. 지나간 삼사 일의 광경이 눈앞으로 휘익휘익 지나간다. 노파의 눈에는 눈물이 핑 고인다.

"아, 글쎄 무슨 일이야요?"

"나처럼 세상이 재미없던 게지요."

"에그머니, 저런! 꽃 같은 청춘에 왜 죽는담. 명이 다해서 죽는 것도 설운데 물에를 왜 빠져 죽어?"

하고 한참 묵묵히 앉았더니 손등으로 눈물을 씻으며,

"이 선생이 잘못해서 죽었구려!"

"어째서요?"

"그렇게 십여 년을 그립게 지내다가 찾아왔는데 그렇게 무정하게 구시니까."

'무정하게'라는 말에 형식은 놀랐다. 그래서

"무정하게? 내가 무엇을 무정하게 했어요?"

"무정하지 않구. 손이라도 따뜻이 잡아 주는 것이 아니라……."

"손을 어떻게 잡아요?"

"손을 왜 못 잡아요? 내가 보니까, 명채……."

"명채가 아니라 영채야요."

"옳지, 내가 보니깐 영채 씨는 선생께 마음을 바친 모양이던데. 그렇게 무정하게 어떻게 하시오. 또 간다고 할 적에도 붙들어 만류를 하든가 따라가는 것이 아니라……."

하고 형식을 원망한다.

75

노파의 말에 형식은 더욱 놀랐다. 과연 자기가 영채에게 대하여 무정하였던가. 과연 그때에 영채의 손을 잡으며 나도 지금껏 자기를 그리워하던 말을 할 것이 아니었던가.

그리고 일어나 나가려 할 때에 그를 붙들고 그의 장래에 대한 결심을 물어보아야 할 것이 아니었던가. 그리고 그 자리에서 내가 너를 거두겠다 하고 같이 영채의 집에 가서 그 어미와 의논할 것이 아니었던가. 그리 하였다면 영채는 그 이튿날 청량리에도 아니 갔을 것이요, 그 변도 당하지 아니하였을 것이 아니었던가.

또 청량리에서 같이 다방골로 오는 동안에도 내가 너를 거두마 할 것이 아니었던가. 다방골로 가지 말고 다른 객점이나 내 집에 데리고 올 것이 아니었던가. 그리 하였다면 평양으로 갈 생각도 아니하고 물에 빠져 죽지도 아니할 것이 아니었던가.

옳다, 노파의 말과 같이 영채를 죽인 것은 나이다. 영채가 내 집에 온 것은, '나도 너를 기다리고 있었다. 이제야 만났구나.' 하는 내 말을 들으려 함이다. 그리고 '이제부터 너는 내 아내다.' 하는 말을 들으려 함이다.

그런데 나는 그때에 무슨 생각을 하였나. 영채가 기생이나 아니되었으면 좋겠다, 어떤 상류 가정에 거둠이 되어 여학교에나 다녔으면 좋겠다……. 이러한 생각을 하였다. 그리고 마음속으로는 선형이 있는데 왜 영채가 뛰어나왔나, 영채가 기생이거나 뉘 첩이 되었으면 좋겠다 하기도 하였다. 아아, 상류 가정은 무엇이며 기생은 무엇인고.

또 나는 왜 그 이튿날 아침에 일찍이 영채를 찾지 아니하였던고. 학교를 위해서? 교육가라는 명예를 위해서? 옳다, 영채를 죽인 것은 나이다.

그리고 평양까지 따라 내려갔다가 영채의 시체도 찾아보지 아니하고 왔다. 칠성문 밖에서 도리어 기쁜 마음을 가지고 왔다. 밤새도록 차 속에서도 영채는 생각도 아니하고 왔다. 영채가 죽은 것이 도리어 무거운 짐이 덜리는 것 같았다.

형식은 고개를 흔들며,

"옳아요. 내가 영채를 죽였어요, 내가 죽였어요! 나를 위하여 살아오던 영채를 내 손으로 죽였어요!"

하고 몹시 괴로운 듯이 숨이 차다.

노파는 도리어 미안한 생각이 나서,

"다 제 팔자지요."

"아니야요. 내가 죽였어요."

이때 우선이 대팻밥모자를 두르며 들어와 인사도 없이,

"언제 왔나, 그래 찾았나?"

형식은 우선은 보지 아니하고,

"내가 죽였네, 영채를 내가 죽였네."

"응, 죽었어! 그 전보가 아니 갔던가?"

"내가 죽였어! 그러고서는 나는 그의 시체도 찾지 아니하고 왔네그려. 흥, 학생들 쉴까 보아서."

"김 장로의 따님이 보고 싶던 게지."

하고 이러한 경우에 있어서도 우선은 골계를 잊지 아니한다.

"대관절 어찌 되었나?"

"죽었어!"

하고 벌떡 일어나며,

"자네 돈 있나. 있거든 한 오 원 꾸게."

하고 생각하니, 이제는 돈 나올 곳도 없다. 학교에서 유월 월급은 주겠지마는 찾으러 갈 수도 없고, 칠월부터는 형식에게는 아무 수입도 없다.

"돈은 해서?"

"가서 영채의 시체나 찾아야겠네. 찾아서 내가 업어다라도 장례나 지내 주어야겠네."

하고 형식은 괴로움을 못 견디어하는 듯이 마당으로 왔다 갔다 한다. 형식의 적삼에는 땀이 배었다.

우선은 지팡이로 엉덩이를 버티고 서서 형식을 보더니,

"벌써 다 떠내려갔겠네. 황해 바다로 둥둥 떠나갔겠네."

"왜 그래요? 물에 빠져 죽은 송장은 사흘 전에는 그 자리에 아니 떠난답니다."

하고 노파가 우선을 보며 말한다.

"떠내려갔거든 어디까지든지 따라 내려가지. 있는 데까지 따라 내려가지."

하고 잠깐 눈을 감고 우두커니 섰더니, 결심한 듯이 고개를 번쩍 들고 우선의 곁으로 와서 손을 내밀며,

"어서 오 원만 내게."

"지금 곧 떠날 터인가?"

"정거장에 나가서 차 있는 대로 떠날라네."

우선은 마지못하여 하는 듯이 오 원짜리 지표를 내준다. 영채가 죽었단 말을 듣고 우선도 미상불 슬펐다. 귀중히 여기던 무엇이 없어진 것 같았다.

형식은 돈을 받아 넣고, 방에 들어가 두루마기를 입고 책 한 권을 뽑아 들고 신을 신으려고 나섰다.

이때에 어떤 파나마를 쓴 신사가 형식을 찾는다. 형식은 이마를 찌푸리더니 마지못하여 문에 나갔다. 그는 김 장로와 한 교회에 있는 목사다. 젊은 얼굴에 수염은 한 개도 없고 두 뺨에는 굵은 주름이 서너 줄 깔렸다. 정직한 듯한 중늙은이다.

우선과 노파는 노파의 방 툇마루에 가서 우두커니 두 사람을 본다. 형식은 책을 놓고 목사를 청해 올려 앉혔다.

"어디 가시는 길이오?"

"네, 산보 나가던 길이올시다. 더운데 어떻게 이렇게……."

"뵈온 지도 오래고……. 또 무슨 할 말씀도 좀 있어서."

"제게요?"

하고 형식은 목사를 본다.

목사는 까닭 있는 듯이 빙그레 웃으며,

"과히 바쁘시지는 않으셔요?"

"아니올시다. 말씀하시지요."

"허허허, 이 선생께서 기뻐하실 말씀이외다."

하고 또 한 번 웃으며 형식의 방 안을 둘러본다.

노파와 우선은 서로 돌아보며 무엇을 수군수군한다. 오늘은 노파가 우선을 그다지 싫어하지 않는 모양이다.

목사는 한참 부채질을 하더니 유심히 형식을 보며,

"다른 말씀이 아니라."

하고 말을 내기가 어려운 듯이 말을 시작한다. 듣는 형식도 무슨 일인지는 모르나, 목사의 태도가 수상하다 하였다. 그리고 어서 말을 다 하면 정거장으로 뛰어나가리라 하였다.

76

"다른 말이 아니라, 김 장로의 말씀이……."

하고 목사가 말을 시작한다.

노파와 우선은 안 듣는 체하면서도 들으려 한다.

"김 장로의 말씀이 선형이를 이 가을에 미국에 보낼 터인데……."

"네."

하고 형식이 조자(調子)를 맞춘다.

"그런데 미국 가기 전에 어, 약혼을 하여야 하겠고, 또 미국을

보낸다 하더라도 딸 혼자만 보내기도 어려운즉 – 이 목사는 '어'와 '즉'을 잘 쓴다. – 약혼을 하고 신랑까지 함께 미국을 보냈으면 좋겠다는데…….”

하고 말을 그치고, 또 웃으며 형식을 본다.

형식은 부끄러운 듯이 고개를 돌리며,

“네, 그런데요.”

하였다. 이 밖에 어떻게 대답을 해야 좋을지 몰랐다. 목사는,

“그런데 김 장로께서는 어, 이 선생께서 어, 허락만 하시면…… 어, 이 선생도 미국 유학을 갔으면 좋겠고……. 그것은 어쨌든지 김 장로 양주께서는 매우 이 선생을 사랑하시는 모양인데. 그래서 날더러 한 번 이 선생의 뜻을 물어 달라고 해요. 어, 그래서…….”

“제 뜻을?”

“네, 이 선생의 뜻을.”

“무슨 뜻 말씀이야요?”

우선은 고개를 돌려 노파를 보고 씩 웃는다. 노파도 웃는다.

목사는 형식의 둥그레진 눈을 보더니 비웃는 듯이,

“그만하면 알으시겠구려.”

“…….”

“그러면 어, 다시 말하지요. 이 선생이 선형과 약혼을 하여 주

시기를 바란단 말이외다. 물론 청혼하는 데도 여러 곳 있지마는, 김 장로 양주는 이 선생이 꼭 마음에 드는 모양이로구려."

형식은 이제야 분명히 목사의 말뜻을 알아들었다. 그리고 가슴이 뜨끔했다. 목사는,

"어떻게 생각하시오?"

형식은 어떻게 생각할지를 몰랐다. 가만히 앉았다.

"그동안 이 선생께서 선형에게 영어를 가르치셨지요?"

"네, 며칠 전부터."

"그 뜻을 알으셔요?"

"무슨 뜻이오?"

"하하, 영어를 가르쳐 주옵사고 청한 뜻 말씀이오."

"……."

"지금은 전과 달라 부모의 뜻대로만 혼인을 할 수가 없으니까 서로 잠깐 교제를 해 보란 뜻이지요. 그래 어떠시오?"

"제가 감당치를 못하겠습니다. 저 혼자 몸도 살아가기가 어려운 처지에, 혼인을 어떻게 합니까."

"그것은 문제가 아니야요."

"그것이 제일 큰 문제지요. 경제적 기초 없이 혼인을 어떻게 합니까. 그게 제일 큰 문제지요."

"큰 문제지마는 우선 한 삼사 년간 미국에 유학하시고 그러고

나서는……. 그다음에야 무슨 걱정이 있어요. 또 선형으로 보더라도 그만한 처녀가 쉽지 아니하지요. 이 선생께서도 복 많이 받으셨소……. 자, 말씀하시오."

그래도 형식은 고개를 숙이고 가만히 앉았다. 목사는 웃으며 부채질만 한다.

노파는 형식이 왜 '네.' 하지 않는가 하고 공연히 애를 쓴다. 우선은 일전 안동서 형식과 말하던 것을 생각하고 혼자 빙그레 웃는다. 모두 다 기뻐하는 속에 형식 혼자는 남모르게 괴로워한다. 목사는,

"자, 생각하실 것도 없겠구려, 어서 대답을 하시오."

"일후에 다시 말씀드리지요. 아무려나 저 같은 것을 그처럼 생각하여 주는 것은 어떻게 황송한지 모르겠습니다."

"일후를 기다릴 것이 있어요. 그리고 오늘 오후에 나하고 김 장로 댁에 가시지요. 같이 저녁을 먹자고 그러시던데."

형식은 어찌할 줄을 몰랐다. 평양도 가야 하겠지마는, 김 장로의 집 만찬에 참여하는 것이 더 중한 것 같기도 하였다. 그러나 지금까지 영채의 시체를 찾아가기로 결심하였던 것을 버리고 금시에 선형에게 취하여 '네.' 하기는 제 마음이 부끄러웠다.

'선형과 내가 약혼한다.'는 말은 듣기만 해도 기뻤다. 영채가 마침 죽은 것이 다행이다 하는 생각까지 난다. 게다가 '미국 유

학!' 형식의 마음이 아니 끌리고 어찌하랴. 사랑하던 미인과 일생에 원하던 서양 유학! 이중에 하나만이라도 형식의 마음을 끌 만하거든, 하물며 둘을 다! 형식의 마음속에는 '내게 큰 복이 돌아왔구나.' 하는 소리가 아니 발할 수가 없다.

형식이 괴로운 듯이 숙이고 앉았는 그 얼굴에는 자세히 보면 단정코 참을 수 없는 기쁨의 빛이 있을 것이다.

처음에 목사를 대할 때에는 형식의 얼굴에는 과연 괴로운 빛이 있었다. 그러나 한 마디 두 마디 흘러나오는 목사의 말은 어느덧 그 괴로운 빛을 다 없이 하고 어느덧 기쁜 빛을 폈다. 마치 봄철 따뜻한 볕에 눈이 일시에 다 녹아 없어지고, 산과 들이 갑자기 봄빛을 띠는 것과 같다. 그래서 형식은 고개를 들지 못한다. 남에게 기쁜 빛을 보이기가 부끄러움이다.

형식은 힘써 얼굴에 괴로운 빛을 나타내려 한다. 그뿐더러 일부러 마음이 괴로워지려 한다.

형식은 이러한 때에는 머릿속이 착란하여 어찌할 줄을 모른다. 그는 욱하고 무엇을 작정할 때에는 전후도 돌아보지 아니하고 작정하건마는, 또 어떤 때에는 이럴까 저럴까 하여 어떻게 결단할 줄을 모른다.

길을 가다가도 갈까 말까 갈까 말까 하고 수십 번이나 주저하는 수가 있다. 이것은 마음 약한 사람의 특징이다. 그가 얼른 결단하는 것도 약한 까닭이요, 얼른 결단하지 못하는 것도 약한 까닭이다. 지금 형식은 이럴까 저럴까 어떻게 대답하여야 좋을 줄을 모른다. 누가 곁에서 자기를 대신하여 대답해 주는 이가 있었으면 좋겠다 한다.

형식은 고개를 들어 건넌방을 건너다보았다. 형식은 우선이 이러한 경우에 과단 있게 결단할 줄을 앎이다.

우선도 웃으면서 형식을 건너다본다.

77

우선은 형식을 보고 눈을 끔쩍한다. 형식은 일부러 안 보는 체한다. 우선은 또 한 번 눈을 끔쩍한다. 형식은 안 보는 체하면서도 그것을 다 보았다. 그리고 다시 고개를 숙였다. 더 부끄럽고 더 머리가 혼란하다.

우선의 눈 끔쩍하는 뜻을 해석해 본다. '얼른 허락을 해라.' 하는 뜻인지, '어서 평양을 가지 아니하고 왜 가만히 앉았느냐.' 하는 뜻인지 알 수가 없다.

노파는 참다못한 듯이 우선을 꾹 찌르며,

"이 선생이 허락을 아니하오? 처녀가 마음에 아니 드나요?"

"흥, 그 처녀가 서울에 유명한 미인이랍니다."

"또 부자고요?"

"부자기에 사위까지 미국을 보낸다지요."

노파는 미국에 보내는 것과 부자인 것과 무슨 상관이 있는지 모르지마는,

"그런데 왜 저러고 앉았어요?"

하고 입을 쩍 다시며 담배를 담는다. 목사가,

"그렇게 하시지요."

하고 다시 재촉할 때에 형식은 겨우,

"그러면 갑지요! 그러나 약혼은 일후에 말씀드리기로 하고……."

하였다. 목사는,

"내 교회에 갔다가 오는 길에 들르리다."

하고 웃으며 나간다.

형식은 대문 밖까지 목사를 보내고 들어왔다. 형식의 얼굴은 마치 선잠을 깨인 사람의 얼굴 같다. 우선이 뛰어오며,

"자네 땡잡았네그려. 미인 얻고 미국 유학 가고."

하고 형식의 손을 잡아 흔든다. 형식은 우선의 눈을 피해 고개를 돌렸다. 그러나 형식의 눈에도 웃음이 있었다. 우선은 다시,

"허, 자네도 수단이 용한걸. 불과 이삼 일에 그렇게 쉽게 선형

씨를 손에 넣어!"

노파도 웃으며,

"내 그런 줄 알았지. 어째 영채 씨가 오셨는데도 만류도 아니 하고……. 그저 영채 씨가 불쌍하지……. 이 선생은 벌써 정들여 둔 데가 있는데 공연히……."

말이 끝나기 전에 우선은 노파를 돌아보고 눈을 끔쩍하며,

"쉬!"

하였다. 형식은 짐짓 노파의 말을 못 들은 체하고 우선더러,

"나는 경성학교 사직했네."

"어느새 사직을 하여, 약혼이나 되거든 하지. 허허허."

"아니 그런 것이 아니라, 나는 교사 노릇을 그만둘라네."

"암, 미국 유학하고 돌아오셔서 대학 교수가 되실 터이니까."

형식은 성난 듯이 획 돌아서며,

"자네는 남의 말을 조롱만 하려고 들데그려. 남은 마음이 괴로워서 그러는데……."

"응, 동정하네, 퍽 괴로우실 테지."

노파도 우선의 곁으로 오며,

"내가 어떻게 기쁜지 모르겠소. 이 선생이 장가를 드신다니까 내 아들이……."

하다가 그런 생각을 하는 것이 슬프기도 하고 또 형식을 자기의

아들에 비기는 것이 버릇없는 듯도 하여,

"오늘 저녁에 가시거든 확실하게 허락을 합시오. 아까는 왜 그렇게 우두커니 앉았담……. 호호, 아직 도련님이니깐 수줍어서 그러시는가 보여."

형식은 어쩔 줄을 모르고 공연히 고개를 들었다 숙였다 하며 왼편 주먹을 쥐었다 폈다 하기도 하고 손가락 마디를 딱딱 소리를 내기도 하더니,

"여보게 나는 지금 평양으로 떠나겠네. 암만해도……."

우선은 위협하는 듯이 형식을 노려보며,

"에그, 못생긴 것. 딸이 썩어져 가기로 저런 것을 준담!"

형식도 이 말에는 웃었다. 그리고 과연 못생긴 소리를 하였다. 우선은,

"이제부터는 좀 굳센 사람이 되게. 그게 무엇이람. 계집애도 아니요……. 딴소리 말고 오늘 저녁 김 장로 집에 가게. 가면 또 혼인 말이 날 터이니까, 아까 모양으로 못난이 부리지 말고 허락하게. 그리고 미국 가게. 나도 경성학교 말을 들었네. 아마 자네는 사직을 아니하더라도 쫓겨나겠나 보데."

"쫓겨나? 왜?"

"자네가 기생을 따라서 평양 갔다고. 청량리 원수 갚는 게지. 하니까 약혼하고 미국 가게."

"그러면 영채는 어떻게 하고?"

"죽은 영채를 어쩐단 말인가. 자네도 따라 죽을 텐가. 열녀가 아니라 열남이 될 양으로. 그런 미련한 소리 말고 어서 꼭 내 말대로만 하게."

우선의 말을 들으매 형식도 얼마만큼 안심이 된다. 자기도 그만한 생각을 못함이 아니지마는 자기 생각만으로는 안심이 아니되다가 우선의 활발한 말을 듣고야 비로소 안심이 된다.

형식은 우선의 말대로 하리라 하였다. 제 생각대로 한다는 것보다 우선의 말대로 한다는 것이 더 마음에 흡족한 듯하였다. 형식은 빙그레 웃으며,

"글쎄."

하였다. 노파도 공연히 기뻐한다.

"점심을 차릴까요. 신 주사도 한술 잡수시고."

"또 장찌개 주실 테요?"

하고 우선이 형식의 조끼에서 제 것같이 궐련을 뽑아 손바닥에 턱턱 긁을 박는다.

"그만둡시오. 웬 장찌개."

"가서 냉면이나 시켜 오오."

하고 형식이 일어난다.

"오, 한턱하시려네그려. 한턱하려거든 맥주나 사 주게."

"돈이 있나."

"부잣집 사위가 무슨 걱정이야."

"부잣집 사위는 이따 되더라도."

"그 오 원 안 있나?"

"평양 가야지."

"또 평양을 가?"

"가서 시체나 찾아야지."

"벌써 황해 바다에 떠나갔어! 자네 같은 무정한 사람 기다리고 아직 청류벽 밑에 있을 듯싶은가. 자, 청요릿집에나 가세."

"벌써 황해바다에 갔을까?"

하고 형식은 하늘을 바라보았다.

정오 태양이 바로 서울 한복판에 떠서 다 데어 죽어라 하는 듯이 그 불같은 볕을 담아 붓는다. 형식은 새삼스럽게 더운 줄을 깨달았다.

78

해가 인왕산 마루턱에 걸렸다. 종로 전선대 그림자가 길게 가로누웠다. 종현 천주당 뾰족탑의 유리창이 석양을 반사하여 불길같이 번쩍거린다. 두부 장수의 "두부나 비지드렁!" 하는 소리도 이제는 아니 들리게 되고 집집에는 앞뒷문을 활짝 열어 놓고 한 손으로 땀을 씻어 가며 저녁밥을 먹는다.

북악의 황토가 가로 쏘는 햇볕을 받아 빨간빛을 발하고, 경복궁 어원의 늙은 나무 수풀에서는 저녁 까치 소리가 시끄럽게 들린다.

종일 빨갛게 달았던 기왓장이 한강으로 불어 들어오는 부드러운 바람을 받아 뜨거운 입김을 후끈후끈하게 토한다. 길가는 사람들의 얼굴은 모두 벌겋게 되었다.

가게에 앉았던 사람들은 '이제는 서늘한 밤이 온다.' 하는 듯이 피곤한 얼굴에 땀을 씻으면서 행길에 나서 거닌다.

남산 솔수풀 위에 살짝 덮였던 석양도 무엇으로 지우는 듯이 점점 스러지고, 그 무성한 가지와 잎사귀 속으로 자줏빛 띤 황혼이 거미줄 모양으로 아슬랑아슬랑 기어 나온다.

해 바퀴는 인왕산 머리에서 뚝 떨어졌다. 북악산에 아직도 고깔 모양으로 석양이 남았다. 장안 만호에는 파르족족한 장막이 덮인다. 그 한끝이 늘어나서 북악산으로 덮여 올라간다. 마침내 그 고깔까지도 파랗게 물을 들이고 말았다.

강원도 바로 구름 산이 떠올랐다. 그것이 처음에는 불길과 같다가 점점 식어서 거뭇거뭇하여진다. 그것이 거뭇거뭇하여짐을 따라서 장안을 덮은 장막도 점점 짙어져서 자줏빛이 되었다가 마침내 회색이 된다. 그러다가 그 속에서 조그만 전등들이 반딧불 모양으로 반짝반짝 눈을 뜬다. 연극장과 활동사진의 소요한 악대 소리가 들리기 시작한다.

종로와 개천가에는 담배 붙여 물고 부채 든 산보객이 점점 많아진다. 야시를 펴 놓으려고 조그마한 구루마도 끌고 오고 말뚝도 박으며 휘장도 친다.

사람들은 배가 불룩하고 몸이 서늘하여 마음이 상쾌하여진다. 낮에는 잠자고 있던 사람들도 차차 기운을 내어 말도 하고 웃기도 하게 된다.

안동 김 장로의 집에는 방방에 전등이 켜져 있다. 마당에는 물을 뿌려 흙냄새와 화단에 꽃향기가 섞여 들어와 즐겁게 먹고 마시는 여러 사람의 신경을 흥분케 한다. 김 장로는 여덟팔자수염을 손수건으로 문대고, 한 목사는 두 팔로 몸을 버티고 뒤로 기대었으며, 형식도 숭늉을 한입 물어 소리 안 나게 양치를 한다. 세 사람은 맛나게 또 유쾌하게 저녁을 먹었다.

다른 방에서는 부인과 선형과 순애와 계집 하인이 이 역시 맛나게 유쾌하게 저녁을 마치고 말없이 서로 보고 웃는다. 선형의 두 뺨에는 보는 사람의 신경인지 모르거니와 불그레한 빛이 도는 듯하다. 부인은 어여쁜 자기 딸에게 황홀한 듯이 정신없이

선형을 마주 본다. 선형은 부인을 슬쩍 보고는 순애에게로 고개를 돌리며,

"얘 순애야, 가서 풍금이나 타자. 아까 배운 것 잊어버리지나 않았는지."

"그래, 가서 풍금이나 타거라."

하고 부인이 먼저 일어선다.

선형과 순애는 풍금 놓인 방으로 간다.

선형은 등자에 올라앉으며 손으로 치맛자락을 모으고 풍금 뚜껑을 열고 두어 번 건반을 내려 훑는다. 높은 소리로부터 낮은 소리까지, 또는 낮은 소리로부터 높은 소리까지 맑은 소리가 황혼의 공기를 가볍게 떤다.

순애는 한 팔로 풍금 머리를 짚고 우두커니 서서 오르내리는 선형의 하얀 손을 본다. 선형은 커다란 보표를 펴고 고개를 까딱까딱하며 한 번 입으로 라라라라를 불러 보더니 첫 번 누를 건(鍵)을 찾아 타기를 시작한다. 눈은 보표의 음부를 따르고, 손은 하얀 건을 따른다. 보표의 빠르고 늦음을 따라 선형의 몸짓도 빨랐다 늦었다 한다.

방 안에는 아름다운 소리가 가득 찼다. 그것이 방에서 넘쳐나서 황혼의 바람에 풍겨 마당을 건너 담을 넘어 마치 물결 모양으로 사방으로 퍼진다. 몇 사람이나 가만히 이 소리에 귀를 기

울이며, 몇 사람이나 길을 가다가 걸음을 멈추는고.

선형의 손은 곡조를 따라 스스로 오르내리고 그 몸은 손을 따라 스스로 움직여진다. 마침내 맑은 노랫소리가 그의 부드러운 입술을 뚫고 흘러나왔다.

"하늘에 둥실 뜬 저 구름아, 비를 싣고서 어디로 가느냐."

순애도 가는 목소리로 화하여 불렀다. 형식도 이 노랫소리를 들었다.

형식의 정신은 노랫소리로 더불어 공중에 솟아올랐다. 마치 정신에 날개가 돋아서 훨훨 구름 사이로 날아가는 듯하여 말할 수 없이 서늘한 듯도 하고 따뜻한 듯도 한 기쁨이 형식의 가슴에 가득 찼다.

김 장로는 목사를 향하여,

"자, 이제는 내 방으로 가서 이야기나 합시다."

세 사람은 일어났다.

79

김 장로의 서재는 양식으로 되었다. 그가 일찍 미국 공사로 갔다 와서부터는 될 수 있는 대로 서양식 생활을 하려 한다.

방바닥에는 붉은 모란 무늬 있는 모전을 깔고 사벽에는 화액(畵額)에 넣은 그림을 걸었다. 그림은 대개 종교화다. 북편 벽으로 제일 큰 화액에는 겟세마네에서 기도하는 예수의 화상이 있고, 두어 자 동쪽에는 그보다 조금 작은 화액에 구유에 누인 예수를 그린 것이요, 서편 벽에는 자기의 반신상이 걸렸다.

다른 나라 신사 같으면, 종교화 밖에도 한두 장 세계 명화를 걸었으련마는, 김 장로는 아직 미술의 취미가 없고 또 가치도 모른다.

그는 그림이라 하면 종교에 관한 것이라야 가치가 있는 것으로 알고, 기타에는 옛날 산수 풍경이며 매란국죽 같은 그림은 얼마만큼 귀하게 여기되, 이러한 그림은 서양식으로 차려 놓은 방에는 부적당한 줄로 안다. 그리고 서양식 인물화라든지 그중에도 미인화, 나체화 같은 것은 별로 보지도 못하였거니와 보려고도 아니하고, 본다 하더라도 아무 가치를 인정하지 아니할 것이다.

그는 미술이라는 말도 잘 알지 못하거니와, 대체 그림 같은 것이 무슨 필요가 있는가 한다. 더구나 조각 같은 것은 아마도 그의 오십 년 생활에 생각해 본 적도 없을 것이다. 그러므로 서양 사람들이 종교와 같이 귀중히 여기는 예술도 그의 눈에는 거의 한 푼어치 가치도 아니 보일 것이다.

서양 사람의 생각으로 그를 비평할진대 '예술을 모르고 어떻게 문명 인사가 되나.' 하고 의심할 것이다. 실로 문명 인사치고 예술을 모르는 사람은 없다.

김 장로는 방을 서양식으로 꾸밀뿐더러 옷도 양복을 많이 입고, 잘 때에도 서양식 침상에서 잔다. 그는 서양, 그중에도 미국을 존경한다. 그래서 모든 것에 서양을 본받으려 한다. 그는 과연 이십여 년 서양을 본받았다.

그가 예수를 믿는 것도 처음에는 아마 서양을 본받기 위함이었는지 모른다. 그리하고 그는 자기는 서양을 잘 알고 잘 본받은 줄로 생각한다. 더구나 자기가 외교관이 되어 미국, 서울, 워싱턴에 주재하였으므로 서양 사정은 자기보다 더 자세히 아는 이가 없거니 한다. 그러므로 서양에 관하여서는 더 들을 필요도 없고 더 배울 필요는 물론 없는 줄로 생각한다.

그는 조선에 있어서는 가장 진보한 문명 인사로 자임한다. 교회 안에서와 세상에서도 그렇게 인정한다. 그러나 다만 그렇게 인정하지 아니하는 한 방면이 있다. 그것은 서양 선교사들이다.

선교사들은 김 장로가 서양 문명의 내용이 무엇인지 모르는 줄을 안다. 김 장로는 과학을 모르고, 철학과 예술과 경제와 산업을 모르는 줄을 안다.

그가 종교를 아노라 하건마는 그는 조선식 예수교의 신앙을 알 따름이요, 예수교의 진수가 무엇이며, 예수교와 인류와의 관계 또는 예수와 조선 사람과의 관계는 물론 생각도 하여 본 적이 없다.

문명이라 하면 과학, 철학, 종교, 예술, 정치, 경제, 산업, 사회제도 등을 총칭하는 것이다. 서양의 문명을 이해한다 함은, 즉 위에 말한 내용을 이해한다는 뜻이니, 김 장로는 무엇으로 서양을 알았노라 하는고.

서양 선교사들은 이러함을 안다. 그러므로 그네는 김 장로를 서양을 흉내 내는 사람이라 한다. 이는 결코 김 장로를 비방하여서 하는 말이 아니라, 김 장로의 참 상태를 말하는 것이다. 서양 사람의 문명의 내용은 모르면서 서양 옷을 입고, 서양식 집을 짓고, 서양식 풍속을 따르는 것은 흉내가 아니라면 무엇이라 하리오.

다만 용서할 점은 김 장로는 결코 경박하여, 또는 일정한 주견이 없어서, 또 다만 허영심으로 서양을 흉내 내는 것이 아니라, 진정으로 서양이 우리보다 우승함과, 따라서 우리도 불가불 서양을 본받아야 할 줄을 믿음 – 깨달음이 아니요. – 이니 무식하여 그러는 것을 우리는 책망할 수가 없는 것이다.

그는 과연 무식하다. 그가 들으면 성도 내려니와 그는 무식하다. 그는 눈으로 슬쩍 보아 가지고 서양 문명을 깨달을 줄로 안다. 하기는 그에게는 그 밖에 더 좋은 방법이 없다. 그러나 눈으로 슬쩍 보아 가지고 서양 문명을 알 수 있을까. 십 년 이십 년 책을 보고, 선생께 듣고, 제가 생각하여도 특별히 재주 있고, 부지런하고, 눈이 밝은 사람이라야 처음 보는 남의 문명을 깨달을 둥 말 둥하거든, 김 장로가 아무리 천질이 명민하다 한들 책 한 권 아니 보고 무슨 재주에 복잡한 신문명의 참뜻을 깨달으리오.

그러나 김 장로는 그 자녀를 학교에 보낸다. 학교에서 어떤 것을 배우는지 자기는 잘 모르면서도 서양 사람들이 다 그 자녀를 학교에 보내므로 자녀는 학교에 보내는 것이 옳은 일인 줄을 안다. 안다는 것보다 믿는다 함이 적당하겠다. 그러므로 그의 자녀는 마침내 문명을 알게 될 것이다. 이리하여 조선도 점점 신문명을 완전히 소화하게 될 것이다.

오직 한 가지 위험한 것이 있다. 그것은 김 장로 같은 이가 자기의 지식을 너무 믿어 학교에서 배워 와 신문명을 깨달아 알게 되는 자녀의 사상을 간섭함이다. 자녀들은 잘 알고 하는 것이건마는 자기가 일찍 생각하지 않던 바를 자녀들이 생각하면 이는 무슨 이단같이 여겨서 기어이 박멸하려고 애를 쓴다.

이리하여 소위 신구사상의 충돌이라는 신문명 들어올 때에 으레 있는 비극이 일어나는 것이다. 자기가 생각하지 못하던 바를 생각함은 낡은 사람이 보기에 이단 같지마는 기실은 낡은 사람들이 모르던 새 진리를 안 것이다.

아들은 매양 아버지보다 나아야 하나니 그렇지 아니하면 진보라는 것이 있을 수 없을 것이다. 그러나 낡은 사람은 새 사람이 자기 아는 이상 알기를 싫어하는 법이니 신구사상 충돌의 비극은 그 책임이 흔히 낡은 사람에게 있는 것이다.

80

그러나 김 장로가 미술을 위하여서 그 그림들을 붙인 것은 아니로되 그 그림을 보는 자녀들에게는 간접으로 미술을 사랑하는 생각이 나게 한다.

자기는 그림을 위함이 아니요, 거기 그린 예수의 화상을 위함이건마는 그것을 보는 자녀들은 그와 반대로 거기 그린 예수보다 그림 그 물건을 재미있게 본다. 어떻게 저렇게 정묘하게 그렸는고. 기뻐하는 사람의 얼굴에는 기쁜 빛이 드러나고 괴로워하는 사람의 얼굴에는 괴로워하는 빛이 드러나도록, 풀은 꼭 풀과 같고, 꽃은 꼭 꽃과 같게 어떻게 저렇게 정묘하게 그렸는고 하는 것이 그의 자녀들에게는 더욱 재미가 있었다. 이것은 김 장로는 모르는 재미요, 그의 자녀들만 꼭 아는 재미다.

김 장로는 자기의 방이 신식이요 화려한 것을 자랑하고 만족하는 듯이 한 번 방 안을 둘러보더니, 목사와 형식에게 의자를 권한다. 가운데 둥근 테이블을 놓고 세 사람은 솥귀같이 둘러앉았다.

형식은 담배가 먹고 싶건마는 참았다. 그리고 한 번 방 안을 둘러보았다. 저녁 서늘한 바람이 하얀 레이스 문장을 가만가만히 흔들고 그러할 때마다 바로 창 밑에 놓인 화분의 월계의 연한 잎새가 한들한들한다.

형식은 장차 나올 담화를 생각하매 자연히 가슴이 자주 뛴다. 그러나 무슨 말이 나오든지 서슴지 아니하고 대답할 것 같다. 아까 우선이 말하던 대로 하리라 하였다. 아직도 풍금 소리와 노랫소리가 들린다. 형식은 기뻤다. 어서 말을 시작하였으면 좋겠다 하고 목사와 장로의 입을 보았다. 목사가,

"아까 형식 씨를 보고 그 말씀을 하였지요. 하니깐 대강 승낙을 하시는 모양인데, 이제는 직접으로 말씀을 하시지요."

하고 형식을 본다. 장로는,

"네, 감사하외다. 내 딸자식이 변변치 못하지마는 만일 버리지 아니시면……."

"허허."

하고 목사가,

"그것은 장로께서 경사시오마는, 두 분이 실로 합당하지요."
하고 혼자 기뻐한다. 장로는,

"만일 마음에 없으시면 억지로 권하는 것이 아니외다마는, 형식 씨를 사랑하니까 하는 말이외다."

형식은 아까 모양으로 못난이를 부리지 아니하리라 생각하여 얼른,

"감히 무어라고 말씀하오리까마는 제가 감당할 수가 있겠습니까."
하고 대답하였다. 그러나 얼굴을 붉어졌다.

장로는 만족하여 하는 듯이 몸을 젖혀 의자에 기대며,

"그야말로 너무 겸사외다. 그러면 승낙을 하시는구려!"
하고 한 번 힘을 주어 형식을 훑어본다.

형식은 문득 고개를 수그렸다가 아까 우선의 '못생겼다.'는 말을 생각하여 번쩍 고개를 들고 가슴을 펴고 낯빛을 엄숙하게 하였다. 그러나 암만해도 '네.' 하는 대답이 나오지를 아니하여 속으로 괴로워한다. 목사가,

"자 얼른 말씀을 하시오."
하는 뒤를 대어 장로가,

"그렇지요. 주저할 것이 있어요?"

형식은 있는 힘을 다하여,

"네."

하였다. 그러고는 혼자 우습기도 하고 부끄럽기도 하여 고개를 돌렸다.

"승낙하셔요?"

하고 장로가 다짐을 받는 듯이 몸을 앞으로 숙인다. 형식은 우선의 쾌활한 것을 흉내 내어,

"네, 명대로 하겠습니다."

하고 힘 드는 일을 마친 듯이 휘 하고 숨을 내쉬었다.

과연 무거운 짐을 벗어 놓은 듯하여 마음이 가뜬하였다. 그리고 새로운 기쁨이 가슴에 차고 김 장로의 단정해 보이는 얼굴이 새로 정답게 되는 듯하였다. 형식은 꿈속 같았다.

"어, 참 기쁜 일이오."

하고 목사가 마음이 놓이는 것같이 몸을 한 번 흔든다.

"참 어떻게 기쁜지 모르겠소. 그러면 내 아내를 오래서 아주 말을 맺읍시다."

하고 목사의 뜻을 묻는 듯,

"그러시오. 또 지금 혼인은 당자의 허락도 들어야 하니까 선형도 오라고."

하고 목사도 자기 딴에 구습을 버리고 신사상을 좇거니 한다.

장로는 테이블 위에 놓인 초인종을 두어 번 친다. 계집아이가

나온다.

"얘, 가서 마님께 작은아씨 데리고 오십소사고……."

계집 하인도 이 일의 눈치를 아는지 슬쩍 형식을 보더니 생끗 웃고 나간다.

세 사람은 말없이 앉았다. 그러나 그네의 눈에 나뜨는 웃음은 그네 마음의 즐거움을 말하였다. 형식은 이제 선형을 만날 것을 생각하였다. 그리고 첫 번 선형을 만날 적과 일전 영어를 가르치던 때에 하던 생각을 생각하였다. 형식의 머리는 마치 술 취한 것 같았다. 전신이 아프도록 기쁨을 깨달았다.

부인이 선형을 뒤세우고 들어온다. 형식은 의자에서 일어나 부인께 인사를 하였다. 부인도 웃으며 답례하였다. 선형은 부인의 뒤에 숨어 목사에게 예하고 다음에 형식에게 예하였다. 선형의 얼굴도 붉거니와 형식의 얼굴도 붉었다. 형식은 손수건으로 이마에 땀을 씻었다. 부인이 장로의 곁에 앉고 선형은 부인과 목사의 새에 앉았다. 형식은 바로 부인과 정면하여 앉았다.

81

선형은 고개를 숙이고 앉았다. 지금껏 형식이 자기의 남편이

되리라고는 생각도 아니하였다. 오늘 아침에야 비로소 장로가 웃는 말 모양으로,

"이 선생께서 잘 가르쳐 주시더냐?"

하고 유심히 자기를 보았다. 그때에도 선형은 무심히,

"네, 퍽 친절하게 가르쳐 주셔요."

하였다.

"네 마음에 좋은 사람이라고 생각했니?"

그제야 선형은 부친의 말에 무슨 뜻이 있는 줄을 알아듣고 잠깐 주저하였으나 대답 아니할 수도 없어서,

"네."

하고 고개를 돌렸다.

그러고 나서는 종일 형식의 일을 생각하였다. 형식이 과연 자기의 마음에 드는가, 과연 자기는 형식의 아내가 되고 싶은 생각이 있는가를 생각하여 보았다. 그러나 어떤지를 몰랐다. 형식이 정다운 듯도 하고 그렇지 아니한 듯도 하였다.

그래서 순애더러,

"얘 순애야, 집에서 내 혼인을 할라나 보다. 어쩌면 좋으냐?"

하고 물었다. 순애는 별로 놀라는 양도 보이지 아니하고,

"누구와?"

"자세히 알 수는 없는데, 아마 이 선생과 혼인을 할 생각이 있

는지…….”

“이 선생과?”

하고 순애는 놀라는 빛을 보이며,

“무슨 말씀이 계셔요?”

“아까 아버지께서 이 선생을 좋은 사람으로 생각하느냐 하고 이상하게 내 얼굴을 보시던데…….”

순애는 잠깐 생각하더니,

“그래, 형님 생각에 어떻소?”

선형은 고개를 기울이더니,

“글쎄 모르겠어. 어쩐지 모르겠구나. 장차 어쩌면 좋으냐?”

“형님 생각에 달렸지요. 좋거든 혼인하고 싫거든 말고 그럴 게지.”

“아버지께서 하라고 하시면 그만이지.”

“왜 그래요. 내 마음에 없으면 아니하는 게지. 부모가 억지로 혼인을 하겠소. 지금 세상에…….”

“그럴까?”

하고 결단치 못한 듯이 가만히 앉아서 고개를 기웃기웃하다가,

“얘 순애야, 그런데 네 생각에는 어떠냐?”

“무엇이?”

“내가 혼인하는 것이. 이 선생과.”

"내가 어떻게 알겠소."

"그러지 말고 말을 해라. 너밖에 뉘게 의논을 하겠니. 아까 어머님께 말씀을 하려다가 어째 부끄러워서……."

"글쎄, 형님도 모르는 것을 내가 어떻게 알아요. 이런 일이야 자기 마음에 달렸지 누가 말을 하겠소."

선형은 답답한 모양으로,

"그러면 네 생각에 이 선생이 사람이 어떠냐……. 좋을까."

"좋겠지요."

"그렇게 말하지 말고!"

"이삼 일 동안 한 시간씩 글이나 배워 보고야 어떻게 그 사람의 마음을 알겠어요. 형님 생각에는 어때요?"

"나도 모르겠으니 말이다……. 에그, 어쩌면 좋아."

이러한 대화가 있었다.

이 대화를 보아도 알 것같이 선형은 형식에 대하여 어떻게 할지를 몰랐다. 그러나 십칠팔 세 되는 처녀의 마음이라, 아주 악인이거나, 천한 사람이거나, 얼굴이 아주 못생긴 사람만 아니면 아무러한 남자라도 미운 생각은 없는 것이다.

게다가 형식은 세상에서 다소간 칭찬도 받는 사람이므로 선형도 형식이 싫지는 아니하였다. 차라리 어찌 생각하면 정다운 듯한 생각도 있었고, 더구나 아침에 부친의 말을 듣고는 전보다 좀 더 정다운 생각도 나게 되었다.

그러나 물론 선형이 형식을 사랑하는 것은 아니다. 그렇게 이삼 일 내로 사랑이 생길 까닭이 없을 것이다.

장차 어떤 정도까지 사랑이 생길는지 모르거니와 적어도 아직까지는 사랑이 생긴 것이 아니다.

형식이나 선형이 피차의 성질을 모를 것은 물론이다. 형식이 선형을 사랑하는 것도 다만 아름다운 꽃을 사랑함과 같은 사랑이다. 보기에 사랑스러우니 사랑하는 것이다. 극히 껍데기 사랑이다. 눈과 눈의 사랑이요, 얼굴과 얼굴의 사랑이다. 피차의 정신은 아직 한 번도 조금도 마주 접하여 본 적이 없었다.

형식은 선형을 바라보며, 선형은 형식을 바라보며 속으로 '저 사람의 속이 어떠한가?' 할 터이다. 그리고 '저 사람의 속이야 지내보아야 알지.' 할 터이다. 다만 김 장로 양주와 한 목사만 이 두 사람의 속을 잘 알거니 한다.

물론 이 두 사람이 피차에 아는 것만큼도 모르건마는, 그래도 자기네는 이 두 사람의 속을 잘 알거니 한다. 그리고 두 사람이 부부 된 뒤에 행복될 것은 확실하거니 한다. 그래서 두 사람을 마주 붙인다. 다만 자기네 생각에, 그 미련하게 얕은 생각에 좋을 듯하게 보이므로 마주 붙인다.

그러다가 만일 이 부부가 불행하게 되면 그네는 자기네 책임이라 하지 아니하고 두 사람의 책임이라 하거나 또는 팔자라, 하느님의 뜻이라 할 것이다.

이 모양으로 하루에도 몇 천 켤레 부부가 생기는 것이다.

82

장로는 형식과 선형을 번갈아 돌아보더니 목사를 향하여,

"어찌하면 좋을까요?"

한다.

아직 신식으로 혼인을 하여 본 경험이 없는 장로는 실로 어찌하면 좋을지를 모른다. 물론 목사도 알 까닭이 없다. 그러나 이러한 경우에 모른다 할 수도 없다. 그래서

"우리가 지금 인륜의 대사를 의논하는 터인데 위선 하느님께 기도를 올립시다."

하고 고개를 숙인다.

다른 사람들도 다 고개를 숙이고 손을 무릎 위에 얹었다. 목사는 정신을 모으려는지 한참 잠잠하더니 극히 정성스럽고 경건한 목소리로, 처음에는 들릴락 말락 하다가 차차 크게,

"전지전능하시고 무소부재하시며, 사랑이 많으사 저희 죄인

무리를 항상 사랑하시는, 하늘 위에 계신 우리 주 여호와 하느님 아버지시여."

하고 우선 하느님을 찾은 뒤에

"이제 저의 철없고 지각없고 죄 많고 무지몽매하고 어리석은 죄인 무리가 우리 주 하느님 아버지께서 만세 전부터 정해 주신 뜻대로 하느님의 사랑하시는 이형식과 박선형과 약혼을 하려 하오니 비둘기 같은 하느님의 거룩하신 성신께옵서 우리 무지몽매한 죄인 무리들의 마음에 계시사 모든 일을 주관하게 하여 주시옵소서. 저희는 무지몽매한 죄인 무리라 무슨 공로 있어 감히 거룩하신 하느님 우리 여호와께 비오리까마는, 다만 우리를 위하여 십자가에 보혈을 흘리시고 하느님 보좌 우편에 앉아 계신 우리 구주 예수 그리스도의 거룩하신 공로를 의지하여 비옵나이다. 아멘."

하고도 한참이나 그대로 있다가 남들이 다 고개를 든 뒤에야 가만가만히 고개를 든다.

목사는 두 사람을 위하여 정성껏 기도한 것이다. 다른 사람들도 정성껏 아멘을 불렀다. 목사는 엄숙하게,

"그러면 정식으로 서로…… 어…… 말씀을 하시지요."

하고 장로 양주를 보고 다음에 선형을 본다.

장로는 어떻게 말을 해야 좋을는지 모르는 모양으로 오른손

으로 테이블을 툭툭 치더니 부인에게 먼저 말하는 것이 옳으리라 하여 양반스럽게 느럭느럭한 목소리로,

"여보, 내가 형식 씨에게 약혼을 청하였더니 형식 씨가 승낙을 하셨소. 부인의 생각에는 어떠시오?"

하고는 자기가 경위 있게, 신식답게 말한 것을 스스로 만족하여 하며 부인을 본다.

부인은 아까 둘이 서로 의논한 것을 새삼스럽게 또 묻는 것이 우습다 하면서도 무엇이나 신식은 다 이러하거니 하여, 부끄러운 듯이 잠깐 몸을 움직이고는 고개를 숙이며,

"감사합니다."

하였다. 장로는,

"그러면 부인께서도 동의하신단 말씀이로구려."

"네."

하고 부인은 고개를 들어 맞은편 벽에 걸린 그림을 본다.

"그러면 약혼이 되었지요?"

하고 목사를 본다. 목사는 기도나 하는 듯이 하늘을 우러러보는 눈으로,

"네, 그러나 지금은 당자의 의사도 들어 보아야 하지요."

하고 자기가 장로보다 더 신식을 잘 아는 듯하여 만족해하며,

"물론 당자도 응낙은 했겠지마는 그래도 그렇습니까? 자기네

의사도 물어보아야지요."
하고 형식을 본다. '어디 내 말이 옳지?' 하는 것 같다. 형식은 다만 목사를 힐끗 보고 또 고개를 숙인다. 장로가,

"그러면 당자의 뜻을 물어보지요."
하고 재판관이 심문하는 태도로 위의를 갖추더니 남자 되는 형식의 뜻을 먼저 물은 뒤에 여자 되는 선형의 뜻을 묻는 것이 마땅하리라 하여,

"그러면 형식 씨도 동의하시오?"

목사는 장로의 질문이 좀 부족한 듯하여 얼른 형식을 보며,

"지금은 당자의 뜻을 듣고야 혼인을 하는 것이니까 밝히 말씀을 하시오……. 선형과 혼인하실 뜻이 있소?"
하고 주를 낸다.

형식은 어째 우스운 생각이 나는 것을 힘껏 참았다. 그러나 대답하기가 부끄럽기도 하였다. 그러다가 우선을 생각하고 얼른 고개를 들고 위엄을 갖추며,

"네."
하였다. 제 대답도 어째 우스웠다.

"이제는 선형의 뜻을 물어야 되겠소."
하고 목사가 선형의 수그린 얼굴을 옆으로 보며,

"너도 부끄러워할 것 없이 뜻을 말해라."

선형은 우습기도 하고 부끄럽기도 하였다. 그래서 장로가

"네 뜻은 어떠냐?"

하는 말에는 대답도 아니하였다. 장로도 목사에게로 고개를 돌리며 빙그레 웃는다. 부인도 웃는다. 그러나 목사는 여전히 엄숙하게,

"그러면 부인께서 물어보십시오."

"얘, 대답을 하려무나."

"신식은 그렇단다. 대답을 해라."

하고 목사가 또 주를 낸다. 부인이 또 한 번,

"얘, 대답을 하려무나."

이번에는 목소리가 좀 날카롭다. 선형은 마지못하여 가만히,

"네."

하였다. 그러나 그 소리는 들은 사람이 없었다. 장로가,

"어서 대답을 해라."

하고 한 번 더 재촉을 받고 또 한 번,

"네."

하였다. 그러나 이번에도 장로와 목사는 듣지 못하였다. 그러나 부인은 들었다. 또 한 사람 형식도 들었다. 이번에는 목사가,

"어서 대답을 해라!"

"지금 대답을 했어요."

하고 부인이 대신 말한다.

선형의 얼굴은 거의 무릎에 닿으리만큼 수그러졌다.

83

"옳지, 이제는 되었소. 이제는 부모의 허락도 있고 당자도 승낙을 하였으니까, 이제는 정식으로 된 모양이외다."
하고 목사가 비로소 만족하여 웃는다. 목사의 생각에 이만하면 신식 혼인이 되었거니 한 것이다.

장로는 이제는 정식으로 약혼을 선언하는 것이 마땅하리라 하여,

"그러면 혼약이 성립되었소."
하고 형식을 보며,

"변변치 아니한 딸자식이오마는 일생을 부탁하오."
하고 다음에 선형을 보고도 무슨 말을 하려다가 그친다.

형식은 꿈같이 기뻤다. 마치 전신의 피가 모두 머리로 모여 오르는 듯하여 눈이 다 안 보이는 것 같았다. 형식은 자기의 숨소리가 남에게 들릴까 보아서 억지로 숨을 조절했다.

목사와 장로는 새삼스럽게 형식의 벌겋게 된 얼굴을 보고 웃

었다. 선형도 웬일인지 모르게 기뻤다. 자기가 '네.' 하고 대답하던 것이 기쁘기도 하고 우습기도 하였다. 일전 글 배울 때에 하던 모양으로 치맛고름으로 이마와 콧마루의 땀을 씻었다.

얼마 동안 서로 마주 보고 앉았더니 장로가,

"그런데."

하고 목사를 향하여,

"성례를 하고 미국을 보낼까요, 공부하고 나서 성례를 하는 것이 좋을까요?"

"글쎄요."

하고 목사가,

"몇 해나 되면 졸업을 하겠나요?"

"선형이야 적어도 오 년은 있어야겠지."

하고 선형더러,

"오 년이면 졸업을 한다고 했지?"

"네, 명년 봄에 칼리지대학에 입학을 하면……."

하고 이번에는 곧 대답을 하고 고개를 든다. 형식의 시선과 선형의 시선이 잠깐 마주치고 서로 갈라졌다. 마치 번개와 같이 빨랐다. 그리고 번개와 같이 힘이 있었다.

"그리고 형식 씨는."

하고 목사가,

"몇 해면 졸업을 하시겠소?"

형식은 어떻게 대답할 줄을 몰랐다. 목사에게 자기도 미국에 보내어 준다는 말은 들었건마는 벌써 작정이 된 듯이 말하기는 좀 부끄러웠다. 그래서

"네?"

하고 말았다. 목사는 얼른,

"아니, 금년 가을에 미국에 가면 언제 졸업을 하겠냐 말이오."

"금년에 입학을 하면 만 사 년 후에 졸업을 할 것입니다."

"그러면 박사가 되나요?"

"아니지!"

하고 장로는 여기야말로 자기의 유식함을 보일 곳이라 하여,

"박사가 되려면 그 후에도 얼마를 있어야 하지."

하였다. 그러나 몇 해를 있어야 하는지를 몰랐다.

형식은 그런 줄을 알고 속으로 웃었다. 그러나 이제는 김 장로는 자기의 사랑하는 자의 아버지다. 장인이다. 그래서 속으로도 웃기를 그치고,

"칼리지대학을 졸업하고 이태 이상 포스트 그래듀에이트 코스대학원을 공부하면 마스터라는 학위를 얻고, 그 후에 또 삼사 년을 공부하여야 박사 시험을 치를 자격이 생긴답니다."

하였다. 이 말을 하고 나매 얼마큼 수줍은 생각이 없어졌다.

"그러면 형식 씨는 박사가 되어 가지고 오시오. 여자도 박사가 있나요?"

"네, 서양은 물론 여자도 있습니다. 일본 여자도 한 사람 미국서 박사가 되었다가 연전에 죽었습니다."

하고 얼른 선형을 보았다. 부인은,

"아니, 여자 박사가 다 있어요?"

하고 놀라며 웃는다.

장로도 여자 박사가 있는 줄은 몰랐었다. 그래서 자기도 놀랐건마는 아니 놀란 체하였다. 그리고

"여자가 임금도 되는데."

하고 자기의 유식함을 증거하였다. 목사가,

"그러면 선형이도 박사가 되어 가지고 오지. 허허, 희한한 일이로다. 내외가 다 박사가 되고."

하고 벌써 박사가 되기나 한 듯이 기쁘게 웃는다.

형식과 선형도 웃었다. 다 웃었다. 형식도 박사가 되는 듯하였고 선형도 박사가 되는 듯하였다. 부인도 그렇게 생각하고 기뻤다.

목사가 다시 말을 꺼낸다.

"그러면 성례를 하고 가는 것이 좋겠구려. 오 년 동안이나……."

"그래도 공부를 마치고 성례를 해야지."

하고 장로가 말한다.

"그렇게 어떻게?"

하고 부인이 딸에게 동정한다.

"그렇고말고요. 성례를 해야지."

"그러면 공부가 되나. 공부를 마치고 해야지요."

"이것도 당자에게 물어봅시다."

하고 목사가 또 신식을 끄집어내어,

"형식 씨 생각에는 어떻소?"

"제가 알겠습니까."

"그러면 누가 아오?"

형식은 웃고 말았다. 목사는 선형에게,

"네 생각엔 어떠냐?"

선형도 속으로 웃었다. 그리고 말이 없다. 목사는 좀 무안하게 되었다. 성례하여야 한다는 편에도 아무 이유가 없고, 아니 해야 한다는 편에도 아무 이유가 없다. 혼인을 하는 것도 무슨 이유나 자신이 없이 하였거든, 성례를 하고 아니 함에 무슨 이유나 자신이 있을 리가 없다.

장난 모양으로 혼인이 결정되고, 장난 모양으로 공부를 마치고 성례하기로 결정하였다. 그리고 일동은 가장 합리하게 만사를 행하였거니 하였다. 하느님의 성신의 지도를 받았거니 하였다. 위험한 일이다.

84

형식은 김 장로 집 대문을 나섰다. 수증기 많은 여름밤 공기가 땀난 형식의 몸에 불같이 지나간다. 그것이 형식에게 지극히 시원하고 유쾌하였다.

형식은 반짝반짝하는 하늘의 별과 집집의 전등과 지나가는 사람의 얼굴을 슬쩍슬쩍 보면서 더할 수 없이 즐거운 마음으로 집으로 돌아온다. 자기의 운수에 봄이 돌아온 것 같다.

선형이 아내가 되었다. 마음껏 사랑할 수 있는 내 것이 되었다. 그리고 미국에 가서 대학교에 들어가서 학사가 되고 박사가 될 수 있다.

사랑스러운 선형과 한차를 타고 한배를 타고 같이 미국에 가서 한집에 있어서 한학교에서 공부할 수가 있다. 아아, 얼마나 즐거울는지. 그리고 공부를 마치고 나서는 선형과 팔을 겯고 한배로 한차로 본국에 돌아와서 만인의 부러워함과 치하함을 받을 수가 있다. 아아, 얼마나 즐거울는지. 그리고 경치도 좋고 깨끗한 집에 피아노 놓고 바이올린 걸고 선형과 같이 살 것이다. 늘 사랑하면서 늘 즐겁게……. 아아, 얼마나 기쁠는지.

형식은 마치 어린아이 모양으로 기뻐하였다. 장래도 장래려니와 지금 이러한 생각을 하는 것이 더할 수 없이 기쁘다. 그래서 이 생각하는 동안을 더 늘릴 양으로 일부러 광화문 앞으로 돌아서 종로를 지나서 탑골 공원을 거쳐서……. 그래도 집에 돌아오는 것이 아까운 듯이 집에 돌아왔다.

마음속에는 눈앞에는 고개를 수그리고 앉았는 선형의 모양이 새겨져 있다. 그리고 그 모양으로 보면 볼수록 더욱 사랑스러워지고 더욱 어여뻐진다.

형식은 대문 밖에서 한참 주저하였다. 이제는 내가 이러한 대문으로 출입할 사람이 아니로구나 하였다. 자기는 갑자기 귀해지고 높아진 듯하였다. 그래서 주먹으로 대문을 한 번 치고 혼자 웃으며 마당에 들어섰다.

노파와 우선이 툇마루에 앉아서 이야기를 하다가 형식을 보고 벌떡 일어난다. 우선이 형식의 어깨를 힘껏 치고 웃으며,

"요, 어찌 되었나?"

형식은 시치미 뚝 떼고,

"무엇 말이야?"

"아따, 왜 이렇게……."

"아, 어떻게 하셨어요?"

하고 노파가,

"일이 되었어요?"

하고 웃는다.

"무슨 일 말이야요?"

하고 형식도 웃는다.

"어디 자초지종을 내게 아뢰게. 가서 저녁 먹고……, 그담에는?"

"물 마시고……."

"그담에는?"

"이야기하고……."

"그담에는?"

"왔지!"

"에끼, 바로 아뢰지 못할 테야!"

하고 우선이 두 팔로 형식의 팔을 비틀며,

"인제두, 인제두 말을 아니할 테야?"

"아이구구, 응…… 응, 말해…… 말해."

우선이 팔을 놓으매 형식은,

"글쎄 무슨 말을 하란 말이어?"

"주릿대를 안고야 말을 하겠니."

하고 또 한 번 힘껏 비튼다.

"오냐, 오냐, 인제는, 인제는 말한다."

"그래 말을 해!"

하고 팔은 놓지 아니하고 다짐을 받는다.

"가만 있게. 불이나 켜 놓고 앉아서 이야기를 하지."

하고 자기의 방 램프에 불을 켜고 모자와 두루마기를 벗어 방 안에 집어던진다. 그러나 오늘 아침에 던지던 것과는 그 뜻이 다르다.

노파는 쌈지와 담뱃대를 들고 형식의 방으로 건너온다. 우선도 담배를 피워 물고 벙거지로 가슴과 다리와 등을 부치며 형식의 말 나오기를 기다린다. 형식은 웃으며,

"약혼했네."

하였다.

"그러면 성례는 언제 하고?"

"졸업 후에 한다대."

"졸업 후에? 미국 가서 말인가."

"응, 오 년 후에."

"오 년 후에?"

하고 노파가 놀라서 담뱃대를 입에서 떼며,

"오 년 후에, 다 늙은 담에요? 그게 무슨 일이람!"

"오 년 후에 누가 늙어요?"

하고 형식이 노파를 보며 웃는다.

"한창 재미있을 시절은 서로 물끄러미 마주 보기만 하고 있어요? 에그 참, 어서 성례하시오. 오 년 후라니."

하고 노파는 자기에게 큰 상관이나 있는 듯이 크게 반대한다.

형식은 노파의 말이 옳다 하였다. 그러나

"서로 마주 보는 동안이 좋지요."

하고 우선더러,

"그런데 칠월 그믐 안으로 떠나게 되었네. 오는 구월 학기에 입학을 할 양으로."

85

"칠월 그믐께?"

하고 우선은 놀라며,

"그렇게 급히?"

한다.

"구월에 입학을 못하면 일 년을 잃게 되겠으니까."

"그러면 무엇을 배울 텐가?"

"가 보아야 알겠지마는 교육을 연구하려네. 내가 지금껏 경험한 것도 교육이요, 또 지금 조선에 제일 중요한 것도 교육인 듯하고……. 하니까 힘껏 신교육을 연구해서 일생 교육에 종사하려 하네."

"교육이라 하면?"

"물론 교육이라 하면 소학 교육과 중학 교육을 의미하는 것이지. 지금 조선은 정히 페스탈로치를 기다리는 때인 줄 아네. 조선 사람을 전혀 새 조선 사람으로 만들려면 교육밖에 무엇으로 하겠나. 어느 시대 어느 나라가 아니 그렇겠나마는, 더구나 시급히 낡은 조선을 버리고 신문명화한 신조선을 만들어야 할 조선에서는 만인이 다 교육을 위하여 힘써야 할 줄 아네. 자네도 문필에 종사하는 터니 아무쪼록 교육열을 고취해 주게. 지금 교육은 참 보잘것없느니……."

"그러면 사 년 동안 교육만 연구할 텐가?"

"사 년이 길어 보이나? 충분히 연구하려면 십 년도 부족일 것일세."

"그런 줄은 나도 아네마는 교육 한 가지만 연구하겠는가 말일세."

"물론 거기 관련하여 다른 공부도 하지. 다른 교육을 중심으로 하고 공부한단 말일세. 특별히 사회 제도와 윤리학에 힘을 쓸라네."

하고 '너는 이 뜻을 잘 모르겠다.' 하는 듯이 우선을 본다. 우선은 실로 그 뜻을 잘 몰랐다. 그러나 자기의 어림으로 '대체 이러이러한 것이어니.' 하였다. 그리고 웃으며,

"그러면 자네의 아내…… 무엇이랄까, 스위트 하트는?"

형식은 웃고 얼굴을 좀 붉히며,

"내가 알겠나."

"누가 알고…… 남편이 모르면."

"제가 알지…… 지금 세상에야 지아비라도 아내의 자유를 꺾지 못하니까."

"그러면 아무것을 배우든지 자네는 상관하지 않는단 말일세그려."

"물론이지. '저'라는 것이 있으니까……. 누구나 제가 하고 싶은 것을 할 권리가 있으니까. 남의 힘으로 어떻게 다른 사람의 '저'를 좌우하겠나. 남더러 '이렇게 하는 것이 좋을 듯하오.' 하고 충고하거나 알려 주는 것은 좋지마는, 내가 이렇게 생각하니 너는 이렇게 해라 하는 것은 참람한 일이지."

우선은 미상불 놀랐다. 그러나 그럴듯하다 하였다. 그러면서도 설마 그러하랴 하였다. 그러나 더 토론할 생각도 없었다. 다만 형식의 사상은 자기와는 다름을 깨닫고 혼자 고개를 끄덕끄

덕하였을 뿐이다.

형식은 우선의 이마와 입을 보고 빙그레 웃는다. 이기었다 하는 기쁜 빛이 보인다.

노파는 두 사람의 하는 말이 무슨 뜻인지를 몰랐다. 다만 형식이 어디로 간다는 줄만 알았을 뿐이다. 세 사람은 각각 딴 세상 사람이다.

우선과 형식은, 혹 같은 세상 사람이 될는지도 모르되 노파는 결코 형식과 한세상 사람이 될 수가 없다. 한방 안에, 같은 시간에 각각 딴 세상에 속한 세 사람이 모여 앉았다. 그리고 서로 알아들을 만한 이야기만 한다. 그러므로 그네는 같은 세상에 속하였거니 한다. 그러다가 우연히 딴 세상 이야기가 나오면 문득 눈이 둥글어진다. 노파는,

"이 선생께서 어디를 가셔요?"

하고 가장 놀란 듯하다. 두 사람은 웃었다.

"네, 어찌 되면 내월 그믐께."

하고 노파는 음력밖에 모르는 것을 생각하고 형식은,

"내달 보름께 미국으로 갈랍니다."

"미국? 저 양국 말씀이야요?"

"네, 양국이오."

하는 형식의 대답을 이어 우선이 껄껄 웃으며,

"코가 이렇게 크고 눈이 움쑥 들어간 사람들 사는 나라예요."

한다. 두 사람은 웃고 한 사람은 놀란다.

"아, 양국이 얼마나 멀게요?"

"한 삼만 리 되지요."

는 형식의 말.

"바다로 한 십만 리 가요."

하고 우선이 웃는다. 그러나 노파는 삼만 리와 십만 리가 얼마나 틀리는지 알지 못한다. 그것은커녕 삼만 리가 얼마나 먼지도 모른다. 그래서 다만 입을 헤 벌릴 뿐이다.

"여기서 동네를 열댓 번 왔다 갔다 하기만큼 멀어요. 그런데 커다란 쇠로 만든 배를 타고 쿵쿵쿵쿵 하면서 가요."

하는 우선의 말에 노파는,

"화륜선 타고 갑니다그려. 몇 달이나 가나요?"

하고 담배를 빨기도 잊었다.

"한 서른 남은 날 가지요."

하고 우선이 고개를 돌리고 입을 쭈물거리고 웃는다.

"에그머니……."

하는 것을, 형식이,

"그것은 거짓말이야요. 한 보름이면 가요."

한다. 노파는 원망하는 듯이 슬쩍 우선을 쳐다보더니,

"무엇하러 그렇게 먼 데를 가요. 또 부인은 어떻게 하시고……. 에그머니……."
하고 노파는 몸을 떤다. 우선이,

"부인도 같이 가지요. 이제 이 선생이 부인과 함께 양국으로 가는데, 노파는 안 가 보시려요? 쿵쿵쿵쿵 하는 쇠 배를 타고 저 하늘 붙은 양국으로 가 보지요."

노파는 그런 소리는 들은 체도 아니하고,

"그러면 언제나 돌아오시나요?"

"모르겠습니다. 한 사오 년 있다가 오지요. 오면 찾아오지요."
하고 형식도 웃는다. 노파는 한숨을 쉬며,

"내가 사오 년을 사나요?"
하고 눈에 눈물이 고인다.

두 사람은 웃음을 그치고 노파를 물끄러미 보았다.

86

이제는 영채의 말을 좀 하자. 영채는 과연 대동강의 푸른 물결을 헤치고 용궁의 객이 되었는가.

독자 여러분 중에는 아마 영채가 죽은 것을 슬퍼하여 눈물을 흘리신 이도 있을지요. 고래로 무슨 이야기책에나 나오듯, 늦도록 일점혈육이 없던 사람이 아들 아니 낳은 자 없고, 아들을 낳으면 귀남자 아니되는 법 없고, 물에 빠지면 살아나지 않는 법 없는 모양으로, 영채도 아마 대동강에 빠지려 할 때에 어떤 귀인의 도움으로 어느 암자에 승이 되어 있다가 장차 형식과 서로 만나 즐겁게 백년가약을 맺어, 수부귀다남자(壽富貴多男子)하려니 하고, 소설 짓는 사람의 좀된 솜씨를 넘겨보고 혼자 웃으신 이도 있으리라.

혹 영채가 빠져 죽는 것이 마땅하다 하여 영채가 평양으로 간 것을 칭찬하신 이도 있을 것이요, 빠져 죽을 까닭이 없다 하여 영채의 행동을 아깝게 여기실 이도 있으리라. 이렇게 여러 가지로 독자 여러분이 생각하시는 바와 내가 장차 쓰려 하는 영채의 소식이 어떻게 합하며 어떻게 틀릴지는 모르지마는, 여러분이 하신 생각과 내가 한 생각이 다른 것을 비교해 보는 것도 매우 흥미 있는 일일 듯하다.

부산서부터 오는 이등 차실은 손님의 대부분을 남대문에 내리우고 영채가 탄 방에는 남녀 합하여 오륙 인밖에 없었다. 영채는 한편 구석에 자리를 잡고 차가 떠나자, 얼굴을 남에게 아니 보이려는 듯이 차창으로 머리를 내밀어 시원한 바람을 쏘이며 남산 바깥을 바라보았다. 그러나 별로 그의 주의를 끄는 것도 없었다.

그는 다만 같이 탄 사람에게 얼굴을 보이기가 싫어서 멀거니 획획 지나가는 산과 들을 보고 있었을 뿐이다. 별로 슬프지도 아니하고 괴롭지도 아니하였다. 곤한 잠을 반쯤 깬 모양으로 정신이 희미하였다. 꿈속 같기도 하였다.

노파와 두어 동무의 작별을 받을 때에는 슬프기도 하였다. 자기의 신세가 애달프기도 하였다. 자기는 이십여 년 살아오던 세상을 버리고 죽으러 간다는 생각이 푹푹 가슴을 쑤셔 내는 듯도 하였다. 그러다가 마음에 맞지 아니하는 괴로운 세상을 버리고 마는 것이 시원한 듯도 하였다. 그래서 영채의 머릿속은 마치 물 끓는 듯하였다.

그러나 한두 시간을 지나매 영채의 정신은 아주 침착하게 되었다. 남대문 정거장에를 어떻게 나왔는지, 어떻게 차를 탔는지 잊어버린 듯도 하였다. 남대문을 떠난 지가 여러 십 년 된 것 같기도 하고 노파와 동무의 얼굴이 마치 여러 십 년 전에 보던 얼굴같이 희미하여진다.

영채의 눈에는 여름 낮볕을 받은 푸른 산이 보이고 밀과 보리의 누른 물결과, 조와 피의 푸른 물결도 보인다. 풀의 향기를 품긴 바람이 얼굴을 스쳐 지나가고 모시 적삼의 틈으로 불어 들어와 땀나는 살을 서늘하게도 한다. 이 모든 것이 도리어 영채에게 일종의 쾌감을 주었다.

그래서 영채는 꿈꾸는 사람 모양으로 안 보이는 것을 보려고도, 보이는 것을 안 보려고도 아니하고 눈에 들어오는 대로 보고, 귀에 들어오는 대로 들었다. 그리고 자기가 어디로 가는 것이며, 무엇하러 가는지도 몰랐다.

그러나 이따금 나는 죽으러 간다는 생각이 난다. 그러면 영채는 죽었다 살아나는 듯이 한 번 눈을 깜박하고 진저리를 친다. 그리고는 집 생각과 평양 생각, 형식의 생각이 쑥 나온다. 그러나 조금씩 조금씩 나오다가는 얼른 스러지고 또 여전히 꿈꾸는 사람같이 된다.

그러다가는 혹 청량리의 광경이 눈에 보인다. 그 짐승 같은 사람들이 자기의 손목을 잡아끌던 생각이 나고는 혀로 입술을 빨아 본다. 조금 힘을 들여 빨면 짭짤한 피가 입에 들어온다. 그러면 그 피 맛을 보는 듯이 가만히 입을 다물고 한참 있다가는 만사를 다 잊어버리려는 듯이 한 번 고개를 흔들고 침을 뱉고는 아까 모양으로 산과 들을 바라본다. 바람이 영채의 머리카락을 펄펄 날린다.

차가 개성 터널을 지나서 황해도 산 많은 데로 달아난다. 푸푸 소리를 내며 고개를 올라가다가는 수루루 하고 고개를 내려가며 또 푸푸 하고 비스듬한 산모퉁이를 돌아가서는 수십 길이나 될 듯한 길로 미끄러지는 듯이 내려간다. 좌우에 풀 깊은 산골짝으로 푸푸 하고 올라갈 때에는 그 풀숲에서 단김이 후끈후끈 올라오다가 수루루 내려갈 때에는 서늘한 바람이 지켜 섰던 모양으로 획 지나간다.

길가 산 옆에 이물스럽게 생긴 바윗돌들이 내리쪼이는 햇빛에 빠직빠직 하는 소리가 나는 것 같고, 여기저기 외롭게 선 나무들도 졸린 듯이 잎새 하나 움직이지 아니하고 가만히 섰다. 이따금 평평하게 뚫린 곳이 있어 거기는 냇가에 누워 자는 소도 보이고 한 뼘이나 넘어 자란 조밭에 김을 매다가 지나가는 차를 쳐다보는 모자(母子)도 있다. 그러나 영채는 여전히 꿈을 꾸는 듯이 차창에 턱을 걸고 앉았다.

차가 길게 고동을 울리며 어떤 산굽이를 돌아설 때에 기관차의 석탄 연기가 영채의 앞으로 획 지나가며 영채의 오른편 눈에 석탄 가루를 집어넣었다.

영채는 눈을 감고 얼른 머리를 차 안으로 끌어들였다. 그리고 손에 들었던 명주 수건으로 눈을 씻었다. 그러나 석탄 가루는 나오지 아니하고 눈물만 흐른다. 눈이 몹시 아팠다.

87

영채는 수건으로 눈을 씻으며 얼굴을 찌푸리고 속으로 '에구 아파' 하였다.

석탄 가루가 처음에는 눈 윗시울 속에 들어간 듯하더니 한참 비비고 난 뒤에는 어디 간지를 알 수 없고 다만 아프기만 하였다. 그래도 수건을 눈 속으로 넣어서 씻어 내려 하다가 마침내 나오지 아니함을 보고 영채는 화를 내어 차창에 손을 대고 손 위에 얼굴을 대고 엎디어 울었다.

지금껏 졸던 슬픔이 갑자기 깨어난 모양으로 눈물이 쏟아진다. 무슨 까닭인지도 모르게 그저 슬프기만 하여 소리를 참고 울었다. 지금껏 꿈속 같던 정신이 갑자기 쇄락하여지는 듯하였다. 지나간 모든 생각이 온통 슬픔을 띠고 분명하게 마음속에 일어난다.

영채는 눈에 석탄 가루 들어간 것도 잊어버리고 혼자 슬퍼서 울었다. 오늘 저녁이면 나는 죽는다. 나는 대동강에 빠진다. 이 눈물도 없어지고 몸에 따뜻한 기운도 없어진다. 오늘 본 산과 들과 사람은 다 마지막으로 본 것이다. 나는 몇 시간 아니하여서 죽는다 하는 생각이 바늘 끝 모양으로 전신을 폭폭 찌른다. 내가 왜 났던고, 무엇하러 살아왔는고, 하는 후회도 난다.

이때에 누가 영채를 가볍게 흔들며,

"여봅시오. 고개를 드셔요."

한다. 영채는 깜짝 놀라 고개를 들어 겨우 한 눈을 떠서 그 사람을 보았다. 어떤 일복 입은 젊은 부인이 수건을 들고,

"이리 돌아앉으세요. 눈에 석탄 가루가 들어갔어요? 제가 씻어 내 드리지요."

하고 방그레 웃더니 영채의 얼굴에 슬픈 빛이 있는 것을 보고 한 번 눈을 치떠서 영채의 얼굴을 본다. 영채는 감사한 듯도 부끄러운 듯도 하면서 그 부인의 말대로 돌아앉으며,

"관계치 않습니다."

하고 고개를 숙였다. 부인은 영채를 안을 듯이 마주 앉으며,

"아니야요. 석탄 가루가 눈에 들어가면 잘 나오지 아니해요."

하고 수건을 손가락 끝에 감아 들고 한편 손으로 영채의 눈을 만지며,

"이 눈이야요? 이 눈이야요?"

하다가 영채의 오른 눈 윗시울을 들고 가만히 들여다보다가 수건으로 살짝 씻어 낸다.

그 하는 모양이 극히 익숙하고 침착하다. 영채는 하는 대로 가만히 앉았다. 그 부인의 피곤한 듯한 따뜻한 입김이 무슨 냄새가 있는 듯하면서도 향기롭게 자기의 입과 코에 닿는 것을 깨

달았다. 부인은 좀 더 바싹 영채에게 다가앉으며, 눈을 비집고 연해 고개를 기울여 가며 씻어 낸다. 부인은 화가 나는 것같이,

"에그, 남들이 없었으면 혓바닥으로 핥았으면 좋으련만."

하더니,

"에라! 나왔어요. 이것 보셔요. 이렇게 큰 게 들어갔으니까."

하고 수건에 묻은 석탄 가루를 영채에게 보인다. 그러나 영채는 눈이 부시고 눈물이 흘러서 그것이 보이지를 아니한다.

부인은 걸상에서 일어나 영채의 겨드랑에 손을 넣어 일으키면서,

"자, 세면소에 가서 세수를 하셔요."

하고 앞서 간다.

차가 흔들리건마는 그 부인은 까딱없이 평지로 가는 모양으로 영채를 끌고 차실 저편 끝 세면소로 간다. 가다가 차실 중간쯤 해서 자기와 같이 앉았던 양복 입은 소년에게서 비누와 수건을 받아 들고 간다. 그 맞은편에서 책을 보고 앉았던 어떤 양복 입은 사람이 두 사람의 모양을 우두커니 보고 앉았더니 다시 책을 본다.

영채는 비틀비틀하면서 그 부인의 뒤를 따라 세면소에 갔다. 부인은 대리석판에 백설 같은 자기로 만든 세면기에 물을 따라 손으로 휘휘 저어 한 번 부셔 내고 맑은 물을 가뜩이 부어 놓은

후에 비눗갑을 열어 놓고 붉은 줄 있는 큰 타월로 영채의 어깨와 옷깃을 가리어 주고 한 손으로 영채의 허리를 안는 듯이 영채의 몸을 자기의 몸에 기대게 하고,

"자, 비누로 왁왁 씻읍시오."

하고 물끄러미 영채의 반질반질한 머리와 꽃비녀와 하얀 목과 등을 보며, '어떤 사람인가' 하여 보다가 이따금 영채의 어깨를 가린 수건도 바로잡아 주고 귀밑으로 흘러내린 머리카락도 걷어 올려 준다. 남이 보면 마치 형이 동생을 도와주는 것같이 생각하겠다.

사실상 그 부인은 영채를 동생같이 생각하였다. '얌전한 처녀다. 재주가 있겠다. 교육이 있는 듯하다.' 하였다. 그리고 석탄가루가 눈에 들어가서 울던 것을 생각하고 '어리다, 사랑스럽다.' 하였다.

영채는 슬프던 중에도 그 부인의 다정한 것을 감사하게, 기쁘게 여기면서 잘 세수를 하였다. 자기의 등에 그 부인의 손이 얹힌 것을 감각할 때에 월화에게 안기던 것을 생각하였다. 그리고 그 부인의 얼굴이 어딘지 모르나 월화와 비슷하다 하였다. 그리고 그러나 나는 죽는다 하였다.

영채는 세수를 다하고 일어섰다. 부인은 수건을 준다. 영채는 얼굴과 손을 씻었다. 부인은 수건을 달래서 영채의 목과 귀 뒤

를 가만가만히 씻어 주었다.

영채는 눈을 떠서 정면으로 부인을 보았다. 영채의 눈은 벌겋다. 그리고 눈썹에는 아직 물이 묻어 있어 마치 눈물이 묻은 것 같다.

부인은 어머니가 딸을 보는 듯한 눈으로 빙그레 웃으면서 영채를 보더니 팔로 영채의 허리를 안으며,

"자 갑시다. 가서 점심이나 먹읍시다."

88

아까 오던 모양으로 영채의 자리에 돌아왔다. 영채는 그제야 겨우,

"감사합니다."

하였다.

부인은 앉으려 하다가 다시 자기의 자리로 가서 그 소년과 무슨 말을 하더니 가방 속에서 네모난 종이갑을 들고 와서 영채의 맞은편 걸상에 앉으며,

"이것 좀 잡수셔요."

하고 그 종이갑의 뚜껑을 연다.

영채는 그것이 무엇인지를 몰랐다. 구멍이 숭숭한 떡 두 조각 사이에 엷은 날고기를 낀 것이다.

영채는 무엇이냐고 묻기도 어려워서 가만히 앉았다. 부인은 슬쩍 영채의 눈을 보더니, 속으로 '네가 이것을 모르는구나.' 하면서 영채에게 먹기를 권하며,

"어디로 가십니까?"

하고 자기가 먼저 하나를 집어먹으며,

"자 잡수셔요."

한다.

"평양 갑니다."

하고 영채도 한쪽을 집어서 그 부인이 먹는 모양으로 먹었다. 처음에는 어떻게 먹는 것인지 몰랐었다.

"댁이 평양이시야요?"

하고 부인은 또 하나를 집는다.

영채는 어떻게 대답할지를 몰랐다. 나도 집이 있나 하였다. 그러나 집이 있다 하면 노파의 집이다 하여 고개를 돌리며,

"네, 평양 있다가 지금 서울 와 있어요."

하고 영채는 집었던 것을 다 먹고 가만히 앉았다.

"자, 어서 잡수셔요."

하고 부인이 집어 줄 때에야 또 하나를 받아먹었다.

별로 맛은 없으나 그 새에 낀 짭짤한 고기 맛이 관계치 않고 전체가 특별한 맛은 없으면서 무엇인지 알 수 없는 운치 있는 맛이 있다 하였다.

부인은 또 한쪽을 집어 안팎 옆을 한 번 뒤쳐 보며,

"그런데 방학이 되었어요?"

나를 여학생으로 아는구나 하고 한껏 부끄러웠다. 그리고 이 일본 부인이 어떻게 이렇게 조선말을 잘하나 하다가 너무도 조선말을 잘함을 보고 옳지 일본 가 있는 조선 여학생이로구나 하면서,

"아니야요. 잠깐 다니러 갑니다. 저는 학교에 아니 다녀요."

"그러면 벌써 졸업하셨어요? 어느 학교에 다니셨어요……? 숙명이요, 진명이요?"

"아무 학교에도 아니 다녔어요."

이 말에 그 부인은 입에 떡을 문 채로 씹으려고도 아니하고 우두커니 앉아서 영채를 본다.

그러면 이 여자는 무엇일까 하였다. '남의 첩'이라는 생각도 난다. 학교에 아니 다녔단 말에 다소 경멸하는 생각도 나나 또 그것이 어떤 계집인지 알아보고 싶은 호기심도 난다.

그러나 어떻게 물어보아야 할지를 한참 생각하다가,

"그러면 평양에는 친척이 계셔요?"

영채도 어떻게 대답을 할 것인지 모른다. 오늘 저녁이면 죽어 버리는 몸이요, 또 이 부인이 이처럼 친절하게 하여 주니 자초지종을 있는 대로 이야기하고 싶기도 하나 그래도 말을 내기가 부끄럽기도 하고 또 어디서부터 어떻게 시작할 것인지를 몰라 떡을 든 채로 고개를 숙이고 잠자코 앉았다.

부인도 가만히 앉았다. '이 여자에게 무슨 비밀이 있구나.' 하매 더욱 호기심이 일어난다.

그러나 영채가 불편하여 하는 것을 보고 말끝을 돌려,

"제 집은 황주야요. 동경 가서 공부하다가 방학이 되어서 돌아옵니다. 쟤는 제 동생이구요."

영채는 다만,

"네."

하고 그 소년을 보았다.

소년도 기대어 앉아서 눈을 끔벅거리며 여기를 쳐다보다가 영채의 눈과 마주치매 눈을 돌려 창밖을 내다본다. 둥그스름하고 살이 풍후한 얼굴에 눈이 큰 것과 눈썹이 긴 것이 얼른 눈에 뜨인다.

영채는, 사랑스러운 얼굴이다, 남매가 잘 닮았다 하였다. 그러나 두 사람 사이에는 다시 말이 없고 서로 이따금 마주 보기만 한다.

영채는 '내게도 저런 동생이 있었으면.' 하였다. 그리고 동경 유학하는 그의 신세를 부럽게도 여겼다. 또 나는 죽는다 하였다. 나는 왜 이렇게 박명한고, 나는 어찌하여 일생을 눈물로 보내다가 죽게 태어났는고 하였다.

차는 간다. 해도 간다. 내가 죽을 시간은 가까워 온다 하고 자기의 손과 몸을 보았다. 그리고 나오는 줄 모르게 눈물을 흘렸다. 영채는 눈물을 감추려 하였으나 참으려면 참을수록 흐득흐득 느껴 가며 눈물이 나온다.

영채는 마침내 자기의 무릎 위에 이마를 대고 울었다. 그 여학생은 영채의 곁으로 옮겨앉아 영채를 안아 일으키면서,

"여봅시오, 왜 그러셔요?"

영채는 자기의 가슴 밑으로 들어온 그 여학생의 손을 꼭 쥐어다가 자기의 입에 대며 엎딘 채로,

"형님, 감사합니다. 저는 죽으러 가는 몸이야요. 아아, 감사합니다."

하고 더 흐느낀다.

"에?"

하고 여학생은 놀라,

"그게 무슨 말씀이야요? 왜, 무슨 일이야요. 말씀을 하시지요. 힘 있는 대로는 위로하여 드리지요. 왜 죽으려고 하셔요. 자 울

지 말고 말씀합시오. 살아야지요. 꽃 같은 청춘에 즐겁게 살아야 하지요. 왜 죽으려 하셔요?"
하고 수건으로 영채의 눈물을 씻는다.

영채는 번히 눈을 떠서 여학생을 본다. 여학생의 눈에도 눈물이 고였다. 그렇게 활발한, 남자 같은 사람에게도 눈물이 있는 것이 이상하다 하였다. 그리고 영채에게는 그 여학생에 정다운 생각이 간절하게 난다.

영채의 눈물을 씻은 수건에는 영채의 입술에서 흐른 피가 묻었다. 여학생은 가만히 그 피와 영채의 얼굴을 비교하여 본다. 불쌍한 생각이 간절하여진다.

89

여학생은 영채의 신세타령을 듣고,

"그러면 지금도 그 형식을 사랑하시오?"

사랑하느냐 하는 말에 영채는 가슴이 뜨끔하였다. 과연 자기가 형식을 사랑하였는가……. 알 수가 없다.

자기는 다만, 형식이란 사람은 자기가 찾아야 할 사람, 섬겨야 할 사람으로 알았을 뿐이요, 칠팔 년래로 일찍 형식을 사랑하는지 생각해 본 적도 없었다. 다만 어서 형식을 찾고 싶다, 어서 만나면 자기의 소원을 이루겠다, 만나면 기쁘겠다 하였을 뿐이다.

그러므로 영채는 멀거니 여학생을 보다가,

"그런 생각은 해 본 적도 없어요. 어려서 서로 떠났으니까 얼굴도 잘 기억하지 못하였는데……."

"그러면 부친께서 너는 아무의 아내가 되어라 하신 말씀이 있으시니까 지금껏 찾으셨습니다그려. 별로 사모하는 생각도 없었는데……."

"네, 그리고 어렸을 때에 정들었던 것이 아직도 기억이 되어요. 그때 일을 생각하면 어째 그리운 생각이 나요."

"그것이야 그렇겠지요. 누구나 아이일 적 생각은 안 잊히는 것이니깐. 그이뿐 아니라 다른 아이들 생각도 나시지요?"

영채는 가만히 생각해 보더니,

"네, 여러 동무들의 생각도 나요. 그러나 그의 생각이 제일 정답게 나요. 그랬더니 일전 정작 얼굴을 대하니깐 생각던 바와 다릅데다. 어째 이전에 정답던 것까지도 다 깨어지는 것 같애요. 왜 그런지 모르겠어요. 그래서 그날 저녁에 집에 돌아와서는 어떻게 마음이 섭섭한지 울었습니다."

잘 알아들은 듯이 고개를 끄덕하더니 말하기 어려운 듯이,

"그러면 지금은 그에게 대해서 별로 사랑이 없습니다그려."

영채는 저도 제 생각을 모르는 모양으로 한참을 생각하더니,

"글쎄요, 만나니깐 반갑기는 반가운데 어쩐지 기다리고 바라던 그 사람이 아닌 것 같애요. 내 마음속에 그려 오던 사람과는 딴사람 같애요. 저도 웬일인가 했어요. 또 그이도 그다지 저를 반가워하는 것 같지도 아니하고……."

"알았습니다."

하고 여학생은 눈을 감는다.

무엇을 알았단 말인고 하고 영채도 눈을 감는다. 여학생이,

"그런데 왜 죽을 결심을 하셨어요?"

"아니 죽고 어떻게 합니까. 그 사람 하나를 바라고 지금껏 살아오던 것인데 일조에 정절을 더럽히고……."

괴로운 빛이 얼굴에 나타나며,

"다시 그 사람을 섬기지도 못하겠고……. 이제야 무엇을 바라고 사나요."

하고 절망하는 듯이 고개를 푹 숙인다.

"나는 그것이 죽을 이유라고는 생각하지 아니합니다."

"그러면 어찌하고요?"

"살지요! 왜 죽어요?"

영채는 깜짝 놀라 여학생을 쳐다본다. 여학생은 힘 있는 목소

리로,

"첫째, 영채 씨는 속아 살아 왔어요. 이형식이란 사람을 사랑하지도 아니하면서 공연히 정절을 지켜 왔어요. 부친께서 일시 농담 삼아 하신 말씀 한마디 때문에 영채 씨는 칠팔 년 헛된 절을 지킨 것이외다. 사랑하지 않는 사람을 위해서, 피차에 허락도 아니한 사람을 위해서 절을 지키는 것이 헛된 일이 아니야요? 마치 죽은 사람, 세상에 없는 사람을 위해서 절을 지키는 것이나 다름이 있어요? 영채 씨의 마음은 아름답지요, 절은 굳지요. 그러나 그뿐이외다. 그 아름다운 마음과 그 굳은 절을 바칠 사람이 따로 있지 아니할까요. 하니깐 지금 영채 씨가 그이를 사랑하시거든 지금부터 그에게 몸과 마음을 바치실 것이요, 만일 그렇지 않거든 다른 남자 중에 구하실 것이오. 그런데……."

"그러나 지금토록 마음을 허하여 오던 것을 어떡합니까. 고성의 교훈도 있는데."

한다.

"아니오. 영채 씨는 지금까지 꿈을 꾸고 지내셨지요. 허깨비를 보고 지내셨지요. 얼굴도 잘 모르고 마음도 모르는 사람에게 어떻게 마음을 허합니까. 그것은 다만 그릇된 낡은 사상의 속박이지요. 사람은 제 목숨으로 삽니다. 제가 사랑하지 않는 지아비가 어디 있겠어요. 하니깐 영채 씨의 과거사는 꿈입니다. 이제부터 참생활이 열리지요."

영채는 이 말을 듣고 놀랐다. 열녀라는 생각과 틀리는 것 같다. 그러나 그 말이 옳은 것 같다.

과연 지금토록 형식을 사랑한 적은 없었고, 다만 허깨비로 제 마음에 드는 사람을 만들어 놓고, 그 사람의 이름을 형식이라고 짓고, 그러고는 그 사람과 진정 형식을 같은 사람으로 생각하고 그 사람을 찾는 대신 이형식을 찾다가, 이형식을 보매 그 사람이 아닌 줄을 깨닫고 실망하고 나서는, 아아, 이제는 영원히 형식을 보지 못하겠구나 하고 실망한 것이다.

이렇게 생각하매 영채는 잘못 생각하였던 것을 깨닫는 생각과 또 아주 절망하였던 중에 새로운 광명이 발하는 듯하였다. 그래서 영채는,

"참생활이 열릴까요? 다시 살 수가 있을까요?"

하고 여학생을 보았다.

90

"참생활이 열리지요. 지금까지는 스스로 속아 왔으니깐 인제부터 참생활이 열리지요. 영채 씨 앞에는 행복이 기다립니다.

앞에 기다리고 있는 행복을 버리고 왜 귀한 목숨을 끊어요?"
하고 이만하면 영채의 죽으려는 결심을 돌릴 수 있다 하는 생각이라,

"그러니까 울기를 그치고 웃읍시오. 자, 웃읍시다."
하고 자기가 먼저 웃는다. 영채도 따라서 빙그레 웃더니,

"행복이 기다릴까요? 그러나 의리는 어찌합니까? 의리는 어기고 행복을 찾을까요? 그것이 옳은가요?"
하며 마음을 정치 못하여 한다.

"의리? 영채 씨께서 죽으시는 것이 의리 같습니까?"

"의리가 아닐까요?"

"어찌해서 의릴까요?"

"어떤 사람에게 마음을 허하였다가 그 사람에게 몸을 바치기 전에 몸을 더럽혔으니 죽어 버리는 것이 의리가 아닐까요?"

옳다, 되었다 하는 듯이 여학생이,

"그러면 몇 가지를 물어보겠습니다. 첫째, 이 씨에게 마음을 허하신 것이 영채 씨오니까. 다시 말하면 영채 씨가 당신의 생각으로 마음을 허한 것입니까, 또는 부친의 말씀 한마디가 허한 것입니까?"

"그게야 물론 아버지께서 허하신 게지요."

"그러면 부친의 말씀 한마디로 영채 씨의 일생을 작정한 것

이오그려."

"그렇지요. 그것이 삼종지도(三從之道)가 아닙니까."

"흥, 그 삼종지도라는 것이 여러 천 년간, 여러 천만 여자를 죽이고, 또 여러 천만 남자를 불행하게 하였어요. 그 원수에 글자 몇 자가, 흥."

영채는 놀라며,

"그러면 삼종지도가 그르단 말씀이야요?"

"부모의 말에 순종하는 것이 자식의 도리겠지요. 지아비의 말에 순종하는 것이 아내의 도리겠지요. 그러나 부모의 말보다도 자식의 일생이, 지아비의 말보다도 아내의 일생이 더 중하지 아니할까요? 다른 사람의 뜻을 위하여 제 일생을 결정하는 것은 저를 죽임이외다. 그야말로 인도(人道)의 죄라 합니다. 더구나 부사종자(夫死從子)라는 말은 참남자의 포학을 표함이외다. 여자의 인격을 무시하는 말이외다. 어머니는 아들을 가르치고 지배함이 마땅하외다. 어머니가 자식에게 복종하는 그런 비리가 어디 있어요."

하고 여학생은 얼굴이 붉게 되며 기운을 내어 구도덕을 공격하더니,

"영채 씨도 이러한 낡은 사상에 종이 되어서 지금껏 속절없는 괴로움을 맛보셨습니다. 그 속박을 끊읍시오. 그 꿈을 깨시오.

저를 위하여 사는 사람이 되시오. 자유를 얻읍시오!"
하는 여학생의 얼굴에는 아주 엄숙한 빛이 보인다.

"그러면 저는 어떻게 해요?"
하는 영채의 사상은 자못 혼란하게 되었다.

영채는 자연히 그 여학생의 손에 자기의 운명을 맡기게 된 것 같다. 여학생의 입으로 나오는 말대로 자기의 일생이 결정될 것 같다. 그래서 영채는 여학생의 눈과 입을 바라본다. 여학생은,

"여자도 사람이지요. 사람일진대 사람의 직분이 많겠지요. 딸이 되고, 아내가 되고, 어머니가 되는 것도 여자의 직분이지요. 또 혹은 종교로, 혹은 과학으로, 혹은 예술로, 혹은 사회나 국가에 대한 일로 인생의 직분을 다할 길이 많겠지요. 그런데 고래로 우리나라에서는 남의 아내 되는 것만으로 여자의 직분을 삼았고, 남의 아내가 되는 것도 남의 뜻대로, 남의 말대로 되어 왔어요. 지금까지 여자는 남자의 한 부속품, 한 소유물에 지나지 못하였어요. 영채 씨는 부친의 소유물이다가 이 씨의 소유물이 되려 하였어요. 마치 어떤 물품이 이 사람의 손에서 저 사람의 손으로 옮겨 가는 모양으로……. 우리도 사람이 되어야 합니다. 여자도 되려니와 우선 사람이 되어야 합니다. 영채 씨께서 할 일이 많지요. 영채 씨는 결코 부친과 이 씨만을 위하여 난 사람이 아니외다. 과거 천만대 조선과, 현재 십육억 동포와, 미래 천

만대 자손을 위하여 나신 것이야요. 그러니깐 부친께 대한 의무 외에, 이 씨께 대한 의무 외에도 조상께, 동포에게, 자손에게 대한 의무가 있어요. 그런데 영채 씨가 그 의무를 다하지 아니하고 죽으려 하는 것은 죄외다."

"그러면 어떻게 해요?"

여학생은 웃고,

"오늘부터 새로운 생활을 시작하시지요."

"어떻게 시작해요?"

"모든 것을 다 새로 시작하지요. 지나간 일일랑 온통 잊어버리고 새로 모든 것을 시작하지요. 이전에는 남의 뜻대로 살아왔거니와, 이제부터는……."

하고 여학생은 잠깐 말을 멈추고 영채를 바라본다.

영채는 얼굴이 붉게 되고 숨이 차며 여학생의 눈과 입에 매어달린 것 같다가,

"이제부터는 어떻게 해요?"

한다.

"이제부터 제……뜻……대……로…… 살아간단 말이야요."

열차는 산속을 벗어나서 서흥 벌판으로 달아난다. 맑은 냇물이 왼편에 있다가 오른편에 가다가 한다. 두 사람은 잠자코 바깥을 내다본다.

91

영채는 여학생에게 끌려 황주서 내렸다. 여학생은 영채를 자기의 친구라 하여 집에 소개하고 자기와 한방에 있기로 하였다.

그 집에는 사십여 세 되는 부모와, 여학생보다 삼사 세 위 되는 오라비와, 허리 구부러진 조모가 있었다. 그 조모는 손녀를 보고 아무 말도 없이 무척 반가워서 눈물을 흘렸다.

여학생의 자친은 다정하고 현숙한 부인이다. 부친은 딸이 절하는 것을 보고도 별로 기쁜 빛도 표하지 아니하고 도리어 고개를 돌렸다. 여학생은 그것을 보고 혼자 빙긋 웃었다. 오라비는 웃으며 누이를 맞았다. 그리고 누이의 어깨를 만지며,

"왜 오는 날을 알리지 아니했니?"

하였다. 그리고 동경에 관한 말을 물었다. 오라범댁은 부모 앞에서는 가만히 웃기만 하다가 여학생과 마주 앉았을 때에는 손을 잡고 등을 만지고 하며 반기는 빛이 넘친다.

영채는 이러한 모든 광경을 보고 재미있는 가정이다 하였다. 그리고 없어진 집 생각이 났다.

그날 저녁에는 부친을 빼놓고 온 가족이 모여 앉아서 밀국수를 먹으며 즐겁게 이야기하였다.

영채는 여학생의 곁에 잠자코 가만히 앉았다. 오라비는 영채

에게 대하여 어려운 생각이 나는지 한참 이야기하다가 밖으로 나가고 여자들만 모여 앉았다.

여학생은 쾌활하게 조모와 모친과 올케를 번갈아 보아 가며, 동경서 일 년 동안 지내던 이야기를 한다. 조모는 이따금 웃으며 고개를 끄덕끄덕한다. 그중에도 올케가 제일 재미있게 듣는다. 모친은 딸의 이야기는 듣는지 마는지 먹을 것만 주선하며 이따금 딸의 이야기에는 상관도 없는 질문을 한다. 딸이,

"어머닌 남의 말은 아니 듣고."

하면,

"왜 안 들어. 어서 해라."

하기는 하면서도 또 딴소리를 하여서는 젊은 사람들을 웃긴다.

영채도 남을 따라서 웃었다. 실상 모친은 딸의 말을 잘 알아듣지 못한다. 조모는 더구나 알아듣지 못한다. 조모는 웃기도 그치고 하품을 시작한다. 오라범댁과 영채만이 턱을 받치고 재미나게 듣는다.

얼마 있다가 모친도 졸린지 눈을 껌벅이며 눈물이 흐른다. 모친이 일어나 베개를 내려 조모께 드리며,

"어머님께서는 주무십시오. 그 애들 지껄이는 것은 무슨 말인지를 모르겠다."

하고 자기도 팔을 베고 눕는다.

두 노인은 잠이 들고 세 청년만 늦도록 이야기를 하였다. 셋은 즐거웠다. 영채도 여학생의 오라범댁과 친하게 되었다. 그날 저녁에는 셋이 한자리에서 가지런히 누워 잤다. 영채는 늦도록 잠이 아니 들었으나 마침내 잠이 들어서 꿈에 월화를 보았다.

아침에 일어나서는 혼자 웃었다. 죽으러 가던 몸이, 어제 저녁에 죽었을 몸이, 아직도 살아 있는 것을 생각하니 우습다. 그러나 자기의 전도는 어찌 될는지 걱정이었다.

여학생의 이름은 병욱이다. 자기 말을 듣건대 처음 이름은 병옥이었으나 너무 부드럽고 너무 여성적이므로 병목이라고 고쳤다가, 그것은 또 너무 억세고 남성적이므로 그 중간을 잡아 병욱이라고 지은 것이라 하며 영채더러 하루는,

"병욱이라면 쓸쓸하지요. 나는 옛날 생각과 같이 여자는 그저 얌전하고 부드러워야 한다는 것은 싫어요. 그러나 남자와 같이 억세고 빽빽한 것도 싫어요. 그중간이 정말 여자에게 합당한 줄 압니다."

하고 웃으며,

"영채, 영채……. 어여쁜 이름이외다. 그러나 과히 여성적은 아니외다."

한 일이 있다.

그러나 집에서는 병욱이라고 부르지 아니하고 병옥이라고

부른다. '병옥아.' 해도 대답은 한다.

병욱은 영채를 매우 재주 있고, 깨닫기 잘하고, 공부 잘한 여자로 알았다. 처음에는 자기의 말을 못 알아들을 듯하여 아무쪼록 알아듣기 쉬운 말을 골라 하였으나, 이제는 거의 평등으로 대접한다.

영채는 물론 병욱을 헤아릴 수 없이 이상한 지식과 생각을 많이 가진 사람으로 안다. 그러므로 병욱의 입으로 나오는 말이면 무엇이나 주의하여 듣고 힘써 해석해 본다. 그래서 이삼 일 내에 병욱의 생각을 대강 짐작하게 되었고, 또 병욱의 생각이 자기가 지금토록 하여 오던 생각과는 거의 정반대됨을 깨달았다. 그리고 그 생각이 도리어 합리하는 것같이 생각하였다. 지금은 차 중에서 병욱이 하던 말을 잘 깨달아 알게 되었다.

병욱과 영채는 깊이 정이 들었다. 둘이 마주 앉으면 시간 가는 줄을 모르고 이야기에 취하게 되었다. 영채는 병욱에게 새로운 지식과 서양식 감정을 맛보고, 병욱은 영채에게 옛날 지식과 동양식 감정을 맛보았다.

병욱은 낡은 것을 모두 싫어하였다. 그러나 영채의 잘 이해한 사상을 접하매 옛날 사상에도 여러 가지 맛있는 점이 있음을 깨달았다. 그래서 새삼스럽게 《소학》이며 《열녀전》이며, 한시 한문을 배우고 싶은 생각까지도 나게 되었다. 집에서 먼지 묻은

《고문진보》 같은 것을 내어서 이것저것 영채에게 배우기도 하고, 배운 것을 외우기도 하였다. '참 재미있다.' 하고 어린애같이 기뻐하면서 소리를 내어 읊기도 하였다.

부친은 병욱이 시 읊는 소리를 듣고 칭찬을 하는지 조롱을 하는지 모르게 '흥, 흥.' 하였다.

92

병욱은 음악을 배운다. 한 번은 사현금(바이올린)을 타다가 영채더러,

"집에서는 음악 배운다고 야단이야요. 그것은 배워서 광대 노릇을 하겠니, 하시고 학비도 아니 준다고 하지요. 내가 울고 불고 떼를 쓰며 이것을 배우게 했어요. 집에서는 난봉났다 그러시지요. 오빠께서는 좀 나시지마는."

하고 웃었다.

한참 재미롭게 사현금을 타다가도 밖에서 부친의 기침 소리가 나면 얼른 그치고 어리광하는 듯이 진저리를 치며 웃는다. 영채도 사현금 소리가 좋다 하였다. 서양 악곡을 많이 들어 보지 못하였으므로 탑골 공원의 음악도 별로 재미있게 아니 여겼

더니, 이제는 서양 악곡의 묘미도 차차 알아 오는 듯하다.

병욱은 사현금과 한시와, 영채와 이야기하는 것으로 재미를 삼게 되었다. 더구나 새로 맛보는 한시 맛에 사현금을 잊어버리는 일까지 있다. 그러면서도 병욱은 분주히 돌아가며 오라범댁을 도와 집일을 보살핀다.

하루는 크게 주름 잡은 조모의 낡은 치마를 입고, 팔을 부르걷고, 호미를 들고 땀을 죽죽 흘리며 마당 구석과 담 밑과 울안에 잡초를 다 매고 이웃에 가서 화초를 얻어다가 옮겼다. 흙 묻은 손으로 땀을 씻어서 얼굴에는 누런 흙물이 여기저기 묻었다. 한참 호미로 굳은 땅을 팔 적에 부친이 들어오다가 물끄러미 보고 섰더니 빙그레 웃으면서,

"병옥이는 농사하는 집에 시집을 보내야겠군."

하였다. 또 모친은 보고,

"얘, 그만두어라. 더운데 널더러 김매라더냐."

하면서 웃었다. 병욱도,

"이제 봅쇼. 온 집안이 꽃밭이 될 테니."

하고 웃었다.

그러나 부친이나 모친이 병욱의 꽃 심는 것을 그렇게 중요하게 알지 않는 모양인 것을 보고 곁에 섰는 영채를 돌아보며,

"꽃을 중하게 아니 여기는 터에 음악 배우는 것을 왜 좋아하

겠소."

하고 웃으며,

"이제 아무렇게 해서라도 꾀꼬리를 한 쌍 잡아다가 아버지 방 문 밖에 걸어 드릴랍니다. 설마 꾀꼬리 소리를 싫다고야 아니하시겠지. 어때요, 묘하지요?"

하고 웃는다. 영채도,

"네, 묘합니다."

하고 웃었다.

"꽃이 고운 줄도 모르고, 꾀꼬리 소리가 고운 줄도 모르고 사는 인종은 불쌍하지요?"

하고 찬성을 구하는 듯이 영채를 본다.

영채는 그 뜻을 잘 알았다. 영채는 예술이라는 말을 일전에 배웠더니 그 뜻을 지금에야 깨달았다. 기생도 일종 예술가다. 다만 그 예술을 천하게 쓰는 것이다 하였다. 옛날 명기들은 다 예술가로다. 그네는 음악을 하고 무도를 하고, 시와 노래를 짓고 그림을 그렸다. 그러므로 그네는 오늘날에 이르는 바 예술가로구나 하였다. 그러니까 자기도 예술가다. 예술가 되는 것이 내 천직인가 하였다. 자기도 병욱과 같이 음악을 배울까 하였다. 자기가 지금껏 원수로 알아 오던 춤추기와 노래 부르기도 이제 와서는 뜻이 있구나 하였다.

이럭저럭 영채는 죽을 생각을 그치고 병욱과 같이 즐겁게 살아가도록 힘쓰리라 하게 되었다. 영채의 마음속에는 기쁨이 생겼다.

병욱도 영채가 이제 변하여 가는 줄을 안다. 그래서 기뻐한다. 무도와 성악을 배우기를 권하고, 동경을 가면 그것을 전문으로 가르치는 음악학교가 있는 것과, 성악과 무도를 잘 배우면 세계적 공명을 이룰 수 있는 것도 말하였다.

병욱은 영채의 목소리에 혹하다시피 취하였다. 서투른 창가를 불러도 저렇게 아름답거든 자기가 익숙한 노래를 부르면 얼마나 아름다울까 하였다.

병욱의 집은 황주성 서문 밖에 있다. 한적하고 깨끗한 집터이다. 이웃에 집도 많지 아니하므로 둘이서 손을 마주 잡고 석양에 산보도 한다. 산보할 때에는 두 처녀가 꿈같은 장래를 이야기한다. 무르익은 풀잎 밑으로 흘러 내려오는 시내에 두 발을 잠그고 소리를 맞추어 노래도 부른다. 둘은 이런 말을 한다.

"집에서 자꾸 시집을 가라는구려."

"어떤 데로?"

"누가 아나요. 당신네 생각에 합당하면 좋다고 그러지요. 이번에는 기어이 시집을 가야 된다고 아주 야단이야요."

"그러면 어찌하셨어요."

"아무 때나 내가 가고 싶어야 가지요."

하고 말하기 어려운 듯이 한참 생각하더니 빙그레 웃으며,

"나도 사랑하는 사람이 있어요."

하고 얼굴을 붉힌다. 영채도 웃으며,

"어디요? 동경?"

"네, 그런데 집에서는 큰 반대지요. 서자예요. 또 가난하고……. 호……. 그러나 사람은 참 좋아요. 얼굴도 좋고, 풍채도 좋고, 재주도 있고, 마음도 크고 곱고……. 아아, 너무 자랑을 했다. 그러나 자랑이 아니야요. 아마 영채 씨가 보셔도 사랑하리다. 언제 한 번 보여 드리지요. 그러나 빼앗아서는 안 되어요."

하고 영채를 보고 웃는다. 영채는 고개를 숙인 대로 웃는다.

이 모양으로 사오 일이 지났다. 영채는 서울 노파와 형식에게 자기가 살아 있단 말을 알려 주지 아니하였다. 후일에 서로 알 날이 있기를 바랐다.

영채는 이제부터 어떻게 살아갈는지.

93

영채는 차차 이 집 내용을 알게 되었다. 오랫동안 가정이란

맛을 보지 못한 영채에게는 부모 있고, 형제 있고, 자매 있는 이 가정은 마치 선경같이 즐겁고 행복되어 보이더니 점점 알아본즉 그 속에도 슬픔이 있고 괴로움이 있다.

첫째는 부자간에 뜻이 맞지 아니함이니, 아들은 동경에 가서 경제학을 배워 왔으므로 자기가 중심이 되어 자본을 내어 무슨 회사 같은 것을 조직하려 하나, 부친은 위태한 일이라 하여 극력 반대한다.

또 딸을 동경에 유학시키는 데 대하여서도 아들은 찬성하되 부친은 '계집애가 그렇게 공부는 해서 무엇하느냐, 어서 시집이나 가는 것이 좋다.' 하여 반대한다. 방학하고 집에 올 때마다 부친은 반드시 한두 번 반대하지마는 마침내 아들에게 진다.

작년 여름에는 반대가 우심하여 동경 갈 노비를 아니 준다 하므로 딸은 이틀이나 울고, 아들과 어머니는 부친 모르게 돈을 변통하여 노비를 당하였다. 그래서 딸은 부친께는 간다는 하직도 못하고 동경으로 떠났다.

그 후에 며칠 동안 부친은 성을 내어 식구들과 말도 잘 하지 아니하였으나 얼마 아니하여,

"애, 이달 학비는 보냈니? 옷값이나 주어라."

하게 되었다.

이번에도 부친은 기어이 딸을 시집보내려 하고, 아들은 졸업

하기를 기다려야 한다 하여 두어 번이나 부자끼리 다투었다.

부친은 자기 친구의 아들에 경성전수학교를 졸업하고 지금 어느 재판소 서기로 있는 사람이 마음에 들어, 그가 작년에 상처한 것을 좋은 기회로 삼아 기어이 사위를 삼으려 하나 아들은 반대한다.

그 사람은 원래 부유한 집 자제로 십육칠 세부터 좀 방탕하게 놀다가 벼슬이 하고 싶다는 동기로 전수학교에 입학하였다. 근래에 흔히 있는 청년과 같이 별로 높은 이상이라든지 큰 목적이 있는 것이 아니라, 다만 금줄을 두르고 칼 차는 것을 유일한 자랑으로 알며, 한 달에 몇 번씩 기생을 희롱하여 월급 외에도 매삭 몇 십 원씩 집에서 돈을 가져간다. 좀 교만하고 경박하고 허영심 있는 청년이다.

그러나 부친은 무엇에 혹하였는지 모르되, 이 사람밖에는 좋은 사람이 없는 듯이 생각하였다. 그러나 아들은 이 사람을 싫어할뿐더러 도리어 천하게 여긴다.

이리하여 부자간에는 만사에 별로 의견이 일치하는 일이 없다. 부친은 아들을 고집쟁이요 철이 없고 부모의 말을 아니 듣는다 하고, 아들은 부친을 완고하고 무식하고 세상이 어떻게 변천하는지를 모른다 한다.

그러면서도 부친은 아들의 진실함과 친구 간에 존경받는 줄을 알고, 아들은 그 부친의 진실함과 부드러운 애정이 있는 줄을 안다. 이러므로 부자간에는 무엇이나 반대하면서도 어딘지 모르게 서로 일치하는 점이 있다.

모친은 특별한 의견은 없으되 흔히 아들에게 찬성한다. 그러할 때마다 부친은 모친을 한 번 흘겨보고, 모친도 부친을 한 번 흘겨본다. 그러나 이것은 어린애들이 서로 흘겨보는 것과 같아서 얼른 풀어지고 만다.

그다음에 걱정은 아들 내외의 사이에 정이 없음이다. 영채가 이 집에 온 지가 십여 일이 되도록 그 내외간에 서로 이야기하는 것을 보지 못하였다. 지나가는 사람 모양으로 서로 슬쩍 보고는 고개를 돌리든지 나가든지 한다. 그래도 아내는 밤낮 남편의 옷을 빨고 다리고 한다.

영채가 여기 온 후로는 밤마다 며느리와 딸과 자기가 한방에서 잤다. 그리고 아들은 사랑에서 혼자 자는 모양이었다. 영채는 얼마만큼 미안한 생각이 있어서 병욱더러 다른 방에 가기를 청하였더니 병욱은 웃으며,

"걱정 마시오. 우리 오빠는 아니 들어오셔요."

"왜 그러시나요?"

"모르지요. 이전에는 아니 그러더니 일본 갔다 와서부터 차차 멀어갑데다."

하고 입을 영채의 귀에 대며,

"그래서 우리 형님이 나를 보고 울어요."

하고 동정하는 듯이 한숨을 쉰다. 영채도 며느리가 불쌍하다 하였다. 그렇게 얼굴도 얌전하고 마음도 고운 부인을 왜 싫어하는고 하여,

"무엇이 불만해서 그러나요?"

"모르지요. 불만할 것이 없을 듯하건마는 애정이 아니 가는 게지요. 내가 오빠한테 물어보니까, 나도 모르겠다, 왜 그런지 모르지마는 그저 보기가 싫구나 합디다. 아마 형님이 오빠보다 나이가 많아서 그런지, 참 걱정이야요."

하고 고개를 흔든다. 영채는 놀라며,

"형님께서 나이가 많으셔요?"

영채도 그를 형님이라고 부른다. 달리 적당한 칭호도 없었거니와 또 형님이라고 부르고 싶었다.

"오 년 장이랍니다."

하고 웃으며,

"형님이 처음 시집올 때에는 우리 오빠는 겨우 열두 살이더라지요……. 형님은 열일곱 살이구, 그러니 무슨 정이 있겠어요. 말하자면 형님이 오빠를 길러 냈지요. 한 것이 다 자라나서는 도리어……."

하고 호호 웃는다.

"오빠도 퍽 다정하고 마음씨 고운 사람이건마는, 애정이란 마음대로 안 되나 봐요"

하고 두 처녀는 두 내외에게 무한한 동정을 준다. 영채는,

"그러면 어쩌면 좋아요. 늘 그래서야 어떻게 사나요."

"요새 젊은 부부는 대개 다 그렇대요. 큰 문제지요. 어서 그 문제를 해결해야 할 터인데……."

하고 두 처녀가 마주 본다.

94

부자간에 의견이 합하지 않는 것은 견디기도 하려니와, 내외간에 애정이 합하지 않는 것은 참 견디기 어려울 것이라. 상관없는 남의 일이건마는 다만 십여 일이라도 같이 있는 정리라, 영채에게는 이것도 걱정이 된다.

영채의 생각에는 될 수만 있으면 이 내외를 정답게 하여 주고 싶다. 영채에게는 그 부인이나 남편이 다 같이 정답게 보인다. 오래 교제를 하여 볼수록 그 부인이 마음에 들어 이제는 진정으로 형님이라 부르고 싶다. 이전 월화에게 대한 정과 비슷한 애

정이 솟아오른다.

물론 월화에 대한 것과 같이 존경하고 의탁하는 생각은 없으나 한껏 사랑스럽고 한껏 불쌍한 생각이 난다. 그래서 될 수 있는 대로 부인의 곁에 있어서 이야기 동무도 하여 주고, 기회만 있으면 위로도 하여 준다.

부인도 이제는 영채와 친하여서 여러 가지로 속에 있는 생각을 말한다. 병욱은 다정하면서도 얼마큼 뻑뻑한 맛이 있거니와 영채는 다정하고도 부드러운 맛이 있었다. 그래서 부인은 영채와 말하기를 유일의 낙으로 알았다. 차라리 어떤 점으로는 시누이보다도 영채가 더 정답고 사랑스럽다. 그래서 영채의 손을 꼭 쥐며,

"아이구, 어쩌면 좋소."

하기까지 한다.

그보다 더 괴로운 것은 영채의 생각이다. 영채는 웬일인지 모르게 그 부인의 남편 되는 이에게 대하여 일종 정다운 생각이 난다. 처음에는 친구의 오빠인 까닭이라 하였으나 차차 더 격렬하게 그의 모양이 생각이 나고, 그의 모양이 번뜻 보일 때마다 문득 가슴이 울렁울렁하고 얼굴이 빨게진다.

영채가 보기에 그도 자기를 다정한 눈으로 보는 듯하다. 영채는 암만 그것을 억제하려 하건마는 제 마음을 제 마음대로 할

수가 없다. 그래서 자리에 누워도 그의 좀 넓적한 얼굴이 눈에 보여서 도무지 잘 수가 없다.

그러할 때마다 곁에 누운 부인을 안으면 부인도 영채를 안아 준다. 영채는 부인에게 대하여 미안하기도 하고, 죄송하기도 하다. 어서 이 집을 떠나야 하겠다 하면서, 또한 차마 떠나기가 싫기도 하다. 그래서 영채에게는 또 한 가지 새 괴로움이 생겼다.

요사이 영채는 흔히 멀거니 무슨 생각을 하다가,

"왜 그렇게 멀거니 앉았어요?"

하는 말을 듣고는 깜짝 놀라게 된다.

이로부터 영채는 차차 남자가 그리워진다. 전부터 외롭게 적막하게 지내 왔거니와, 지금은 그 외로움과 그 적막과는 유다른 적막이 더 굳세게 영채의 가슴을 누른다. 이전에는 넓은 천지에 저 혼자만 있는 듯한 적막이더니 지금은 제 몸이 반편인 듯한 적막이었다.

다른 반편이 있어야 제 몸은 온전하여질 것 같다. 공연히 가슴이 울렁울렁하고 얼굴이 홋홋하여진다. 피곤한 듯도 하고, 술 취한 듯도 하다. 무엇에 기대고 싶고 누구에게 안기고 싶다.

영채는 가만히 앉아서 이때껏 접하여 오던 여러 남자를 생각하여 본다. 자기의 손목을 잡아끌던 사람, 겨드랑으로 손을 넣어 끌어안던 사람, 억지로 빰을 대던 사람, 음란한 눈으로 자기를 유혹하며 교만한 말로 자기를 위협도 하던 사람……. 그때에는 그렇게 원수스럽고 미워 보이던 남자들조차 무어라고 말할 수 없는 따뜻한 감각을 준다.

남자의 살이 자기의 살에 와 닿던 감각이 자릿자릿하게 새로워진다. 지금 내 곁에 남자가 하나 있었으면 작히 좋으랴. 누구든지 손을 달라면 손을 주고 안아 준다면 안기고 싶다.

영채는 신우선을 생각하고 이형식을 생각한다. 여러 해 동안 접하여 오던 남자 중에 신우선은 가장 영채의 마음을 끌던 사람이다. 그는 풍채가 좋고, 기상이 쾌활하여 어딘지 모르게 사람을 끄는 힘이 있었다.

어떤 날 저녁에 둘이 마주 앉아서 우선이 영채를 달랠 때에 영채의 마음도 아니 움직임이 아니었다. 당장 그의 가슴에 이마를 대고 '저를 거두어 주십시오.' 하고도 싶었다. 그러나 그때에 영채는 온전히 몸과 마음을 형식에게 바친 줄로 자신하였으므로 이를 갈고 억제하였다.

실로 그동안 영채는 다른 남자의 모양이 생각에만 떠 나와도 큰 죄로 여겨서 제 살을 꼬집어 억제하였다. 이러므로 지금껏 영채는 독립한 사람이 아니요, 어떤 도덕률의 한 모형에 지나지 못하였다. 마치 누에가 고치를 짓고 그 속에 들어 엎딘 모양으로, 영채도 알 수 없는 정절이라는 집을 짓고 그 속을 자기 세상으로 알고 있었다.

그러다가 이번 사건에 그 집이 다 깨어지고 영채는 비로소 넓은 세상에 뛰어나왔다.

더구나 기차 속에서 병욱을 만나며 자기가 지금껏 유일한 세상으로 알아 오던 세상이 기실 보잘것없는 허깨비에 지나지 못하는 것과, 인생에는 자유롭고 즐거운 넓은 세상이 있는 것을 깨닫고, 이에 비로소 영채는 자유로운 사람이 되고, 젊은 사람이 되고, 젊고 어여쁜 여자가 된 것이다.

영채의 가슴에는 이제야 비로소 사람의 피가 끓기 시작하고 사람의 정이 타기를 시작한다. 영채는 자기의 마음이 전혀 변하여진 것을 생각한다. 마치 나서부터 어둡고 좁은 옥 속에서 지내다가 처음 햇빛 있고, 바람 불고, 꽃 피고, 새 우는 세상에 나온 것 같다. 영채는 거문고를 타고 바이올린을 울린다. 그러나 그 소리가 모두 다 새로운 빛을 띤다. 그리고 영채의 눈에는 기쁨과 슬픔이 섞인 듯한 눈물이 핑그르 돈다.

95

형식은 꿈같이 기쁘게 지낸다. 날마다 선형에게 영어를 가르치고 다 가르치고 나서는 여러 가지 이야기를 한다. 선형은 이제는 낯이 익어서 부끄러워하면서도 조금씩 농담도 한다. 그러나 순애는 여전히 웃지도 아니하고 말도 많이 하지 아니한다.

형식은 선형으로 더불어 재미있게 이야기하다가는 우두커니 앉았는 순애를 보고는 문득 말을 그치고 미안한 듯이 슬쩍 순애를 본다.

순애는 형식의 눈을 피하려고도 아니하고 형식이야 자기를 보거나 말거나 전에 보던 데를 보고 앉았다. 이렇게 되면 형식도 말하던 흥이 깨어져서 잠자코 앉았고, 선형도 책장만 뒤적뒤적한다. 어떤 때에는 순애가 먼저 일어나서 밖으로 나가고 형식과 선형은 가만히 순애의 뒷모양을 본다. 순애는 등이 좀 굽은 듯하고 어딘지 모르나 슬픈 빛이 보인다. 그리고 두 사람은 마주 보고 웃는다. 웃으면서도 서로 무슨 뜻인지는 모른다.

형식은 아주 세상과 인연을 끊은 모양이 되었다. 학교는 사직하고, 학생들도 이제는 놀러 오지 아니하고, 원래 많지 않던 친구들도 근래에는 오지 아니한다. 우선도 무슨 분주한 일이 있는지 보이지 아니한다. 형식은 깨어서부터 잘 때까지 선형과 미국만 생각한다. 그래도 조금도 적막하지도 아니하고 도리어 더할 수 없이 기뻤다.

형식의 모든 희망은 선형과 미국에 있다. 기생집에 갔다고 남들이 시비를 하고, 돈에 팔려서 장가를 든다고 남들이 비방을 하더라도 형식이에게는 모두 우스웠다. 천하 사람이 다 자기를 미워하고 조롱하더라도 선형 한 사람이 자기를 사랑하고 칭찬하면 그만이다. 또 자기가 미국에 갔다가 돌아오는 날이면 만인이 다 자기를 우러러보고 공경할 것이다.

장래의 희망이 없는 사람은 자기의 현재를 가장 가치 있는 듯이 보려 하되, 장래에 큰 희망을 가진 형식에게는 현재는 아주 가치 없는 것이다. 자기가 경성학교에서 교사 노릇 하던 것과, 그 학생들을 사랑하던 것과, 자기의 생활과 사업에 의미가 있는 듯이 생각하던 것이 우스워 보이고 지나간 자기는 아주 가치 없는 못생긴 사람같이 보인다. 지나간 생활은 임시의 생활이요, 이제부터가 참말 자기의 생활인 것 같다.

그래서 형식의 생각에, 자기의 전도에는 오직 행복뿐이요, 아무 불행도 있을 것 같지 아니하다. 자기의 몸은 괴롭고 혼란한 티끌세상을 떠나서 수천 길 높은 곳에 올라선 것 같다. 길에서 만나는 여러 사람도 이제는 자기와는 종류가 다른 불쌍한 사람 같이 보인다. 더구나 이전에는 자기의 동무로 알아 오던 주인 노파가 지극히 불쌍하게 보이고, 갑자기 더 늙고 쪼그라진 것같이 보인다.

그러나 박복한 형식에게는 또 한 가지 걱정이 생겼다.

어떤 사람이 김 장로에게 형식의 품행이 방정치 못하다는 말을 하였다. 하루는 장로가 불쾌한 낯빛으로 부인께,

"세상에 어디 믿을 사람 있소."

하며 이러한 대화를 나눴다.

"왜요?"

"형식이 기생집에를 다닌다는구려."

부인은 자기가 기생이매 이러한 말을 듣기가 좀 고통이 되었으나 이제는 귀부인이라, 그것을 고통으로 여길 체면이 아니라 하여 깜짝 놀라며,

"그게 무슨 말씀이야요?"

"늬 말을 들으니까 형식이 다방골 계월향이라든가 하는 기생에게 취해서 밤마다 거기 가서 파묻혀 있었다는구려. 그러다가 탑골 승방이라든가 어디서 누구누구와 그 계집 때문에 다툼이 나서 발길로 차고 때리고 야단이 났더라고요. 그뿐만 아니라, 계월향이 형식에게 싫증이 나서 평양으로 도망하는 것을 형식이 따라갔더라고요. 내가 그럴 리가 있느냐고 하니까 날짜까지 분명히 알고 확실한 증거까지 있다는구려."

하고 한숨을 쉬며,

"당초에 내가 일을 경솔하게 하였어."

부인은 깜짝깜짝 놀라며 이 말을 듣더니,

"아, 누가 그래요?"

한다. 애지중지하는 딸을 그러한 사람에게 준단 말인가, 하는 생각이 나서 가슴이 아프다. 그러나 형식의 외모와 말하는 양을 보매 그러한 것 같지는 아니하여서,

"누가 형식을 험담하느라고 그러는 게지요."

"허, 나도 처음에는 그런 줄만 알았구려. 했더니 차차 들어 본즉, 그 말이 확실한 모양이외다. 우선 형식이 평양 갔다는 날짜가 꼭 이틀 동안 우리 집에 아니 오던 날이오그려. 그래서 경성학교에서도 말하면 내쫓은 모양이라는구려."

"에그, 저런!"

이러한 말을 하다가 마침 선형이 들어오므로 말을 끊었다. 그러나 선형은 대강 그 말을 들었다.

그 후에 장로 부부는 다시 그런 말을 하지는 아니하였으나 마음속에는 말할 수 없는 근심이 있었다. 선형도 왜 그런지 모르게 그 말을 듣고는 좀 불쾌하였다. 형식을 보아도 웃고 싶지를 아니하고 도리어 미운 듯한 생각이 난다. 여전히 정다운 생각이 있으면서도 동시에 미운 생각과 의심이 난다.

선형의 가슴에는 괴로움이 생겼다. 형식은 이런 줄을 모르고 여전히 쾌활하게 지내건마는, 장로 집 식구들은 자연히 말이 적어지고 웃음이 적어지고 형식을 대할 때에 일종 불쾌하고 경멸

하고 괘씸하여 하는 생각으로써 한다.

형식도 차차 이 변천을 깨닫게 되었다. 순애의 슬픈 듯한 눈은 가만히 여러 사람의 눈치만 본다.

96

선형이 보기에 형식은 처음부터 자기의 짝이 되기에는 너무 자격이 부족하였다. 자기의 이상의 지아비는 이러하였다.

첫째, 얼굴 모양이 둥그스름하고 살빛이 희되 불그레한 빛이 돌고, 그리고 말긋말긋하고 말소리가 유창하고 또 쾌활하고, 뒤로 보나 앞으로 보나 미끈하고 날씬하고, 손이 희고 부드럽고 재주가 있고 대학교를 졸업하고……. 이러한 사람이었다.

이러한 사람은 원칙상 부귀한 집이 아니면 구하기 어렵다. 처음에는 어떤 목사나 장로의 아들이기를 바랐으나, 점점 목사나 장로는 그다지 귀한 벼슬이 아닌 줄을 알게 되었다. 그러므로 자기의 이상의 지아비는 미국에 유학하는 중이거니 하였다.

그러다가 처음 형식을 보매 미상불 처녀가 처음 남자를 접하는 기쁨이 없음은 아니었으나 결코 자기의 짝이라고는 생각지 아니하였다. 형식은 자기보다 여러 층 떨어지는 딴 계급에 속한 사람이거니 하였다.

첫째, 형식의 얼굴은 자기의 이상에 맞지 아니하였다. 얼굴이 길쭉하고 광대뼈가 나오고 볼이 좀 들어가고 눈꼬리가 처지고, 게다가 이마에는 오랫동안 빈궁하게 지낸 자취로 서너 줄 주름이 깔렸다. 그리고 손이 너무 크고 손가락이 모양이 없고……. 아주 못생긴 사람은 아니나 자기의 이상에 그리던 남자와는 어림없이 틀린다.

형식의 태도에는 숨길 수 없이 빈궁한 빛이 보이고 마음을 쭉 펴지 못하는 듯한 침울한 기상이 드러난다. 게다가 그의 이력과 경성학교 교사라는 그의 지위는 선형의 마음에는 너무 초라하게 생각되었다.

그러므로 일찍 그를 정답다고 생각한 일도 없고 하물며 사랑스럽다고 생각한 일도 없었다. 만일 선형이 형식에게 조금이라도 호의를 가진 일이 있다 하면 그것은 불쌍하게 생각하였음이리라.

선형의 눈에 형식은 과연 불쌍하게 보였다. 몇 시간 영어를 배우고 이야기를 들으매 얼마만큼 형식에게 숨은 위엄과 힘이 있는 줄도 깨달았으나 십칠팔 세 되는 처녀에게는 그것은 그리 중요한 것이 아니었다. 그래서 선형은 '형식과 순애가 배필이 되었으면' 한 일이 있었다.

그러다가 자기가 형식과 약혼을 하게 된다는 말을 듣고 일변 놀라며 일변 실망하였다. 형식 같은 사람으로 자기의 배필을 삼으려 하는 부친이 원망스럽기도 하고 불쾌하게도 생각이 되었다. 자기의 이상이 온통 깨어지고 자기의 지위가 갑자기 떨어지는 듯하였다.

그러나 선형은 부모의 말을 거역하지 못할 줄을 안다. 부친의 말 한마디에 자기의 일생은 결정되거니 한다.

그래서 선형은 형식의 좋은 점만 골라 보려 하였다. 형식의 얼굴을 여러 가지로 교정하여 본다. 눈꼬리를 좀 끌어올리고, 광대뼈를 좀 깎게 하고, 손을 좀 작게 하고 깊숙한 아래턱을 좀 들이밀어서 얼굴을 동그스름하게 만들고 또 뺨과 이마에는 적당하게 살을 붙이고 분홍 물감 칠을 하고……. 이렇게 교정을 하노라면 형식의 얼굴이 차차 자기의 마음에 맞게 된다.

그러나 이따금 들이밀려는 광대뼈가 더 쑥 나오기도 하고, 내밀려는 뺨이 더 쑥 들어가기도 하며, 눈이 몹시 가늘어지기도 하고, 혹은 소눈깔 모양으로 커지기도 한다. 그렇게 되면 화를 내어서 형식의 얼굴을 발로 왁왁 비벼 부시고 가만히 눈을 감고 앉았다가 그래도 안심이 아니되어서 다시 형식의 얼굴을 만들기 시작한다. 어떤 때는 곧잘 마음대로 되어서 혼자 쳐다보고 즐겨할 때에, 정말 형식이 즐거운 얼굴을 가지고 들어와서 모처

럼 애써 만든 얼굴을 깨트리고 만다. 글을 배우다가 이따금 형식을 쳐다보고는 형식의 얼굴에다가 자기 손으로 만들어 놓은 탈을 씌워 본다. 그러나 그 탈이 씌워지지를 아니한다.

형식은 있는 정성을 다하여 가장 사랑하는 장래의 아내에게 영어를 가르칠 때에 선형은 열심으로 형식의 얼굴을 교정한다. 순애는 그 곁에 앉아서 형식과 선형을 번갈아 보며 두 사람의 생각을 알아보려 한다.

선형은 형식의 얼굴 교정하기를 그쳤다. 그 사업이 도저히 성공하지 못할 줄을 깨달았다. 그리고는 형식의 얼굴에 아무쪼록 정이 들기를 힘쓴다. 지금까지는 형식의 얼굴로 하여금 자기의 마음에 맞도록 변화하게 하려 하였으나 지금은 자기의 마음으로 하여금 형식의 얼굴에 맞도록 변화하게 하려 한다.

억지로 '형식의 얼굴 곱다.' 하여 본다. '광대뼈 내민 것과 눈꼬리 처진 것이 도리어 정답다.' 하여도 본다. '그의 손이 크고 손가락이 긴 것이 도리어 남자답다.' 하여도 본다. 그러면 과연 그렇다 하여지기도 하고 더 보기 흉하다 하여지기도 한다.

그러나 점점 더 오래 상종을 하고, 말도 많이 듣고, 서로 생각도 통하여짐을 따라 선형은 차차 형식에게 정이 들어온다. 형식의 입술이 곱다 하게도 되고 형식은 썩 다정하고 마음씨가 고운 사람이다 하게도 된다. 자리에 들어가서는 으레 형식의 모양을 한 번씩 그려 보고 얼굴을 교정도 하여 본다.

그중에 제일 마음에 드는 형식의 입술을 그려 놓고는 가만히 쳐다보다가 혼자 웃으며 '이것만 해도 좋지.' 한다.

선형은 형식의 입술을 사랑한다. 그래서 형식의 얼굴이 온통 입술이 되고 말기도 한다.

97

형식도 자기의 외모가 선형의 마음을 끌리라고는 생각지 아니한다. 약혼한 뒤로부터 형식은 혼자 거울을 대하여 제 얼굴을 검사하여 보고, 여기는 선형이 좋아하려니, 여기는 싫어하렷다 하여 보며, 선형이 하던 모양으로 자기의 얼굴을 이리저리 교정하여 본다.

그러나 그 얼굴이 선형이 발로 비비던 얼굴인 줄은 모른다. 그러나 형식은 자기의 인격을 믿고 지식을 믿는다. 자기의 인격의 힘이 족히 선형의 마음을 후리리라 한다. 선형은 아직 어린애다. 자기의 말동무가 되지 못한다. 선형은 아직 자기의 인격을 알아줄 만한 정도가 되지 못한다. 이것이 고통이다.

왜 내게는 여자가 취할 만한 용모와 풍채가 없으며, 세상이 부러워하는 재산과 지위와 명예가 없는고 하여 본다. 평생에는 우습게 말도 하고 조롱도 하던 용모, 재산, 지위도 이러한 때를 당하여서는 몹시 부러워진다. 그래서 자기를 부귀한 집 도련님을 만들어 보고 호화로운 미소년을 만들어 보고 그러한 뒤에 선형을 자기의 앞에 놓아 본다.

그렇게 하여 보고 나면 현재의 자기 처지가 퍽 보잘것없게 초라해 보여서 혼자 등골에서 땀이 흐른다. 선형이 자기를 사랑할까, 도리어 밉게 여기든가 불쌍하게 여기지 아니할까. 이렇게 생각하면 다시 선형을 대하기가 싫다. 내가 선형과 혼인한 것이 앙혼(仰婚)이 아닐까. 그는 돈이 있고 지위가 있고 용모가 있는데 나는 무엇이 있나. 이렇게 생각하면 부끄러워진다. 게다가 '처갓집 돈으로 미국 유학을 하여' 하면 더 부끄러운 생각이 나고 세상이 다 자기의 못생긴 것을 비웃는 것 같다.

조선에 나만큼 열성 있는 사람이 없고 인격과 학식과 재주도 나만한 사람이 없다. 조선 문명의 주춧돌은 내 손으로 놓는다 하던 형식의 자부심은 다 없어지고 말았다. 없어진 것은 아니지마는 그것이 형식에게는 그렇게 중요한 것은 아니었다.

선형의 사랑을 얻어야 한다. 이것이 형식의 유일한 목적이다. 선형의 사랑을 못 얻을는지 모르겠다. 이것이 형식의 유일한 슬픔이다. 미국 유학을 하는 것도 조선의 문명을 위한다는 것보다 선형 한 사람의 사랑을 위한다는 것이 마땅하게 되었다. 사랑 앞에서는 모든 교만과 자부심이 다 없어지고 만다.

그러나 형식은 선형 없이는 못 산다. 만일 선형이 자기를 떼어 버린다 하면 자기는 세상에서 아무것도 바랄 것이 없다. 만일 선형이 자기를 버린다 하면 자기는 칼로 선형과 자기를 죽일 것이라 한다.

다행히 선형은 부친의 명령을 거역할 자가 아니요, 또 사랑이 없다고 자기를 버릴 자가 아니다. 그러나 도덕의 힘을 빌려 법률의 힘을 빌려서야 겨우 선형을 자기의 사랑에 복종케 한다 하면 부끄러운 일이다. 그래서 '아니, 선형은 나를 사랑한다.' 하고 억지로 확신하여 본다.

형식은 그래도 안심이 되지 아니하여 선형의 사랑을 시험하여 보리라 하는 생각이 난다. 우선 악수를 청하여 보고 다음에 키스를 청하여 보리라. 그래서 저편이 응하면 사랑 있는 표요, 응치 아니하면 사랑이 없는 표로 알리라 한다.

우선이 일찍 '사내답게, 기운 있게' 하던 말을 생각하여 오늘은 기어이 실행하여 보리라 하면서도 이내 실행치 못하였다.

근일에 장로 부처의 태도가 얼마큼 변하여진 듯하다. 선형의 태도는 여전하지마는 그 눈에는 무슨 근심이 있는 듯하다.

형식도 대개 그 눈치를 짐작하였으나 자기가 먼저 말을 내기도 어려워서 혼자 걱정만 하였다. 그러나 자기는 조금도 잘못한 일이 없으니까 언제든지 여러 사람의 오해가 풀릴 날이 있으리라 하였다. 그래서 일간에는 영어만 가르치고는 곧 집에 돌아와서 책을 보았다.

하루는 형식에게 편지 한 장이 왔다. 황주 김병국의 편지다.

그 편지에는 이러한 말이 있다.

'내가 내외간에 애정이 없는 것은 형도 아는 일이거니와 근래에 와서 더욱 심하게 되었다. 내 아내에게 결점이 있는 것도 아니요, 내 마음이 방탕해서 그런 것도 아니다. 나는 근래에 극렬한 적막의 비애를 느끼게 되었고, 이 비애는 결코 내 아내의 능히 위로하여 줄 바가 아니다.

나는 무엇을 구한다. 무엇을 구한다는 것보다 어떤 사람을 구한다. 그리고 그 사람은 이성인 것 같다. 나는 그 사람을 못 구하면 죽을 것같이 적막하다. 그래서 억지로 내 아내를 사랑하려 한다. 그러나 힘쓰면 힘쓸수록 더욱 멀어져 간다.

내 누이가 돌아왔다. 누이를 대하면 매우 유쾌하다. 또 누이도 내 마음을 알아주어서 여러 가지로 위로도 하여 준다.

그래서 나는 아내에게 못 얻는 정신적 위안을 누이에게서 얻으려 하였다. 그래서 과연 얻었다. 그러나 나는 새로운 사실을 발견하였다. 그것은 '누이의 사랑에는 한정이 있다.' 함이다. 나는 이제는 누이의 사랑만으로 만족하지 못하게 되었다.

내가 구하던 것은 오직 정신적 위안뿐인 줄 알았더니 이제 와서 비로소 그렇지 아니한 줄을 깨달았다. 즉 나의 요구하는 것은 정신적이라든가 육적이라든가 하는 부분적 사랑이 아니요, 영육을 합한 전인격의 사랑인 줄을 깨달았다.

그런데 한 이성이 내 앞에 나섰다. 나는 견딜 수 없이 그에게 끌려진다. 나는 지금 의리와 사랑의 두 사이에 끼어서 더할 수 없는 고통을 받는다.'

이러한 긴 편지였다.

98

형식은 병국의 편지를 보고 놀랐다. 병국은 유학생 중에도 극히 도덕적 인물이었다. 술도 아니 먹고 계집은 물론 곁에도 가지 아니하였다. 그중에도 부부의 관계에 대하여는 극히 굳건한 사상을 가졌다. 누가 아내에게 애정이 없다든지 이혼 문제를 말하면 병국은 극력하여 반대하였다.

한 번 부부가 된 이상에는 죽을 때까지 서로 사랑할 의무가 있다 하여 예수교적 혼인관을 가졌다. 당시 유학생에게 연애론과 이혼론이 성하였을 때에 병국은 유력한 부부 신성론자였다. 그러하던 병국이 이제는 이러한 말을 하게 되었다.

'아내를 사랑하려고 있는 힘을 다하건마는 힘을 쓰면 쓸수록 더욱 멀어 가오.'

하는 병국의 편지 구절을 형식은 한 번 더 읽어 보았다.

그리고 '나는 무엇을 구한다. 그 사람은 이성인 것 같다. 나는 그 사람을 못 구하면 죽을 것같이 적막하다.' 하는 구절과, '나의 요구하는 것은 정신적이라든가 육적이라든가 하는 부분적 사랑이 아니요, 영육을 합한 전인격의 사랑인 줄을 깨달았다.' 한 구절을 생각하매, 병국의 괴로워하는 모양이 역력히 눈에 보이는 듯하여 무한히 동정이 갔다.

그러나 형식은 또 자기의 처지를 생각한다. 선형은 과연 자기를 사랑하여 주는가. 자기는 선형에게 '부분적이 아니요 전인격적인 사랑'을 받는가. 아무리 좋게 생각하려 하여도 선형의 자기에게 대한 태도는 냉담한 것 같다. 이 약혼은 과연 사랑을 기초로 한 것일까.

그날 저녁에 선형은 '네.' 하고 대답은 하였다. 그러나 그 '네.'가 무슨 뜻일까. '형식을 사랑합니다.' 하는 뜻일까. 또는 '부모께서 그렇게 하라 하시니 명령대로 합니다.' 하는 뜻일까. 선형의 자기에게 대한 처지가, 병국의 그 아내에게 대한 처지와 같음이 아닐까.

이렇게 생각하매 형식은 문득 불쾌한 생각이 난다. 만일 선형이 진실로 자기를 사랑하는 마음이 없이 부모의 말을 거역할 수가 없어서 그렇게 대답한 것이라 하면, 이는 불쌍한 선형을 희생함이다. 선형은 속절없이 사랑 없는 지아비 밑에서 괴로운 일생을 보낼 것이요, 또 형식 자기로 말해도 결코 행복되지 아니할 것이다. 남의 일생을 희생하여서까지 자기의 욕심을 채움이 인도에 어그러짐이 아닐까.

이에 형식은 선형의 뜻을 물어보기로 결심하였다.

그 이튿날은 마침 순애가 두통이 나서 눕고 선형과 단둘이 마주 앉을 기회를 얻었다. 영어를 다 가르치고 난 뒤에 형식은 있는 힘을 다하여,

"선형 씨, 한마디 물어볼 말이 있습니다."

하고 형식은 고개를 숙였으나 선형은 고개를 들어 형식의 갈라진 머리를 보고 의심나는 듯이 한참 생각하더니,

"무슨 말씀이야요?"

하고 살짝 얼굴을 붉힌다.

"제가 묻는 말에 똑바로 대답을 해 주셔야 합니다. 이러하는 것이 마땅합니다. 사랑하는 사람 사이에 꺼리는 것이 무엇이 있겠습니까."

하는 형식의 가슴은 자못 울렁울렁한다. 사생이 달린 큰 판결이 몇 초 안에 내리는 듯하다.

선형도 아직 이렇게 책임 중한 질문을 받아 본 적이 없으므로 형식의 말에 무서운 생각이 난다. 그래서 어떻게 대답할 줄을 모르면서 간단히,

"네."

하였다. 약혼하던 날 대답하던 '네.'와 다름이 없는 '네.'로다.

형식도 더 말하기가 참 어려웠다. 또 그 대답이 무섭기도 하였다. 그러나 선형의 참뜻을 모르고 의심 속으로 지내기는 더 무서웠다. 그래서 우선의 '사내답게' 하던 말을 생각하고 기운을 내어, 그러나 떨리는 목소리로,

"선형 씨는 나를 사랑합니까?"

하고는 힘 있게 선형의 눈을 보았다.

선형도 하도 뜻밖에 질문이라 눈이 동그래진다. 더욱 무서운 생각이 난다.

실로 아직 선형은 자기가 형식을 사랑하는가 않는가를 생각하여 본 적이 없다. 자기에게는 그런 것을 생각할 권리가 있는 줄도 몰랐다. 자기는 이미 형식의 아내다. 그러면 형식을 섬기는 것이 자기의 의무일 것이다. 아무쪼록 형식이 정답게 되도록 힘은 썼으나, 정답게 아니되면 어찌하겠다 하는 생각은 꿈에도

한 일이 없었다.

형식의 이 질문은 선형에게는 청천벽력이었다. 그래서 물끄러미 형식을 보다가,

"그런 말씀은 왜 물으셔요?"

"그런 말을 물어야지요. 약혼하기 전에 물어보았어야 할 것인데 순서가 바뀌었습니다. 그러나 이제라도 물어야지요."

선형은 잠자코 앉았다.

"분명히 말씀을 하십시오. 오냐라든지 아니라든지……."

선형의 생각에는 그런 말은 물을 필요도 없고 대답할 필요도 없는 것 같다. 이미 부부가 아니냐. 그것은 물어서 무엇하랴 한다. 그래서 웃으며,

"왜 그런 말씀을 물으셔요?"

"하루라도 바삐 아는 것이 피차에 좋지요. 일이 아주 확정되기 전에……."

"에? 확정이 무슨 확정입니까."

"아직 약혼뿐이지 혼인을 한 것은 아니니까요. 그러니까 지금은 아직 잘못된 것을 교정할 여지가 있지요."

선형은 더욱 무서워서 몸에 소름이 끼친다. 형식의 말하는 뜻을 알 수가 없다.

"그러면 약혼했던 것을 깨트린단 말씀입니까?"

하는 선형의 눈에는 까닭 모르는 눈물이 고인다.

형식은 그것을 보매 이러한 말을 낸 것을 후회하였으나,

"네. 그 말씀이야요."

"왜요?"

"만일 선형 씨가 나를 사랑하시지 아니하면……."

"벌써 약혼을 했는데두?"

"약혼이 중한 것이 아니지요."

"그러면 무엇이 중합니까?"

"사랑이지요."

"만일 사랑이 없다 하면?"

"약혼은 무효지요."

99

선형은 한참 생각하더니,

"그러면 선생께서는?"

"제야 선형 씨를 사랑하지요. 생명보다 더 사랑하지요."

"그러면 그만 아닙니까?"

"아니오. 선형 씨도 저를 사랑하셔야지요."

“아내가 지아비를 아니 사랑하겠습니까?”

형식은 물끄러미 선형을 본다. 선형은 고개를 숙인다.

“그것은 뉘 말입니까?”

“성경에 안 있습니까?”

“그렇지마는 선형 씨는 어떻게 생각합니까……. 선형 씨의 진정으로는?”

“저도 그렇게 생각하지요.”

“아내가 되었으니까 지아비를 사랑합니까, 또는 사랑하니까 아내가 됩니까?”

이것도 선형에게는 처음 듣는 말이다. 그래서 자기도 무슨 뜻인지 모르면서,

“마찬가지 아닙니까?”

‘마찬가지’라는 말에 형식은 놀랐다. 그것이 어찌하여 마찬가질까. 이 계집애는 아직 그런 것을 생각할 줄을 모르는구나 하였다. 그래서 일언이폐지하고,

“한마디로 대답해 줍시오……. 저를 사랑하십니까?”
하는 소리는 얼마큼 애원하는 듯하다.

‘아니오.’ 하는 대답이 나오면 형식은 곧 죽을 것 같다. 꼭 다문 선형의 입술은 형식의 생명을 맡은 재판장의 입술과 같다.

선형은 이제는 머리가 혼란하여 더 생각할 수가 없다. 형식의

비창한 얼굴을 보매 다만 무서운 생각이 날 따름이다. 그래서 다만,

"네……."

하였다.

형식은 한 번 더 물어보려 하다가 '네.'가 변하여 '아니요.'가 될 것이 무서워서 꾹 참고 갑자기 선형의 손을 쥐었다. 그 손은 따뜻하고 부드러워서 마치 형식의 손에 녹아 버리고 마는 듯하였다.

선형은 가만히 있다. 형식은 한 번 더 힘을 주어서 선형의 손을 쥐었다. 그리하고 선형이 마주 꼭 쥐어 주기를 바랐으나 선형은 고개를 숙이고 가만히 있다.

형식은 얼른 손을 놓고 집으로 돌아왔다. 왜 그렇게 갑작스럽게 나왔는지 형식도 모른다.

선형은 인사도 아니하고 형식의 나가는 양을 보았다.

선형은 책상에 기대어서 눈을 감고 혼자 생각하였다. 형식이 하던 말이 분명하게 생각이 난다. 그러나 무슨 뜻인지 모르겠다.

'나를 사랑하느냐?' 하는 말을 어떻게 하는가. 부끄럽지도 아니한가. 이러한 말을 부끄럼 없이 하는 형식은 암만해도 단정한 남자는 아닌 것 같다. 그것이 기생집에 가서 기생과 하던 본이

아닐까. 그렇게 생각하면 자기가 형식에게 욕을 당한 것 같다.

하느님을 사랑한다든지 동포를 사랑한다든지 부부는 서로 사랑할 것이라든지 하면, 그 사랑이란 말이 극히 신성하게 들리되, 남자가 여자에게 대하여, 또는 여자가 남자에게 대하여 '사랑해 주시오.' 한다든지, '나는 사랑하오.' 한다든지 하면 어찌해 추해 보이고 점잖지 아니해 보인다.

선형이 지금껏 가정과 교회에서 들은 바로 보건대, 다른 모든 사랑은 다 거룩하고 깨끗하되 청년 남녀의 사랑만은 아주 불결하고 죄악같이 보인다. 선형은 사랑이란 생각과 말이 원래 남녀의 사랑에서 나온 것인 줄을 모른다.

이러므로 형식의 사랑에 관한 말은 적지 않게 선형을 불쾌하게 하였다. 선형의 생각에 자기의 지아비는 극히 깨끗하고 점잖은 사람이라야 할 텐데, 그러한 소리를 염치없이 하는 형식은 죄인인 듯하다. 더러운 기생에게 하던 버릇을 내게다가 했구나 하고 선형은 한 번 얼굴을 찌푸렸다.

그리고 형식이 잡았던 손을 보았다. 그 큰 손 속에 자기의 손이 폭 파묻혔던 것과 자기의 손을 아프도록 힘껏 쥐어 주던 것을 생각하고 선형은 무엇이 묻은 것을 떨어 버리는 듯이 손을 서너 번 내두르고 치마로 문대었다.

그러나 또 생각하여 본즉, 사랑하여 준다는 말과 손을 잡아

주던 맛이 아주 싫지도 아니하였다. 그뿐더러 형식이 힘껏 손을 꼭 쥘 때에는 전신이 찌르르 떨리는 듯이 기쁘기까지 하였다. 그래서 다시 그 손을 내어들고 보다가 방그레 웃으며 가만히 입에 대어 보았다.

또 선형은 생각하였다. 자기는 과연 형식을 사랑하는가. '아내가 되었으니까 지아비를 사랑하느냐, 사랑하니까 그 지아비의 아내가 되었느냐?' 하던 말과 '만일 사랑이 없다 하면 약혼은 무효지요.' 하던 형식의 말을 생각하였다.

만일 그렇다 하면 부모의 명령은 어찌하는가. 내가 형식에게 사랑이 없다 하면 '나는 형식에게 사랑이 없어요. 그러니까 부모께서 정해 주신 이 혼인은 거절합니다.' 할 수 있을까. 그렇게 하는 것이 옳은 일일까. 아니다. 그럴 리가 없다. 혼인은 하느님께서 주장하신 신성한 것이니까 사람의 마음대로 할 수가 없는 것이다. 그러니까 형식의 말은 잘못이다. 형식의 말은 깨끗지 못한 말이다. 그러나 자기는 형식의 아내다. 결코 사람의 손으로 어찌할 수 없는 형식의 아내다.

선형은 일어나서 방으로 왔다 갔다 하다가 암만해도 마음이 정치 못하여 다시 책상에 기대어 기도를 올렸다.

"하느님이시여, 죄 많은 딸의 죄를 용서하시고 갈 길을 밝히 가르쳐 주시옵소서. 시험에 들지 말게 하옵시고……."

하고 잠깐 주저하다가,

"제 지아비를 정성으로 사랑하게 하여 주시옵소서."

100

하루는 병욱이 혼자 앉아서 한 손으로 곁에 뉘어 놓은 바이올린을 되는 대로 울리며 영채에게 배운 《고문진보》를 읽을 적에 어디 갔다 오는 병국은 한 손에 파나마를 들고 부채를 부치며 들어와서 병욱의 방 문지방에 걸어앉으며,

"요새에는 또 한시에 미쳤구나. 이제는 음악은 내버리고 한시 공부나 하지."

하며 웃는다.

"왜요? 이렇게 손으로는 음악하고 눈으로는 시를 읽지요."

하고 자주 바이올린 줄을 울리며 아이들 모양으로 몸을 흔들고 소리를 내어서 시를 읽는다.

병국은 병욱의 몸 흔드는 양을 보고 웃고 앉았더니,

"손님은 어디 가셨니?"

한다.

병국은 영채를 손님이라고 부른다. 병욱은 고개를 번쩍 들고

웃으면서,

"손님 어디 오셨어요. 어디서 왔나요?"

병국은 누이가 자기를 조롱하는 줄을 알면서도 정직하게,

"아, 그이 말이다."

"아, 그이가 누구 말이야요?"

병욱은 병국이 영채를 위하여 괴로워하는 줄을 알므로 이렇게 말하는 것이다. 병국은,

"그만두어라."

하고 획 돌아앉는다. 병국은 견디지 못하여 일어서서 나가련다.

병욱은 뛰어나와 병국의 소매를 당기며,

"오빠, 들어오십시오. 내가 잘못했으니."

"싫다, 어디 가야겠다."

하고 팔을 잡아챈다. 병욱은 깔깔 웃으며,

"글쎄 여쭐 말씀이 있으니 여기 좀 앉으셔요."

하는 말에 병국은 또 앉았다. 병욱은 손으로 병국의 등에 붙은 파리를 잡으며,

"오빠, 무슨 근심이 있어요?"

하고 웃기를 그치고 병국의 얼굴을 모로 본다. 병국은 놀라는 듯이 고개를 돌려 병욱을 보며,

"아니, 왜? 무슨 근심 빛이 보이니?"

"네, 어째 무슨 근심이 있는 것 같애요."

하고 '나는 그 근심을 알지.' 하는 듯이 생긋 웃는다. 병국은 머리를 벅벅 긁더니 웃으면서,

"양잠 회사를 꼭 세워야 하겠는데 아버지께서 허락을 아니하시는구나. 그래서 지금도 그 일로 갔다가 오는 길이다. 너는 바이올린이나 뺑뺑 울리고, 나는 돈을 벌어야지……."

병욱은 한 걸음 물러서서 다른 데를 보며 비웃는 듯이,

"흥, 그것이 근심입니다그려. 내가 돈을 너무 써서. 그렇거든 그만둡시오. 나는 내 손으로 돈을 벌어서 공부하지요. 여자는 저 먹을 것도 못 번답디까."

병국은 껄껄 웃으며,

"잘못했소, 누님. 그렇게 성내실 게야 있소? 제가 남을 조롱하니까, 나도 당신을 조롱하지요."

병욱은 다시 병국의 곁에 와 서며,

"그것은 농담이구요."

하고 앉아서 몸을 우쭐우쭐하며 소리를 낮추어,

"오빠, 나 영채 데리고 동경 가요. 좋지요?"

"네 마음대로 하려무나."

하고 극히 냉정한 체하나 벌써 가슴이 설레기 시작한다.

"그런데 그 말을 왜 하니?"

"일간 가게 해 주셔요. 집에 있기도 싫고 또 영채를 데리고 가면 입학 준비도 해야지요. 그러니까 곧 떠나게 해 주셔요."
하고 유심하게 병국을 본다.

병국은 누이의 뜻을 대강 짐작하였다. 그리고 누이의 정을 더욱 고맙게 여겼다. 그러나 자기의 생각만으론 확실치 못하므로,

"글쎄, 개학이 아직도 한 달이 있는데, 왜 그렇게 빨리 간다고 그러느냐."

병욱은 오라비의 눈을 이윽히 보더니 힘없는 목소리로,

"어서 가야 해요. 그렇지 않아요?"

'그렇지 않아요?' 하는 말에 병국은 가슴이 뜨끔하였다.

과연 그렇다. 영채가 오래 가까이 있으면 있을수록 자기는 괴로울 것이요, 또 미상불 위험도 없지 아니할 것이다. 자기도 그러한 생각이 있기는 있었다. 자기가 어디로 여행을 가든지 영채를 어디로 보내든지 하는 것이 좋을 줄을 알기는 알았다. 그러나 한편으로 끄는 힘이 있어서 실행을 못하였다.

병국은 고개를 숙이고 한참 동안 생각하더니,

"옳다, 네 말이 옳다. 어서 가야 한다."
하고는 휘 한숨을 쉰다. 병욱은 병국의 어깨를 만지며,

"영채도 오빠를 사랑하니 동생으로 알고 늘 사랑해 주십시오. 저도 제 동생으로 알고 늘 같이 지내겠습니다. 동경 가면 둘이

한집에 있어서 밥 지어 먹고 공부하지요. 불쌍한 사람을 건져 주는 것이 안 좋습니까. 또 영채는 좀 더 공부를 하면 훌륭한 일꾼이 되겠는데요."

병국은 고개를 숙인 대로 누이의 말을 듣더니 손으로 무릎을 치고 몸을 쭉 펴면서,

"잘 생각하였다. 네게야 무엇을 숨기겠니……. 실로 그동안 퍽 괴로웠다."

하고 또 잠깐 생각하다가 한 번 더 결심한 듯이,

"그러면 언제 떠나겠니?"

"글쎄요, 오빠께서 가라시는 날 가지요."

"그러면 모레 낮차에 가거라. 내일 노자를 얻어 줄 것이니."

이때에 영채가 대문 밖으로서 뛰어 들어오다가 병국을 보고 고개를 숙여 인사를 한다. 병국도 얼른 일어나서 답례한다.

영채는 뒷산에서 뜯어 온 붓꽃 한 줌을 병욱에게 준다. 병욱은 그 꽃을 받아 들고 이리 뒤적 저리 뒤적 하더니 절반을 갈라 들며,

"이것은 오빠 책상 위에 꽂아 드려요. 이것은 우리가 가지고."

101

모레 떠난다고 하였으나 병욱의 자친의 반대로 일주일 후에 떠나게 되었다. 만류하는 그 자친의 말은 이러하였다.

"일 년 동안이나 그립게 지내다가 만났는데 한 달이 못 되어서 간다고 그러느냐. 너는 내가 보고 싶지도 아니한 게로구나. 무명밭에 너 줄 양으로 심은 참외와 수박 다 따 먹고 가거라."

이 말에는 반대할 수가 없었다. 그래서 한 번은 병욱이 영채더러,

"어떠니, 어머님의 정이?"

하고 눈에 눈물이 고였다. 영채도 부친의 생각이 나서 소매로 눈을 씻었다.

날마다 점심때가 지나면 병욱과 영채는 집에서 한 삼 마장 되는 양지편 무명밭에 가서 참외와 수박을 따 가지고 밭모퉁이에 가지런히 앉아서 여러 가지로 꿈같은 장래를 말하면서 맛나게 먹었다.

어떤 때에는 병국의 부인도 같이 나와서 삼 인이 정좌하여 해 가는 줄을 모르고 이야기를 하는 일도 있다. 마침 그 무명밭이 길치에 있으므로 그 곁으로 다니는 사람도 없이 아주 고요하다.

하루는 병국의 부인이,

"아버님께서는 목화에 해롭다고 참외나 수박은 일절 넣지 말라는 것을 어머님께서 기어이 넣어야 된다고 하셔서 나와 둘이서 이 참외와 수박을 심었지요."

하였다.

병욱은 밭고랑으로 거닐면서 아름답게 매달린 참외와 수박을 한바탕 시찰하더니, 그중에서 얼룩얼룩한 참외를 하나 따 가지고 나오면서,

"이놈은 어째서 이렇게 얼룩얼룩해요? 어째서 어떤 놈은 꺼멓고, 어떤 놈은 희고, 어떤 놈은 이렇게 얼룩얼룩할까. 암만 다니면서 보아도 꼭 같은 놈은 하나도 없으니……."

"다 같으면 재미가 있겠어요. 사람도 그렇지."

하고 영채가 웃는다.

"아무려나 자연이란 참 재미있어요. 같은 흙 속에서 별의별 형형색색의 풀이 나고 나무가 나고 꽃이 피고……."

하고 지금 따 온 참외를 코에 대고 킁킁 맡아 보며,

"이것도 흙이 변해서 이렇게 되었지."

"사람도 처음에는 흙으로 빚었다고 하지 아니해요."

하는 병국의 부인.

"참 그 말이 옳아. 만물이 다 흙에서 나왔으니까……. 과연 땅이 만물의 어머니여. 만물을 낳아 주고 안아 주고……. 쌀이라

든지 물이라든지 이 참외라든지. 이것은 말하면 젖이지……. 어머니의 젖이지."
하고 사랑스러운 듯이 그 참외를 어루만지다가 사방을 휘 돌아보며,

"어때요, 즐겁지 않아요. 하늘은 말갛지, 햇빛은 따뜻하지, 산은 퍼렇지, 저렇게 시냇물은 흐르지, 그리고 풀들은 아주 기운 있게 자라지. 그런데 우리들은 그 속에 앉았구려. 에구 좋아."
하고 춤을 추면서 웃는다.

영채가 동그란 돌을 들어서 던졌다 받았다 하면서,

"시골서 자라나서 그런지 모르지마는 암만해도 이렇게 풀 있고 나무 있는 시골이 좋아요. 서울이나 평양 같은 도회에 있으려면 어째 옥 속에 있는 것 같애."

"그렇고 말고. 이렇게 넓은 자연 속에 있으면 몸과 마음이 온통 자유롭고 한가하고 하지마는 도회에 있으면……. 에구, 그 먼지, 그 구린내 나는 공기, 게다가 사람들의 마음까지 구린내가 나게 되지."
하고 방금 구린내가 나는 듯이 얼굴을 찡그리더니,

"그런데 여기는 이렇게 넓고 깨끗하지 않아요."
하고 후후 깊이 숨을 들이쉰다.

과연 공기는 맑다. 풀의 향기가 사람을 취하게 할 듯이 이따

금 후끈후끈 들어온다.

이렇게 즐겁게 이야기하다가 수박을 하나씩 따 들고 돌아온다. 그것은 집에 있는 부모와 다른 가족에게 드리기 위함이다.

병욱은 수박의 뚜껑을 떼고 거기다가 꿀을 넣어 두었다가 아랫목에 누운 조모께 드린다. 조모는 어린애 모양으로 쪼그라진 볼에 웃음을 띠며 맛나는 듯이 그것을 먹는다.

병욱은 기쁘게 보고 앉았다가 이따금 숟가락으로 수박 속을 파 드린다. 조모는 거의 다 먹고 나서 으레 병욱을 보고 웃으며,

"에그, 자라기도 자랐다. 저렇게 큰 것이 왜 시집가기를 싫어하는고."

하고는 앉은 대로 몸을 한 걸음 끌어서 병욱의 등을 두드리고,

"이제 네가 가면 다시는 보지 못할까 보다."

하고 한숨을 쉰다. 그때마다 병욱은,

"왜 그래요. 할머니께서는 아흔까지는 걱정 없어요."

하고 크게 소리를 치면, 겨우 들리는 듯이 흥흥하며,

"아흔까지?"

한다. 지금 일흔셋이니까 아흔까지면 아직도 십칠 년이 있다.

'내가 그렇게 살까?' 하는 듯하면서, '그렇게 살았으면' 하는 듯도 하다.

이따금 손녀더러 바이올린을 해 보라고 한다. 병욱은 시키는

대로 바이올린을 타면서 곁에 앉은 영채더러,

"듣기는 네가 해라. 할머니는 눈으로 들으시니까."

하고 둘이서 웃으면, 조모는 무슨 일인지는 모르면서 자기도 웃는다.

그러고는 병욱이 고개를 기울이고 활을 당기는 것을 물끄러미 보고 앉았다가는 오 분이 못 되어서 대개는 껌벅껌벅 존다. 그러면 젊은 두 처녀는 마주 보고 웃으며 자기네끼리만 즐거워한다.

102

모친은 멀리로 가려는 딸을 위하여서 여러 가지로 맛나는 것을 시킨다. 손수 쌀을 담가서 떡도 만들고 닭도 잡아 주고……. 그리고는 딸들이 맛나게 먹는 것을 우두커니 보고 앉았다.

부친도 딸을 위해서 소갈비 한 짝을 사 오고 병국도 성내에 들어가서 과자와 귤과 사이다 같은 것을 사 온다. 그리고 병욱과 영채는 무명밭에 가서 참외와 수박을 따다가 혹은 꿀을 두고, 혹은 사탕을 두어서, 혹은 하룻밤을 재우기도 하고, 혹은 우물에 넣어 식히기도 하여 내어놓는다.

한 번은 영채가 홀로 꿀 버무린 수박을 부친께 드렸다. 부친은 좀 의외인 듯이 그것을 받아 숟가락으로 맛나게 떠 넣으며,

"응, 고맙다."

하였다. 영채는 또 돌아가신 아버지를 생각하였다.

한 번은 병욱이 병국에게 수박을 주며 농담같이,

"이것은 영채가 오빠 드린다고 특별히 만든 것이야요."

하였다. 곁에 섰던 영채는 얼굴을 붉혔다.

병국의 부인은 두 누이가 떠나는 것을 진정으로 섭섭하여 한다. 또 새로 정들인 영채를 한 달이 못하여서 작별하게 되는 것도 슬펐다. 자기도 누이들과 같이 훨훨 서울이나 동경으로 가 보고도 싶었으나 불가능한 줄을 안다. 그래서 미상불 부러운 생각도 있지마는, 또 그는 자기의 분수에 만족할 줄 아는 수양이 있으므로 누이들은 저러할 사람이요, 나는 이러할 사람이라고 곧 단념을 하므로 그렇게 괴로워하지도 아니한다.

이렇게 매우 분주한 속에 긴 듯하던 일주일도 꿈같이 지나고 말았다. 오늘은 떠난다 하여 짐을 묶으며 옷을 갈아입으며 할 때에는 보내는 사람은 보내기가 싫고 가는 사람은 가기가 싫다.

아랫목에 누워 있는 조모라든지, 나는 모른다 하는 듯이 담배만 피우는 부친이라든지, 고추장이며 암치 같은 반찬을 싸 주는 모친이라든지, 시어머니를 도우며 말없이 있는 오라범댁이라

든지, 두루마기를 입고 파나마를 젖혀 쓴 대로 대소 짐을 묶고 분주하는 병국이라든지, 이리 왔다 저리 갔다 하며 활발하게 웃고 다니는 병욱이라든지, 또 이 모든 것을 구경하는 듯이 우두커니 섰는 영채라든지 누구누구를 물론하고 가슴 저 구석에는 말할 수 없는 적막과 슬픔이 있다.

병욱과 영채는 조모, 부친, 모친의 순서로 하직하는 절을 하였다. 조모는 또 한 번,

"이제는 다시 못 볼 것 같다."

하고 희미한 눈에 눈물이 고이며 병국에게 붙들려 대문까지 나왔다. 부친은 절을 받고

"응."

할 뿐이요 다른 말이 없고, 모친은,

"가서 공부들 잘해 가지고 오너라. 겨울 방학에도 오려무나. 영채도 내년에 오너라."

하고 영채의 적삼 등을 펴 주었다.

동네 사람들에게 '잘 가거라, 잘 있으오.' 하는 인사를 마치고 일행이 동구를 나설 때는 정히 오후 한 시경, 내리쬐는 팔월 볕이 모닥불을 퍼붓는 듯하다.

일행은 앞서거니 뒤서거니 미진한 정담을 말하면서 간다. 혹 한데 모여 서기도 하고, 혹 두 사람씩 한 떼가 되어 십여 보를 떨

어지기도 하고, 혹 한 사람이 앞서 가다가 길가에 풀잎을 뜯으면서 뒤를 돌아보기도 한다.

흔히 모친과 병욱이 한 떼가 되고, 병국의 부인과 영채가 한 떼가 되고, 부친과 병국은 대개 말없이 따로 떨어져서 간다. 짐진 총각은 이따금 작심대로 지게를 버티고 서서 뒤에 오는 일행을 기다리더니 얼른 정거장에 가서 지게를 벗어 놓고 쉬고 싶은 생각이 나서 먼저 달아난다.

사람 아니 탄 마차와 인력거가 떨거덕떨거덕 소리를 내며 마주 오기도 하고 앞서 지나가기도 한다. 일행의 얼굴을 더위로 뻘겋게 데이고 이마에서는 구슬땀이 떨어진다. 남자들은 부채를 부치고 여자들은 수건으로 땀을 씻는다.

언제까지 가도 끝이 없을 듯하던 이야기도 거의 다 없어지고 이제는 말없이 탄탄한 신작로로 태양을 마주 보며 걸어 나간다.

길가 원두막에서 수심가, 난봉가가 졸린 듯이 울려 나오더니, 일행이 지나가는 것을 보고 고요하게 되며, 원두막 문으로 중대가리며, 감투 쓴 대가리, 수건 쓴 대가리, 커다란 총각의 대가리가 쑥쑥 나오며 무어라고 쑤군쑤군하다가 일행이 수십 보를 지나가자, 하하 하고 웃는 소리가 들린다. 일행은 그저 말없이 정거장을 향하고 간다.

영채는 좌우에 새로 이삭 나온 조밭을 보며 지나간 일 삭간의 일을 생각한다. 몸은 비록 가만히 있었으나 정신상으로는 실로 큰 변동이 있었다. 전과는 다른 아주 새로운 사람이 되었다 하리 만한 큰 변동이 있었다.

죽으러 가노라고 가던 길에 우연히 병욱을 만난 일과, 병욱의 집에서 칠팔 년 만에 비로소 가정의 즐거움을 다시 본 것과, 자기가 지금껏 괴로워하던 옥 같은 세상 밖에도 넓고 자유롭고 즐거운 세상이 있음을 깨달은 것과, 또 병국에게 대하여 불타는 듯하는 사랑을 느낀 것을 두루 생각하다가 마침내 자기가 이제는 일본 동경으로 유학하러 감을 생각하매, 일신의 운명이 뜻밖에 변하여 가는 것이 하도 신기하여 혼자 빙그레 웃었다.

이러한 생각을 하는 동안에 일행은 정거장에 다다라 대합실의 걸상 하나를 점령하고 남은 시간 이십 분에 다하지 못한 말을 한다.

103

병욱과 영채는 차에 올라서 차창으로 전송하는 일행을 내다본다. 병국도 사리원까지 갈 일이 있다 하여 같이 올랐으나, 자기는 오늘 저녁에 돌아올 길인 고로 걸상에 앉은 대로 바깥을

내다보지도 아니한다. 모친은 차창에 붙어서,

"얘, 조심해 가거라."

를 두 번이나 하고,

"얘, 한 달에 두 번씩은 꼭꼭 편지를 해라."

를 서너 번이나 하였다.

병국의 부인은 바로 시어머니의 곁에 붙어 서서 병욱과 영채를 번갈아 본다. 더위에 붉게 된 그 조그마하고 말끔한 얼굴이 아름답게 보인다. 떨렁떨렁 하는 종소리가 나고 차장의 호각 소리가 날 적에 병국의 부인은 차창을 짚은 영채의 손을 누르며,

"가거든 편지 주셔요."

한다. 그 눈에는 눈물이 있다. 그것을 마주 보는 영채의 눈에도 눈물이 있다.

헌병들이 흘끗흘끗 이 광경을 보고 도시락 파는 아이의 외치는 소리가 없어지자, 고동 소리와 함께 차가 움직이기 시작한다. 모친은 또 한 번,

"부디 조심해 가거라."

를 부르며 눈을 한 번 끔벅한다.

병욱과 영채는 차창으로 머리를 내밀고 손수건을 두른다. 모친도 수건을 두르건마는 병국의 부인은 가만히 서서 보기만 한다. 부친도 한 번 팔을 들어 두르더니 돌아서서 나간다. 덜컥 소리

가 나고, 차가 휘돌더니 정거장에 선 사람 그림자가 아주 아니 보이게 된다.

두 사람은 그래도 두어 번 더 수건을 내두르고는 도로 제자리에 앉는다. 앉아서 한참은 멍멍하니 피차에 말이 없다. 차의 속력이 점점 빨라지며 시원한 바람이 불어 들어온다.

병국은 맞은편 줄 걸상에 모로 앉아서 두 사람을 건너다보며 부채질을 한다.

차 속에는 선교사인 듯한 늙은 서양 사람 하나와 금줄 두 줄 두른 뚱뚱한 관리 하나와, 그 밖에 일복 입은 사람 이삼 인뿐이다. 그네들은 모두 다 흰옷 입은 이등객을 이상히 여기는 듯이 시선을 이리로 돌린다.

병국은 건너편에 앉은 누이에게 말이 들리게 하기 위하여 몸을 앞으로 숙이며,

"나는 네 덕분에 이등을, 이등을 처음 탄다."

하고 웃는다.

"그렇게 이등이 부러우시거든 더러 타십시오그려."

하고 병욱도 웃는다.

"우리와 같은 아무것도 아니하는 사람들이 삼등도 아까운데 이등을 어떻게 타니? 죄송스러워서……."

"그러면 왜 이등표를 사 주셨어요. 저 짐차에나 실어 주시지."

하고 병욱은 성을 내는 듯이 시치미를 뗀다. 영채는 우스워서 고개를 숙인다. 이렇게 남매 사이에 어린애 싸움같이 농담을 하다가 병국이,

"영채 씨도 명년에 귀국하시겠소?"

"네, 제야 알겠습니까."

"나와 같이 오지. 그럼 나 혼자 올까? 형제가 같이 다녀야지."

하고 병욱이 영채를 보다가 병국을 본다. 영채는,

"그럼 언니께서 데려다 주신다면 오지요."

하고 웃는다. 병욱은 어리광하는 듯 병국을 보고 몸을 흔들며,

"오빠, 명년에 우리 둘이 같이 와요."

하고 묻는 말인지 대답하는 말인지 분명치 아니한 말을 한다. 병국은,

"그러면 얘하고 같이 오시지요. 댁이 없으시다니 내 집을 집으로 알으시고……."

"네, 감사합니다."

하고 영채가 고개를 숙인다.

이러한 말을 하는 동안에 차가 벌써 걸음을 멈추며,

"사리잉, 사리잉!"

하는 역부의 소리가 들린다. 병국은 모자를 벗고,

"그러면 잘들 가거라."

하고 뛰어서 차를 내린다. 내려서 두 사람이 앉은 창 밑에 와서 선다. 두 사람도 내다본다. 몇 사람이 뛰어내리고 뛰어오르기가 바쁘게 또 차장의 호각 소리가 난다. 차가 움직인다.

병국은 모자를 높이 든다. 두 사람도 손을 내두르며 고개를 숙인다. 병국은 차차 작아 가는 두 팔과 머리를 보고, 두 사람은 차차 작아 가는 모자를 두르는 병국을 보았다.

영채는 왜 그런지 모르게 가슴이 답답하여진다. 그래서 정신이 황홀하여지는 듯하였다.

병욱은 슬쩍슬쩍 영채의 낯빛을 살피더니 영채를 웃기려고,

"애, 너 그때에 눈에 석탄재가 들어가서 울던 생각 나니?"

하고 자기가 먼저 웃는다. 영채도 웃는다. 병욱은,

"석탄 가루 들어간 것이 그렇게 아프더냐?"

"누가 그것이 아파서 울었나. 자연히 화가 나서 울었지."

하고 그때 생각을 하여 눈을 한 번 감았다 뜨고 웃는다.

"아무려나 그때에 네가 우는 얼굴이 어떻게 예뻐 보이든지……. 내가 남자면 당장에 홀리겠더라."

"에그, 그런 소리만 하시지."

하고 영채가 손으로 병욱의 무릎을 때린다.

"애, 잠깐 서울 들러 가자."

"에그, 싫여요. 누가 보면 어쩌나."

"서울선 지금 네가 죽은 줄 알겠구나. 그 형식 씬가 한 이도."

"아마 그럴 테지요. 실상 죽었으니깐."

"누가? 네가? 왜?"

"그때, 나는 벌써 죽지 않았어요? 언니께서 얼굴 씻어 주실 때에."

"그러고 부활을 했구나."

"암, 부활이지. 참, 언니 아니더면 꼭 죽었어요. 벌써 다 썩어졌겠네."

"썩도록 붙어 있나?"

"그러면 어쩌고?"

"고기가 다 뜯어먹고 말지."

"그렇게 큰 것을 고기가 다 어떻게 먹어요?"

하고 손으로 입을 가리고 웃는다. 병욱은,

"얘, 네가 처음 나를 볼 때에 어떻게 생각했니?"

"웬 일본 여자가 이렇게 조선말을 잘하고 친절하게 하는고, 했지요."

"그다음에는?"

"그다음에는 퍽 활발한 여자다 했지요."

"그리고 너 그때에 먹은 것이 그게 무엇인지 아니?"

"나 몰라. 어떻게 먹는 것인지 몰라서 언니 잡수시는 것을 가만히 보았지요."

"내 아예 그런 줄 알았다. 그것은 서양 음식인데 샌드위치라는 것이어……. 꽤 맛나지?"

"응."

하고 고개를 까딱하며 '샌드위치' 하고 발음을 외운다.

104

차가 남대문에 닿았다. 아직 다 어둡지는 아니하였으나 사방에 반짝반짝 전기등이 켜졌다. 전차 소리, 인력거 소리, 이 모든 소리를 합한 '도회의 소리'와 넓은 플랫폼에 울리는 나막신 소리가 합하여 지금까지 고요한 자연 속에 있던 사람의 귀에는 퍽 소요하게 들린다.

'도회의 소리!' 그러나 그것이 '문명의 소리'다. 그 소리가 요란할수록에 그 나라가 잘된다. 수레바퀴 소리, 증기와 전기 기관 소리, 쇠마차 소리……. 이러한 모든 소리가 합하여서 비로소 찬란한 문명을 낳는다.

실로 현대의 문명은 소리의 문명이다. 서울도 아직 소리가 부족하다. 종로나 남대문통에 서서 서로 말소리가 아니 들리리만

큼 문명의 소리가 요란하여야 할 것이다. 그러나 불쌍하다. 서울 장안에 사는 삼십 여만 흰옷 입은 사람들은 이 소리의 뜻을 모른다. 또 이 소리와는 상관이 없다. 그네는 이 소리를 들을 줄을 알고, 듣고 기뻐할 줄을 알고, 마침내 제 손으로 이 소리를 내도록 되어야 한다.

저 플랫폼에 분주히 왔다 갔다 하는 사람들 중에 몇 사람이나 이 분주한 뜻을 아는지. 왜 저 전등이 저렇게 많이 켜지며, 왜 저 전보 기계와 전화 기계가 저렇게 불분주야하고 때각거리며, 왜 저 흉물스러운 기차와 전차가 주야로 달아나는지……. 이 뜻을 아는 사람이 몇몇이나 되는가.

이렇게 북적북적하는 속에 영채는 행여나 누가 자기의 얼굴을 볼까 하여 가만히 고개를 숙이고 앉았다. 병욱은 혹 자기의 동창 친구나 만날까 하고 플랫폼에 내려서 이리저리 거닐다가 아무도 만나지 못하고 도로 차실로 들어오려 할 적에 누가 어깨를 치며,

"병욱 언니 아니야요?"

한다. 병욱은 놀라 돌아서며 자기보다 이태를 떨어졌던 동창생을 보았다.

"에그, 얼마 만이어?"

"그런데 어디로 가오?"

"지금 동경으로 가는 길인데……."

"왜, 어느새에……. 여보, 그런데 좀 만나 보고나 가는 것이 아니라……. 그렇게 무정하오."

하고 썩 돌아서더니,

"아무려나 내립시오. 우리 집으로 갑시다."

한다.

"아니오. 동행이 있어서……. 그런데 누구 작별 나왔소?"

"응, 아니, 언니 모르셔요?"

"무엇을?"

"에그, 저런! 선형이 알지요? 선형이 오늘 미국 떠난다오."

"선형이 미국?"

하고 놀란다. 그 여학생은 저편 이등실 앞에 사람들이 모여선 것을 가리키며,

"저기 탔는데……. 이번에 혼인해 가지고 양주가 미국 공부하러 간다오. 잘들 한다. 다 미국을 가느니 일본을 가느니 하는데 나 혼자 이렇게 썩는구먼!"

병욱은 여학생을 따라 선형이 탔다는 차 앞에까지 갔으나 너무 사람이 많아서 곁에 갈 수가 없다.

선형은 하얀 양복에 맨머리로 창 밑에 서서 전송 나온 사람들의 인사를 대답하고, 그 곁 창에는 어떤 양복 입은 젊은 신사가

그 역시 연해 고개를 숙여 가며 무슨 인사를 한다. 전송인은 대개 두 패로 갈려서 한편에는 여자만 모이고, 한편에는 남자만 모여 섰다. 그 남자들은 모두 다 서울 장안의 문명하였다는 계급이다.

병욱은 한참이나 그것을 보고 섰다가 중로에서 선형을 찾아볼 양으로 그 차실 바로 뒤에 달린 자기의 차실에 올라왔다. 영채는 여전히 고개를 숙이고 앉았다. 아까 탔던 사람은 거의 다 내리고 새로운 승객이 거의 만원이라 하리만큼 많이 올랐다.

어떤 사람은 웃옷을 벗어 걸고, 어떤 사람은 창에 붙어서 작별을 하며, 또 어떤 사람은 벌써 신문을 들고 앉았다. 그러나 흰옷 입은 사람은 병욱과 영채 둘뿐이다.

병욱은 자리에 앉아서 방 안을 한 번 둘러보고 영채더러,

"왜 그렇게 고개를 숙이고 앉었니?"

"어째 남대문이라는 소리에 마음이 이상하게 혼란하여집니다그려. 어서 차가 떠났으면 좋겠다."

할 때에 벌써 종 흔드는 소리가 나고,

"사요나라, 고키겐요우."

하는 소리가 소낙비같이 들리더니 차가 움직이기를 시작한다. 어디서,

"만세, 이형식 군 만세!"

하는 소리가 들린다. 두 사람은 깜짝 놀라서 귀를 기울인다. 또 한 번,

"이형식 군 만세!"

하는 소리가 들린다. 지금 만세를 부르던 사람들이 두 사람의 창밖으로 어른거린다. 그것은 모시 두루마기에 파나마를 쓴 패였다.

병욱은 아까 선형의 곁에 있던 사람이 형식인 것과, 형식이 선형의 지아빈 줄을 짐작하였다. 그러나 아무 말도 아니하였다.

영채는 형식이란 소리를 듣고 문득 가슴이 덜렁함을 깨달았다. 지금까지 아무쪼록 형식을 잊어버리려 하였으나 방금 같은 기차에 형식이 탄 것을 생각하매 알 수 없는 눈물이 자연히 떨어진다. 병욱은 영채의 손을 쥐며,

"얘, 울지 말아라. 울기는 왜 우느냐."

"모르겠어요."

하고 눈물을 씻으며 지어서 웃는다.

용산을 지난 뒤에 병욱은 선형을 찾아갔다. 선형은 병욱의 손을 잡으며,

"이게 웬일이오?"

"동경으로 가는 길이외다. 그런데 미국으로 가신다고요."

"네, 편지를 하여 드릴 것인데 동경 계신지, 어디 계신지 계신

데를 알아야지요."

"나는 아까 남대문에서 우연히 경애 씨를 만나서 그래서 이 차에 타시는 줄을 알았지."

하고 마주 앉은 신사에게 인사를 한다. 신사가 답례하면서 앉기를 권한다.

병욱은 십여 년 영채로 하여금 고절을 지키게 한 형식이란 대체 어떠한 사람인가 하고 기회 있는 대로 형식을 관찰한다.

105

영채는 혼자 앉아서 생각한다. 첫째, 형식이 어디로 가는가 하는 것이 의문이다. 만세를 부르는 것을 보건대, 어디 멀리로 가는 것인 듯하다.

나는 그가 이 차에 탄 줄을 알건마는 그는 내가 여기 있는 줄을 모르렷다. 그리고 또 한 번 칠팔 년 지나온 생각이 활동사진 모양으로 한 번 쑥 나온다. 팔자 좋은 사람은 과거를 회상하는 일이 적되, 슬픈 과거를 가진 사람에게는 조그마한 기회만 있으면 그 슬픈 과거가 회상이 되는 것이다.

영채는 지금까지에 몇 십 번 몇 백 번이나 이 슬픈 과거를 회상하였으리요. 하도 여러 번 회상을 하므로 이제는 그 과거가 마치 일편의 소설과 같이 순서와 맥락이 정연하게 되어 어느 끝이나 한끝을 당기면 전체가 실 풀리는 듯이 술술 풀려 나오게 되었다.

칠팔 년간을 하루같이 일념에 형식을 그리고 사모하다가 마침내 형식을 위하여 목숨까지 버리려 한 것을 생각하매 형식의 생각이 더욱 새로워지고 정다워진다.

영채는 속으로 '한 번 더 보고 싶다.' 하였다. 그렇게 생각할수록 보고 싶은 생각이 더욱 간절하여진다. 죽은 줄 알았던 나를 보면, 형식도 응당 반가워하렷다. 만나서 속에 품었던 말이나 실컷 하여도 속이 시원하여질 것 같다.

내가 왜 그때에 형식을 찾아가서 '나는 지금토록 당신을 사모하고 있었소.' 하고 분명하게 말을 하지 못하였던고. '나를 사랑해 줄 터이요, 아니 할 테요?' 하고 저편의 뜻을 아니 물어보았던고. 이제 만나면 서슴지 않고 물어보리라.

영채는 당장이라도 형식의 탄 차실에 뛰어 건너가고 싶다. 영채의 가슴에는 정히 불길이 일어난다. 그러나 '언니께 의논해 보고' 하며 꿀꺽 참는다.

이때에 차가 수원역에 다다랐다. 바깥은 캄캄하게 어두웠다.

병욱이 선형을 데리고 돌아와서는 자기의 곁에 앉히며,

"영채야, 이이는 김선형 씨라는 인데 내 동창이다. 지금 미국 가시는 길이구."

하고, 그다음에는 선형을 향하여,

"이 애는 박영채인데 내 동생이오."

하고 소개를 한다.

소개를 받은 두 사람은 서로 고개를 숙인다. 선형은 박영채가 어떻게 동생인가 한다. 병욱은 영채와 선형을 번갈아 보며 두 사람의 얼굴과 운명을 비교해 본다.

영채도 선형이 형식과 무슨 관계가 있는지를 모르고, 선형도 물론 영채가 형식을 위하여 칠팔 년간 고절을 지키다가 마침내 목숨까지 버리려 한 사람인 줄은 알 이치가 없다.

선형은 다만 형식이 일찍 계월향이라는 계집과 추한 관계가 있었다는 말을 들었을 뿐이니, 이 박영채가 그 계월향인 줄은 물론 알 리가 없다.

세 처녀 사이에는 이러한 말이 있었다. 서로 잘 공부를 하여 가지고 돌아와서 장차 힘을 합하여 조선 여자계를 계발할 것과, 공부를 잘하려면 미국을 가거나 일본에 유학을 하여야 한다는 것과, 또 영어와 독일어를 잘 배워야 할 것과, 그다음에는 병욱과 영채는 음악을 배울 터인데 선형은 아직 확실한 작정은 없으나 사범학교에 입학하려 한다는 뜻을 말하고 서로 각각 크게 성공하기를 빌었다.

차실 내의 모든 사람의 눈은 이 즐겁게 이야기하는 세 조선 여자에게로 모였다.

선형이 자기의 자리로 돌아오매, 형식은 선형의 자리에 편 담요를 바로잡아 주며,

"그래 그 동행이 누굽데까?"

"박영채라는 인데 퍽 얌전한 사람이야요. 병욱 씨가 자기 동생이라고 그럽데다."

형식은 숨이 막히고 몸이 떨리도록 놀랐다. 그래서 눈이 둥그레지며,

"에! 누, 누구요?"

하고 말이 다 굳어진다.

선형은 웬 셈을 모르고 이상한 듯이 형식의 얼굴을 보면서,

"박영채라고 그래요."

"박영채, 박영채?"

하고 한참 말을 못 한다. 그 뒤에 앉았던 우선도 벌떡 일어나며,

"응, 누구? 박영채?"

세 사람은 한참이나 벙어리와 같이 되었다. 우선이 형식의 곁에 와 앉으며,

"이게 무슨 일이어! 그러면 살아 있네그려! 동성동명이란 말

인가?"

형식은 두 손으로 낯을 가리더니,

"아무려나, 이런 기쁜 일이 없네."

하기는 하면서도 속에는 여러 가지로 고통이 일어난다.

영채를 따라 평양까지 갔다가 죽고 산 것도 알아보지 아니하고 뛰어와서, 그 이튿날 새로 약혼을 하고, 그 뒤로는 영채는 잊어버리고 지내 온 자기는 마치 큰 죄를 범한 것 같다.

형식은 과연 무정하였다. 형식은 마땅히 그때 우선에게서 꾼 돈 오 원을 가지고 평양으로 내려갔어야 할 것이다. 가서 시체를 찾아 힘닿는 데까지는 후하게 장례를 지냈어야 할 것이다.

그리고 새로 혼인을 하더라도 인정상 다만 일 년이라도 지내었어야 할 것이다. 자기를 위하여 칠팔 년 고절을 지키다가 마침내 자기를 위하여 목숨을 버린 영채를 위하여 마땅히 아프게 울어서 조상하였어야 할 것이다.

그런데 어찌하였는가. 영채가 세상에 없으매 잊어버리려 하던 자기의 죄악은 영채가 살아 있단 말을 들으매 칼날같이 날카롭게 형식의 가슴을 쑤신다. 형식은 이빨을 악물고 흑흑 한다. 곁에 선형이 앉은 것도 잊어버린 듯하다.

우선은 벌떡 일어나더니 저편으로 간다. 영채의 진부를 알고자 함이다.

106

우선이 일어선 뒤에 선형은,

"웬일입니까. 박영채가 어떤 사람이야요?"

한다. 그러나 대답이 없으므로,

"왜 박영채 씨가 죽었다는 소문이 있었나요?"

그래도 형식은 고개를 숙이고 대답이 없다. 선형은 형식의 숙인 머리를 보고 앉았더니 혼잣말 모양으로,

"대체 무슨 일인가."

하고 잠잠하다.

얼마 있다가 형식은 고개를 들더니,

"내가 잘못하였어요. 내가 죄인이외다. 큰 죄인이외다."

하다가 말이 막힌다. 선형은 더욱 의아하여 눈알이 자주 돌아간다. 형식은 말을 이어,

"벌써 말씀을 드려야 할 것인데 기회가 없어서……. 기회가 없다는 것보다 내 마음이 약해서 지금껏 잠자코 있었어요. 박영채는 내 은인의 딸이외다. 어려서 그 부친과 오라비, 두 사람은 애매한 죄로 옥중에서 죽고, 영채는 그 부친을 구할 양으로 남에게 속아서 몸을 팔아 기생이 되었다가……."

할 적에 선형은,

"에! 기생이 되어요?"

하고 놀란다. 계월향이란 생각이 번개같이 지나간다.

"네, 기생이 되었어요. 그로부터 칠 년간."

하고 말하기 어려운 듯이 한참 주저하다가,

"나를 위하여서 정절을 지켜 왔어요. 물론 나도 그가 어디 있는지를 모르고, 그도 내가 어디 있는지를 몰랐지요. 그러다가 우연히 나 있는 데를 알고 찾아왔습데다."

하고는 그 후에는 어떤 말을 하여야 좋을지 생각이 아니 난다.

선형은 아까 본 영채를 생각하고, 그러면 그가 기생이 되어 칠 년간 형식을 위하여 정절을 지킨 사람인가 한다. 자기 생각에 계월향이라 하면 아주 요염하고 음탕한 계집으로 알았더니 이제 본즉 영채는 자기와 다름없는 얌전한 처녀다. 그러면 어찌하여 형식이 영채를 버렸는가 하여,

"그래 어떻게 되었습니까."

형식은 길게 한숨을 쉬더니,

"자살을 한다고 유서를 써 놓고 평양으로 내려갔어요. 그래서 나도 곧 따라 내려갔지요. 했더니 부지거처지요. 그래서 자기 말과 같이 대동강에 빠져 죽은 줄만 알았구려. 했더니, 그가 지금 살아서 우리와 같은 차에 있소그려."

하고 슬픔을 표하는 듯이 머리를 두어 번 흔든다.

"그러면 접때 평양 가셨던 일이 그 일이야요?"
하고 선형은 정면으로 형식을 본다.

형식은 그 눈이 자기를 위협하는 듯하여 눈을 피하면서,

"네."
하였다. 그러고 보면 영채가 죽었다 하는 날은 바로 형식과 자기가 혼인을 맺던 날이다.

선형은 지금까지 가슴속에 오던 의심, 즉 형식은 계월향이라는 기생에게 미쳤더라는 의심은 풀렸으나 무엇이라고 말할 수 없는 새로운 괴로움이 가슴을 내려 누름을 깨달았다. 자기 몸도 무슨 죄에 빠진 것 같고, 자기의 앞에는 알 수 없는 어려운 일과 괴로운 일이 가로막힌 것 같다.

이때에 우선이 엄숙한 얼굴을 가지고 돌아보며 일본말로,

"다시카다요(확실해)."
하고 형식의 곁에 앉으며,

"참 희한한 일일세."

"그래, 가서 말해 보았나?"

"아니, 문에서 앉은 것이 보이데. 아까 여기 왔던 이하고 무슨 말을 하는데……."
하다가 선형이 곁에 앉은 것을 보고 말 아니하는 것이 좋으리라 하는 듯이 말을 뚝 그쳤다가,

"아무려나 잘되었네. 지금 그 여학생과 같이 동경으로 가는 모양이니까, 아마 공부하러 가는 게지."

형식은 걸상에 몸을 기대고 하염없이 눈을 감는다.

영채는 선형이 돌아간 뒤에,

"언니, 웬일인지 나는 가슴이 몹시 설렙니다."

"왜, 이형식 씨란 말을 듣고?"

"응, 여태껏 잊고 있는 줄 알았더니 역시 잊은 것이 아니야요. 가슴속에 깊이깊이 숨어 있던 모양이야요. 그러다가 이형식 군 만세라는 소리에 갑자기 터져 나온 것 같습니다. 아이구, 마음이 진정치 아니해서 못 견디겠소."

"아니 그렇겠니. 어쨌든 칠팔 년 동안이나 밤낮 생각하던 사람을 그렇게 어떻게 쉽게 잊겠니? 이제 얼마 지나면 잊을 테지마는……."

"잊어야 할까요?"

"그럼 어찌하고?"

"안 잊으면 아니될까요?"

병욱은 물끄러미 영채를 보더니 영채의 곁에 가 앉아서 한 팔로 영채의 허리를 안으며,

"형식 씨가 벌써 혼인을 하였다. 지금 동부인하고 미국 가는 길이란다."

"에? 혼인?"

하고 영채는 병욱의 팔을 잡는다. 병욱은 위로하는 소리로,

"아까 여기 왔던 선형이라는 이가 그의 부인이란다."

"그러면 그때에 벌써 약혼을 하였던가……?"

하고 지나간 일에 실망을 한다.

자기의 지나간 생활이 더욱 슬퍼지고 원통하여진다. 자기는 세상에 속아서 사나 마나 한 생활을 해 온 것 같고, 지금껏 전력을 다하여 오던 것이 아무 뜻이 없는 것 같아서 실망과 슬픔이 한꺼번에 터져 나온다. 더구나 자기는 몸과 마음을 다 바쳐서 형식을 생각하여 왔거늘, 형식은 자기를 초개같이밖에 아니 여기는 것 같다.

"언니, 왜 그런지 원통한 생각이 나요."

"그러나 장래가 있지 않으냐."

하고 힘껏 영채를 안아 준다.

107

형식은 즉시 영채의 얼굴을 보고 싶었다. 이전에 보았던 영채의 얼굴은 다 잊어버린 듯하여 꼭 한 번 새로이 보아야만 할 것

같다. 꼭 죽은 줄 알았던 영채의 얼굴을 한 번이라도 보고 싶었다. 그러나 앞에 앉은 선형을 보매 차마 영채를 보러 갈 용기가 아니 난다.

형식은 선형의 얼굴을 보았다. 선형은 무슨 실망한 일이나 있는 듯이 반쯤 눈을 감고 가만히 앉았다. 그러다가 이따금 형식을 슬쩍 보고는 불쾌한 듯이 도로 눈을 감기도 하고 고개를 돌려 창에 비친 제 얼굴을 보기도 한다. 선형의 눈과 형식의 눈이 마주칠 때마다 형식의 몸에는 후끈후끈하는 기운이 돈다.

같은 차실에 있는 승객들은 대개 잠이 들었다. 형식도 뒤에 기대어 눈을 감았다. 그리고 아무 생각도 아니하리라 하는 듯이 한 번 몸을 흔들고 두 손을 마주 잡아 배 위에 놓았다. 그러나 형식의 마음은 형식의 뜻을 좇지 아니하고 폭풍에 물결치는 바다와 같았다.

영채는 꼭 죽었어야 할 것이다. 살아 있더라도 자기가 몰랐어야 할 것이다. 그렇지 아니하면 선형과 약혼이 되기 전에 만났어야 할 것이다. 약혼이 성립되고 미국을 향하고 떠나는 길에 만나게 한 것은 진실로 조물의 장난이다.

형식은 결코 영채를 버리려 한 것이 아니다. 차라리 오랫동안 영채를 잊지 아니하였으며, 겸하여 다시 영채를 만날 때에는 영채에게 대한 애정이 유연히 솟아나서 속으로 영채와 혼인할 일과 혼인한 후에 즐거운 생활을 할 것과 아름다운 자녀를 낳아 이상적으로 기를 것까지 생각하였고, 또 영채가 기생인 줄을 안 뒤에는 돈 천 원을 얻지 못하여 종일 번민한 일도 있었다.

만일 영채가 평양에만 가지 아니하였던들, 죽으러 가노라는 유언만 없었던들 자기는 마땅히 영채와 일생을 같이하게 되었을 것이다. 그리하면 은사에 대한 의리도 다하고 칠팔 년간 자기를 위하여 정절을 지켜 온 영채에게 대한 의리도 다하였을 것이다.

형식은 또 영채와 선형을 비교하여 보았다. 선형은 형식이 일생에 처음 접한 젊은 여자요, 또 선형의 자태는 누가 보아도 황홀할 만하므로 형식에게 극히 깊고 강한 인상을 주었다. 그래서 처음 젊은 여자를 접하여 보는 젊은 남자가 흔히 그러한 모양으로 형식은 선형을 세상에 다시없는 여자로 여겼다. 다만 그 외모가 아름다울뿐더러 그 정신까지도 외모와 같이 아름다우리라 하였다.

형식은 선형을 대하여 본 첫날에 선형에게 여자에 관한 모든 아름다운 덕을 붙였다. 선형은 형식의 눈에는 더할 수 없이 완전하고 더할 수 없이 아름다운 여자였다.

이렇게 강한 인상을 얻은 그날 저녁에 다시 영채를 보았다. 영채의 외모도 물론 아름다웠다. 공평한 눈으로 보건대 영채의 얼굴이 차라리 선형보다 나았을 것이다. 그러나 선형을 천하제일로 확신한 형식은 영채를 제이로 생각할 수밖에 없었다. 게다가 선형은 부귀한 집 딸로서 완전한 교육을 받은 자요, 영채는 그동안 어떻게 굴러다녔는지 모르는 계집이다.

이 모든 것이 합하여 형식에게는, 영채는 암만해도 선형과 평등으로 보이지를 아니하였다. 다만 선형은 자기의 힘에 미치지 못할 달 속에 계수나무 가지요, 영채는 자기가 꺾으려면 꺾을 수 있는 길가의 매화 가지였다.

그러므로 형식이 제일로 생각한 선형을 버리고 제이로 생각하는 영채를 취하려 하였던 것이다. 그러다가 영채가 대동강에 빠지고, 게다가 김 장로가 혼인을 청하매 형식은 별로 주저함도 없이 약혼을 허하였고 또 슬퍼함도 없이 영채를 잊어버리려 하였던 것이다.

형식은 선형에게 대하여서나 영채에 대하여서나 아직 참된 사랑을 가져 보지 못하였다. 대개 형식의 사랑은 아직도 외모의 사랑이었다. 형식은 선형을 자기의 생명과 같이 사랑하노라 하면서도 선형의 성격은 한 땀도 몰랐다.

선형이 냉정한 이지적 인물인지 또는 열렬한 정적 인물인지, 그의 성벽이 어떠하며 기호가 어떠한지, 그의 장처가 무엇이며 단처가 무엇인지, 또는 그와 자기가 어떤 점에서 서로 일치하며 어떤 점에서 서로 모순하는지, 따라서 그의 성격과 재능이 장차 어떠한 방향으로 발전될는지도 모르고 그저 맹목적으로 사랑한 것이다.

그의 사랑은 아직 진화를 지나지 못한 원시적 사랑이다. 마치 어린애끼리 서로 정이 들어서 떨어지기 싫어하는 것과 같은 사랑이요, 또는 아직 문명하지 못한 민족들이 다만 고운 얼굴만 보고 곧 사랑이 생기는 것과 같은 사랑이다.

다만 한 가지 다름이 있다 하면 문명치 못한 민족의 사랑은 곧 육욕을 의미하되 형식의 사랑에는 정신적 분자가 많았을 뿐이다.

그러니 형식은 다만 정신적 사랑이라는 이름만 알고 그 내용을 알지 못하였다. 진정한 사랑은 피차에 정신적으로 서로 이해하는 데서 나오는 줄을 몰랐다.

형식의 사랑은 실로 낡은 시대, 자각 없는 시대에서 새 시대, 자각 있는 시대로 옮아가려는 과도기의 청년–조선 청년–이 흔히 가지는 사랑이다. 자기의 사랑이 이러한 사랑인 줄을 깨닫는다 하면 형식의 전도에는 대변동이 일어나지 아니치 못할 것이다.

눈을 감고 가만히 앉았는 형식에게는 지나간 한 달 동안에 행하여 온 일이 현미경으로 보는 것같이 분명히 떠 나온다.

108

김 장로 부부는 자기와 영채와의 관계에 대하여 암만해도 신용하지 못하는 모양이었다. 한 번 자기가 영채와의 관계를 이야기한 끝에 김 장로가 웃으며,

"남자가 한두 번 그러기도 예사지."

하였다. 형식은 더 발명하려고도 아니하였으나, 자기의 인격을 신용하여 주지 않는 것을 얼마큼 불쾌하게 여겼다. 그 후부터 형식은 장로 부처를 대하면 한껏 분하기도 하고 부끄럽기도 하였다.

형식의 생각에 장로 부처는 자기가 선형의 배필이 될 자격이 없는 것같이 생각하는 듯하였다. 처음에는 자기를 지극히 품행이 방정하고 장래성이 많은 줄로 알았다가 기생과 가까이하며 기생을 따라 평양까지 갔단 말을 들으매 형식은 갑자기 신용할 수 없는 사람으로 생각하는 듯하였다. 그 사건 하나로 자기의 가치를 정하려 하는 것이 불쾌하였다.

될 수만 있으면 형식과의 약혼을 파하겠으나 한 번 약속한 것을 체면상 깨트릴 수가 없다. 만일 형식이 믿을 수 없는 사람이라 하더라도 그것은 선형의 팔자로다. 형식이 보기에 장로는 이렇게 생각하는 듯하였다.

더구나 미국으로부터 돌아온 하이칼라 청년 하나가 선형에게 마음을 두어 백방으로 운동한 것과, 교회에 어떤 유력한 사람이 사이에 나서서, 일변 형식을 헐어 그 약혼을 깨뜨리게 하고, 일변 그 청년의 재산 있는 것과, 영어 잘하는 것과, 미국 유학한 것을 칭찬하여 선형과의 혼인을 이루게 하려고 운동하던 줄을 안다.

그때에 장로 부처가 열에 여섯이나 그편으로 마음이 기울어졌던 것과, 그 일이 있은 후로부터 선형의 태도가 더욱 냉담하여지고 이따금 근심하는 빛까지도 있던 것을 안다.

그중에도 장로의 부인은 웬일인지 형식에게 대하여 불쾌한 생각이 나서 가장 미국서 온 청년과 혼인하기를 주창한 것과, 그러나 장로의 양반인 것과 장로인 체면이 마침내 이 일을 반대한 것을 안다.

거의 십여 일 동안이나 형식은 김 장로의 집에서 미움 받는 사람이 되었던 것을 안다. 그때에 형식도 분한 마음을 이기지 못하여 연해 삼사 일간 일절 장로의 집에 가지를 아니하였다. 그리고 집에 꽉 들어박혀서 분노함과 부끄러움으로 혼자 괴로워하였다.

하루는 형식이, '오늘은 내가 먼저 약혼을 거절하고 말리다.' 하고 옷을 입고 나가려 할 적에 선형이 처음으로 찾아와서 은근

하게,

"어디가 편치 아니하셔요?"

하고 그 뒤에는 순애가 과일 광주리를 들고 들어왔다. 아마 병이 있는 줄로 생각하고 위문을 온 모양이었다.

그리고 선형은,

"어저께 여행권이 나왔어요."

하고 기뻐하는 빛조차 보였다. 형식은 그만 모든 분노가 다 풀리고,

"아니올시다. 몸은 아무렇지도 않습니다."

그때에 선형과 순애는 물끄러미 형식을 보았다. 선형도 물론 자기 집에 일어난 문제를 안다. 부모가 형식에게 대하여 좋지 못한 감정을 가진 것도 안다. 자기도 기실 형식에게 대하여 좋은 감정을 아니 가졌다.

그러나 부모 간에 형식을 미워하는 빛이 보이고, 형식도 그 눈치를 아는지 삼사 일 동안이나 꿈적하지 않는 것을 보매, 형식에게 대하여 일종 동정이 생기고 정다운 듯한 생각이 났다. 그래서 순애를 데리고 형식을 찾아온 것이다. 그때에는 선형의 마음에는 형식이 극히 사랑스러웠다. 형식도 선형의 눈에서 그러한 빛을 보고 더할 수 없이 기뻤다.

그러나 이것은 물에 빠진 사람을 보고 뛰어들어 건져 주겠다

는 생각이 나는 것과 같은 동정이다. 잠시 효력이 있으되 오래 가지 못하는 동정이다. 부부간의 사랑은 이래서는 아니된다. 저 사람이 살아야 나도 산다. 저 사람이 행복되어야 나도 행복된다. 저 사람과 나와는 한몸이다……. 이러한 사랑이라야 한다.

선형의 형식에게 대한 사랑은 물에 빠진 사람에게 대한 동정과 비슷한 것이었다. 형식은 이렇게 분명하게는 알지 못하여도 어떤 정도까지는 선형의 마음속을 짐작하였다.

그러나 형식에게는, 선형은 없지 못할 사람이었다. 형식의 생각에 자기의 전일생은 오직 선형의 몸에 달린 듯하였다. 선형이 설혹 자기더러 '보기 싫다, 가거라.' 하더라도, 또는 얼굴에 침을 뱉고 발길로 차더라도 불가불 선형의 치맛자락에 매달려야 하겠다.

김 장로의 집에 가기가 불쾌하고 선형을 대하기가 불쾌하다 하더라도 그 불쾌한 것이 오히려 아주 사랑하는 자를 잃어버리고 실망하여 슬퍼하는 것보다 나았다. 전신이 불구덩이에 들어가는 것보다 한 팔이나 한 다리를 베어 내는 것이 나았다.

이렇게 형식은 그동안 괴로운 생활을 보냈다. 그러나 떠나기 한 이삼 일 전부터 장로 부처의 형식에게 대한 태도는 극히 친절하게 변하였고, 선형도 더욱 은근하고 가깝게 굴었다. 형식은 인심의 반복의 믿을 수 없음을 의심하면서도 하늘에 오를 듯이 기뻤다.

더구나 떠나기 전날 장로 부처가 자기와 선형을 불러 놓고 자기네 두 사람을 위하여 간절한 기도를 올린 뒤에 연해 '너희 둘이'라 하여 가며 여러 가지로 훈계를 할 때에는 형식은 세상에 나와서 처음 보는 기쁨을 깨달았다. '너희 둘이'라는 말이 자기와 사랑하는 선형을 한몸으로 만드는 듯하였다.

그때에는 선형도 형식을 슬쩍 보고 쌍끗 웃었다. 네 사람은 이 순간이 영원히 있기를 기도하였다.

109

형식은 이제부터는 자기 앞에는 오직 행복이 웃는 줄로만 생각하였다. 아까 남대문에서 떠날 때에도 여러 친구가 작별을 아껴 할 때에 자기는 오직 기쁘기만 하였다.

희경 일파가 여러 송별객 뒤에 서서 물끄러미 자기를 보고 있는 것을 볼 때에는 미상불 가슴이 부듯함을 깨달았으나, 그래도 자기의 곁에 선 선형을 볼 때에 모든 슬픔이 다 스러졌다. 이제부터 자기는 선형으로 더불어, 이만여 리나 되는 지구 저편 쪽에 가서 사오 년 동안 즐겁게 공부를 마치고 그때야말로 만인

환호 중에 선형과 팔을 겯고 남대문으로 돌아오리라.

그때에는 지금 여기 섰는 여러 사람이 오늘보다 감정으로 더 축하하고 더 공경하는 감정으로 자기를 맞으리라. 이렇게 생각할 때에 비로소 서울이 그립고 남대문이 정답게 생각되었다. 남대문은 오직 행복된 자기를 보내고 맞아 주기 위하여서만 존재하는 듯하였다. 이내 차장의 호각이 울고 만세 소리가 들릴 때의 형식의 감정은 말할 필요도 없을 것이라.

선형은 여자라, 비록 신식 여자로 아무리 공명심과 허영심이 많아서 미국으로 유학 가는 것을 기쁘게 생각한다 하더라도 사랑하는 아버지와 어머니와 동생들, 동무들이 차차 차창에서 멀어지는 것을 볼 때에는 가슴에 고였던 눈물이 일시에 폭 쏟아져서 저도 모르게 소리를 내어 울며 걸상에 쓰러졌다.

형식은 처음에는 가만가만히 선형의 어깨를 두드리며,

"자, 일어나시오. 눈물 씻고."

하다가, 이제는 이렇게만 할 처지가 아니라 하여 한참 주저하다가 한 팔을 선형의 가슴 밑으로 넣어 안아 일으켰다.

형식의 팔에 닿는 선형의 살은 부드럽고 따뜻하였다. 선형도 형식의 하는 대로 일어나면서 잠깐 형식의 손을 쥐었다. 그리고 수건으로 눈물을 씻으면서,

"아이구, 이게 무슨 꼴이야요. 외국 사람들이 웃겠습니다."

하고 웃는다.

그 눈물로 붉게 된 눈과 뺨이 더 곱게 보였다. 외국 사람들은 과연 웃었다.

우선은 형식의 뒷자리에 앉아서 빙그레 웃으며 자기 곁에서 일어나는 형식과 선형의 말을 들어 가며 신문을 보고 앉았더니 고개를 돌리며,

"여보게, 큰일 났네그려."

한다. 형식은 선형만 바라보고 우선은 잊어버리고 앉았다가 깜짝 놀라 고개를 돌리며,

"응? 왜?"

"하하하, 그렇게 놀랄 것은 없지마는……. 오늘 아침부터 경상남북도, 전라남북도 일경에 비가 오기 시작하여 금강 낙동강은 십여 척의 증수가 되었다고."

"어디."

하고 우선의 들었던 신문을 받아 보더니,

"그러면 철로가 불통하지나 아니할까?"

선형도 눈이 둥그레진다. 우선은,

"글쎄, 비를 아끼구 아끼구 하더니……."

하면서 창밖으로 고개를 내밀어 휘휘 둘러본다.

황혼이라 자세히 알 수는 없으되, 하늘은 온통 검은 구름으로

덮이고 선득선득한 바람에 이따금 굵은 빗방울이 섞여 떨어진다. 다른 승객들도 신문을 보고는 철롯길이 상할 것을 근심하는 말을 한다. 그러나 이것은 형식이나 선형에게 별로 중대한 일은 아니었다. 철롯길이 상하면 여관에 들어 기다리면 그만이었다.

이러한 때에 병욱이 선형을 찾아오고, 그다음에 선형이 병욱을 따라가고, 그다음에 선형이 돌아오고, 형식이 선형에게 병욱의 동행이 어떠한 사람이던가를 묻고, 선형은 '박영채라는 인데 퍽 얌전한 사람이야요.' 하는 대답을 하고, 마침내 우선이 알아보러 갔다가 '다시카다요(확실해).' 하는 보고를 한 것이다.

이렇게 지나간 일을 생각하다가 형식은 마침내 선형더러,

"가서 박영채 씨를 좀 보고 와야겠소."

"가 보시지요."

하는 선형의 대답은 형식에게는 무슨 특별한 뜻이 품긴 것같이 들렸다.

실로 선형은 지금까지 마음이 불쾌하였다. 그러면 그것이 계월향이라는 기생인가. 죽었다더니 그것은 거짓말인가. 속에는 별별 흉악한 꾀를 품으면서도 겉으로는 저렇게 얌전을 빼는가. 사람 좋은 병욱이 고것의 꾀에 넘어가지나 아니하였는가. 오늘 형식과 자기가 떠난다는 말을 듣고 일부러 이 차를 골라 탄 것이나 아닌가. 혹 형식이 아직도 영채를 잊지 못하여 남모르게

영채에게 떠나는 날을 알려 미국 가기 전에 한 번 더 만나 보려는 꾀는 아닌가. 이렇게 생각하매 선형은 일종 투기가 일어나서 픽 고개를 돌린다. 형식은 선형의 불쾌한 낯빛을 이윽히 보고 섰더니 변명하는 듯이,

"그래도 한차에 탄 줄을 알고야 어떻게 모르는 체하겠어요."
하고 다시 앉아서 선형의 대답을 기다린다. 선형은 말없이 앉았다가 웃으며,

"글쎄 가 보세요. 누가 가시지를 말랍니까."

끝에 말은 없어도 좋은 말이다. 형식은 고개를 숙이고 우두커니 앉았더니 벌떡 일어서며,

"그러면 갔다 오겠소."
하고 우선더러,

"가서 영채 씨 좀 보고 오겠네."

"응, 가 보게. 그리고 내가 문안하더라고 그러게."
하고 슬쩍 선형을 본다. 우선은 이 세 사람의 관계가 장차 어찌 될는고 하여 본다.

영채를 보고 와서는 우선의 속도 아주 편치는 못하였다. 더구나 영채가 죽으려던 뜻이 변한 동기와, 일본으로 가게 된 이유가 알고 싶었다.

110

그전에는 한 미인으로 우선이 영채를 사랑하였지마는, 영채가 형식을 위하여 지금토록 정절을 지켜 온 것과 청량리 사건으로 위하여 죽을 결심을 한 것을 보고는 영채를 색과 재와 덕이 겸비한 이상적 여자로 사랑하게 되었다.

만일 형식을 위한 우정이 아니었던들 어떤 정도까지나 열광하였을는지도 모를 것이다.

자기가 미치게 사랑하던 계월향이 형식을 위하여 정절을 지켜 오는 박영채인 줄을 알 때에 우선은 미상불 창자를 끊는 듯하는 생각이 있었다. 그러나 우정을 중히 여기고 협기 있기로 자임하는 우선은 힘껏 자기의 정을 누르고 형식과 영채를 위하여 힘을 다하여 주기로 하였다.

만일 영채가 형식의 아내가 되면 자기는 친구의 부인으로 일생을 접할지니, 그것만 하여도 자기에게는 행복이리라 하였다. 그러다가 영채가 그 슬픈 유서를 써 두고 평양으로 내려감을 볼 때에 우선은 깊은 슬픔과 실망을 깨달았다. 비록 아녀자에게 마음을 아니 움직이기로 이상을 삼는 우선도 그 후부터 지금까지 일시도 영채를 잊어 본 일이 없었다.

우선의 일기를 뒤져 보면 취침 전에 반드시 영채를 생각하는 단율 한 수씩을 지은 것이 있는 것을 보아도 알 것이다.

그러다가 죽은 줄 알았던 영채가 살아서 같은 열차에 타고 있는 줄을 알고 보니, 우선의 가슴이 울렁거리는 것도 자연한 일이다.

게다가 형식이 아름다운 선형으로 더불어 아름다운 약속을 맺어 가지고 아름다운 공부를 하러 가는 것을 보매, 더욱 부러운 생각이 난다.

우선은 벌써 아들을 형제가 넘어 낳고 삼십이 다 된 자기의 아내가 행주치마를 두르고 어린애의 기저귀를 빠는 모양을 생각해 본다. 그는 아무것도 모른다. 밥 짓고, 옷 짓고, 아이 낳을 줄밖에 모른다. 자기는 그와 혼인한 지 십여 년간에 일찍 한자리에 앉아서 정답게 이야기를 하여 본 일도 없고 물론 자기의 뜻을 말하여 본 적도 없다. 잘 때에만 내외는 한자리에 있었다. 마치 아내는 자기를 위하여서만 있는 것 같았다. 홀아비가 육욕을 참지 못하여 갈보 집에 가는 셈치고 아내의 방에 들어갔다.

이러하는 동안에 아들도 낳고 딸도 낳고 지아비라 부르고 아내라 불렀다. 십 년 동안을 살아오면서도 서로 저편의 속을 모르고 알아보려고도 아니하는 두 사람의 관계는 실로 신기하다 하겠다.

그러나 우선은, 이는 면할 수 없는 천명으로 알 뿐이요, 일찍

이 관계를 벗어나려고도 하여 본 적이 없었다.

그는 아내라는 것은 대체 이러한 것이니 집에다 먹여 두어 아이나 낳게 하고 이따금 가 보아 주기나 하면 그만이라 한다. 그리고 아내에게서 못 얻는 재미는 기생에게서 얻으면 그만이라 한다. 세상에 기생이라는 제도가 있는 것이 실로 이 때문이라고 생각한다. 형식과 서로 대하면 이 문제로 흔히 다투었다.

형식은 엄정한 일부일부주의(一夫一婦主義)를 고집하고, 우선은 첩을 얻든지 기생 오입을 하는 것은 결코 남자의 잘못하는 일이 아니라 한다.

과연 우선으로 보면 첩이나 기생이 아니고는 오랜 일생을 지낼 것 같지 아니하다.

우선의 일부다처주의나 형식의 일부일부주의가 반면은 각각 이전 조선 도덕과 서양 예수교 도덕에서 나왔다 하더라도 반면은 확실히 각각 자기네의 경우에서 나온 것이다.

우선에게 만일 영채를 주고, 영채가 우선을 사랑해 준다 하면 우선은 그날부터라도 기생집에 가기를 그칠 것이다.

이러한 처지에 있는 우선은 형식의 경우가 지극히 부럽고, 자기의 처지가 지극히 불쌍히 보였다. 자기도 사랑하는 아내와 함께 기차를 타고 여행도 하고 싶고 외국에 유람도 하고 싶었다.

기생을 데리고 노는 것도 좋지마는 기생에게는 무엇인지 모르되 부족한 것이 있는 것 같다. 아무리 기생이 자기에게 친절한 모양을 보이고 또 그 기생이 비록 자기의 마음에 든다 하더라도 그래도 어느 구석에 조금 부족한 점이 있다. 그 부족한 점은 결코 작은 점이 아니요, 큰 점이다.

그것은 아마 첫째, 정신상으로 서로 합하고 엉키는 맛이 없는 것과 또 사랑의 제일 힘 있는 요소인 '내 것'이라는 자신이 없는 까닭이다. 돈을 많이 내서 기생을 빼내면 '내 것'이 되기는 되지마는, 암만해도 정신적 융합은 인력으로 할 수 없는 것이다.

외모의 사랑은 옅다. 그러므로 얼른 식는다. 정신적 사랑은 깊다. 그러므로 오래 간다. 그러나 외모만 사랑하는 사랑은 동물의 사랑이요, 정신만 사랑하는 사랑은 귀신의 사랑이다. 육체와 정신이 한데 합한 사랑이라야 마치 우주와 같이 넓고, 바다와 같이 깊고, 봄날과 같이 조화가 무궁한 사랑이 된다.

세상 사람들이 입으로 말은 아니하지마는 속으로 밤낮 구하는 것은 이러한 사랑이다. 그러나 이러한 사랑은 마치 금과 같고 옥과 같아서 천에 한 사람, 십 년 백 년에 한 사람도 있을 듯 말 듯하다. 그래서 여자는 춘향을 부러워하고 남자는 이 도령을 부러워한다. 자기네가 실지로 그러한 사랑을 맛보지 못하매, 소설이나 연극이나 시에서 그것을 보고 좋아서 웃고 울고 한다.

조선서는 천지개벽 이래로 오직 춘향, 이 도령의 사랑이 있었을 뿐이다. 저마다 춘향이 되려 하고, 이 도령이 되려 하건마는 다 그 곁에도 가 보지 못하고 말았다. 조선의 흉악한 혼인 제도는 수백 년래 사랑의 가슴속에 하늘에서 받아 가지고 온 사랑의 씨를 다 말려 죽이고 말았다. 우선도 그 희생자의 하나이다.

이러한 우선이 형식과 선형을 눈앞에 보고, 또 그립던 영채가 같은 차를 타고, 같은 기관차에 끌려가는 것을 생각하니 마음이 괴로울 것도 자연한 일이다. 또 영채는 이미 기생도 아니요, 겸하여 형식의 아내도 아니다. 오직 한 처녀다 하고 우선의 가슴에는 알 수 없는 생각이 번개같이 가슴에 일어난다.

그래서 우선은 형식이 간 뒤를 따라, 다음 차실 문밖에 가서 바람을 쏘여 가며 가만히 엿본다. 형식은 영채의 곁에 앉아서 무슨 이야기를 하고 병욱도 이따금 말참례를 한다. 세 사람의 얼굴은 아주 엄숙하다. 우선은 들어갈까 말까 하다가 형식이 돌아 나오기를 기다리기로 하고 뒷짐을 지고 기대어서 쿵쿵 차바퀴 굴러가는 소리를 들으며 무슨 생각을 한다.

111

영채는 병욱에게

"그래 어때요?"
하고 자기도 무슨 말인지 모르는 질문을 한다. 병욱은,

"무엇이 어찌해. 형식 씨라는 이가 시치미 떼고 앉았더구나. 우리 오빠를 안다구……. 동경 가서 같이 있었노라구……."

영채는 부지불각에 한숨을 짓는다.

"왜, 형식 씨가 그리우냐. 아직도 단념이 아니되는 게로구나."

"아니, 그런 것은 아니지마는……."

"그러면 왜 휘 하고 한숨을 쉬어?"

"나도 왜 그런지 모르겠어"
하고 병욱의 무릎을 치며 웃는다.

"그래도 아주 마음이 편치는 않을걸."
하고 병욱도 웃는다. 영채는 한참 생각하더니 병욱의 손을 꼭 쥐며,

"참 그래요."
하고 부끄러운 듯이 웃으며,

"어째 마음이 좀 불쾌한 듯해요."
하고 얼굴이 빨개진다.

병욱은 근 십년 기생으로 있던 계집애가 어떻게 이처럼 규문 속에서 자라난 처녀와 같은가, 하고 속으로 감탄하였다. 그리고 지금 영채의 감상이 어떠한지 그것이 알고 싶어서,

"그래 불쾌하다니 어떻게 불쾌하냐?"

"모르겠어요."

"그렇게 어리광을 부리지 말고 바로 대답을 해라. 그러면 내 맛나는 거 사 줄께."

하고 둘이 다 웃는다. 영채가,

"이형식 씨가 퍽 무정한 사람같이 생각이 되어요. 그래도 내가 죽으러 갔다면 좀 찾아라도 볼 것인데……. 어느새 혼인을 해 가지고……."

하다가 병욱의 무릎에 자기의 이마를 대고 비비며,

"아이구, 언니, 내가 왜 이런 소리를 해요."

병욱은 영채의 머리와 목과 등을 만져 주며 어린애에게 하는 듯이,

"말하면 어떠냐……. 자, 그래서."

"아마, 내가 여기 있는 줄을 알겠지요?"

"알 테지……. 지금 선형이 왔다 가서 네 말을 했을 테니깐……. 알면 어떠냐."

"어떻기야 어떻겠소마는 죽었던 사람이 살아왔다면 아마 놀랄 테지?"

"실컷 놀라 싸지. 아마 가슴이 뜨끔하리라……. 그렇게 적막할 데가 왜 있겠니."

"만일 저편에서 나를 찾아오면 어찌해요? 만나서 이야기를 할까."

"그러믄. 왜 무슨 원수가 있담."

"원수는 아니지마는, 어째……."

"어째 분이 난단 말이야?"

두 사람은 한참 잠자코 마주 보더니,

"언니, 언니가 나를 살려 준 것이 잘못이야요. 나는 그때에 꼭 죽었어야 할 터인데. 그때에 죽었으면 벌써 다 썩어졌겠지……. 뼈만 여기저기 흩어졌겠지. 그때에 죽었어야 해."

하고 후회하는 듯이 고개를 주억이다.

병욱은 영채의 낯빛이 갑자기 변하는 것을 보고 놀라서 영채의 두 팔을 잡으며,

"얘 영채야, 왜 그런 소리를 하느냐. 이제 나하고 둘이 가서 음악 잘 배워 가지구……. 둘이서 아메리카로 구라파로 돌아다니면서 실컷 구경하고……. 그리고 우리나라에 돌아와서 새로 음악을 세우고 재미있게 살 터인데 왜 그런 소리를 하니?"

하고 영채를 잡아 흔든다. 영채는 멀거니 병욱의 눈을 보고 앉았더니 눈에서 눈물이 쑥 나오며,

"아니야요. 나는 살 사람이 아니야요. 죽어야 할 사람이야요. 가만히 지나간 일생을 생각해 보니까 암만해도 나는 살려고 난

것 같지를 아니해요. 아버지와 두 오라버니는 옥중에서 죽고, 그리고 칠팔 년 고생이 모두 속절없이…….”

하고 흑흑 느낀다.

“얘, 글쎄 웬일이냐. 곧잘 모든 것을 다 잊어버리고 기뻐하다가 왜 갑자기 야단이냐. 네가 그렇게 그러면 이 언니는 어쩌게……. 자 울지 마라!”

“암만 생각하여 보아도 이 세상에 살아 있을 생각이 없어요.”

“왜? 그러면 너는 아직도 이형식 씨를 못 잊는 게로구나. 네가 그때에 날더러 실상은 이형식 씨를 사랑한 것이 아니라고 말하지 않았니?”

“아니오. 다만 그 일만 아니야요. 이 세상이 내 원수가 아니야요. 내 부모를 빼앗고, 내 형제를 빼앗고, 내 어린 몸을 실컷 희롱하고…… 그러다가…… 그러다가 마침내 내 정절을…… 내 정절을 빼앗고……. 그리고는 일생에 생각하던 사람은 아랑곳도 아니하고……. 이렇게 구태 나를 없애고 말려는 세상에 내가 구태 붙어 있으면 무엇해요. 세상이 나를 미워하면 나도 세상을 미워하지요. 세상이 나를 싫다 하면 나도 세상을 버리고 달아나지요……. 하늘로 올라가지요.”

하는 울음 섞인 말에 병욱도 부지불각에 눈물이 흘렀다.

“그러니깐 말이다……. 그만치 세상한테 빼앗겼으니깐 또 세상에서 좀 찾아 가져야지. 내 것을 주기만 하고 말아! 네가 이십 년이나 고생을 했으니깐 그 값을 받아야 아니하겠니?"

"값이 무슨 값이오? 하루라도 더 살아 있으면 더 빼앗길 뿐이지……."

"아니다! 왜 그래? 이제부터는 찾는다. 아직도 전정이 구만 린데 왜 어느새 실망을 한단 말이냐. 살 수 있는 대로 힘껏 살면서 찾을 수 있는 대로 찾아야지. 사업으로 찾고 행복으로 찾고……. 왜 찾을 것을 찾지도 않고 죽어?"

"행복? 행복? 내게 행복이 올까요? 이 세상이 내게다 행복을 줄까요?"

하고 영채는 병욱의 눈물 흐르는 눈을 본다.

112

병욱은 수건으로 영채의 눈물을 씻어 주면서,

"얘, 다른 손님들이 이상하게 여기겠다. 울지 말아라. 이 세상이 왜 행복을 아니 주어……. 아니 주거든 내라지. 내라도 아니 주거든 억지로 빼앗지. 빼앗아도 아니 주거든 원수라도 갚지! 또 생각을 해 봐라. 이 세상에 너와 같이 설움을 당하는 사람이 너뿐이겠니? 더구나 우리나라에는 그런 불쌍한 사람이 수두룩할 것이다. 그러면 우리들이 이 안 된 사회 제도를 고쳐서 우리 자손들이야 행복을 얻고 살게 해야지……. 우리가 아니면 누가 하느냐. 그런데 만일 네가 제 고생을 못 이겨서 죽고 만다 하면 이것은 네가 우리 자손에게 대한 책임을 저버리는 것이다. 하니까 될 수 있는 대로 오래 살면서 될 수 있는 대로 일을 많이 하자……. 자, 울지 말고 딸기나 내 먹자."

하고 일어서서 등으로 결은 하얀 종다래끼를 내린다.

"내가 무엇을 할까요?"

"하지, 왜 못 해? 하느님이 큰 일꾼을 만들 양으로 네게 초년 고생을 주었구나……. 자, 우리 둘이 아니 있니? 그까짓 이형식 같은 사람은 잊어버리고 우리 둘이 서로 의지하고 살자……. 자, 옜다 먹자."

하고 빨갛게 익은 딸기를 내놓고 먼저 자기가 하나를 먹는다.

입에 넣고 씹으니 하얀 이빨에 핏빛 같은 물이 든다. 이것은 어저께 아침에 병국의 부인과 셋이 그 목화밭에 가서 송별연삼아 수박을 따 먹으면서 따 모은 것이다. 두 사람의 눈앞에는 황주 병욱의 집 광경이 얼른 지나간다.

영채도 울어야 쓸데없음을 알고 눈물을 거둔다. 또 병욱의 말에는 정이 있고 힘이 있고 이치가 있어서 반가우면서도 자기를 내려 누르는 듯한 힘이 있다. 가슴이 터져 오게 슬프다가도 병욱의 말을 한마디 들으면 그만 스르르 풀리고 만다.

영채는 병욱이 남자같이 활발한 듯하면서도 속에는 뜨겁고 예민한 정이 있음과, 또 자기를 위로할 때에는 진정으로 자기의 몸과 마음이 되어서 하는 줄을 잘 안다. 만일 영채가 자살을 하려고 물가에 섰거나 칼을 들고 섰다가라도 병욱의 말소리만 들리면 얼른 '언니.' 하고 따라갈 것이다. 영채가 보기에 병욱은 언니라기보다 어머니라 함이 적당할 듯하였다.

그러나 이십 년 생활이 한데 뭉쳐 된 영채의 슬픔이 다만 병욱의 말만으로 아주 다 스러지기를 바랄 수는 없다. 그러나 이 자리에서 더 자기의 고집을 부리는 것은 친절한 병욱에게 대하여 미안한 듯하여 영채도 딸기를 먹는다. 빨간 딸기가 두 처녀의 고운 입술로 들어가서는 하얀 이빨을 빨갛게 물들이곤 한다.

차창에는 비가 뿌려서 눈물 같은 물방울이 떼그루 굴러 내리다가는 다른 물방울과 한데 합하여 흘러내린다. 차가 흔들리는 대로 떨리는 전등 가에는 하루살이 등속이 떼를 지어 모여 들어간다.

두 처녀의 입술과 손가락 끝이 딸깃물에 불그레하여졌을 때에 형식이,

"영채 씨!"

하고 두 사람 앞에 와 섰다.

형식은 얼마 전에 이 차실에 들어와서 바로 영채의 곁으로 오려다가 영채가 우는 듯한 모양을 보고 영채 앉은 걸상에서 서넛 건너 있는 빈 걸상에 앉아서 가만히 두 사람의 말을 엿들었다. 차바퀴 소리에 자세히 들리지는 아니하나 이따금 이따금 한 마디씩 두 마디씩 들리는 말을 주워 모으면 대강 뜻은 짐작할 수가 있었다. 그리고 형식은 영채에게 대하여 죄송한 마음과 자기에게 대하여 부끄러운 마음을 금치 못하여 영채에게 정성껏 사죄를 하리라 하였다.

영채와 병욱은 놀라 일어선다. 두 사람은 일시에 고개를 숙였다. 그러나 영채는 얼른 고개를 돌렸다. 형식은 고개를 숙였다.

병욱이 오직 고개를 들고 형식에게,

"앉으시오."

한다. 형식은 앉는다.

"애, 앉으려무나."

하는 병욱의 말에 영채도 자리에 앉는다. 그러나 고개는 여전히 돌렸다. 형식은 마치 무슨 무서운 것이나 대한 듯이 몸에 소름이 쭉 끼친다. 영채의 뒷모양이 자기를 내려 누르고 위협하는 듯하다. 대동강에 빠져 죽은 영채의 넋이 지금 자기 앞에 나서서 자기를 괴롭게 하는 것이 아닌가 한다. 금시에 영채가 휙 돌아서며 무서운 얼굴로 자기를 흘겨보고 입에 가득한 뜨거운 피를 자기에게다가 확 뿌리며 '이 무정한 놈아, 영원히 저주를 받아라.' 하고 달려들 것 같다.

왜 그때에 평양 갔던 길에 더 수탐을 하여 보지 아니하였던가. 왜 그때 우선에게서 돈 오 원을 꾸어 가지고 즉시 평양으로 내려가지를 아니하였던가 하여도 본다. 이제 영채가 고개를 돌리면 어찌하나. 아니 왔더면 좋겠다 하여도 본다. 이때에,

"자, 딸기 잡수십시오."

하고 병욱이 딸기 그릇을 내놓으며,

"얘, 영채야."

하고 자기의 발로 영채의 발을 꼭 누른다. 영채는 가만히 고개를 돌린다. 그러나 형식은 보지 아니한다.

"영채 씨, 용서해 줍시오. 무에라고 할 말씀이 없습니다……. 저는 선생님께 대하여서나 영채 씨께 대하여서나 큰 죄인이외다. 무슨 책망을 하시든지……."

"천만의 말씀이올시다. 제가 철없이 찾아가서 공연한 걱정을 끼쳤습니다. 또 죽지도 못하는 것을 죽는다고 해서 얼마나 노심을 하셨습니까."

하고 고개를 숙인다.

병욱은 '이래서는 안 되겠다.' 하고 속으로 생각한다.

113

형식은 차마 더 영채에게 말이 나오지 아니하므로 병욱더러,

"그런데 대관절 어찌 된 일이오니까. 이전부터 영채 씨를 아셨어요?"

병욱은 형식을 보고 웃는다. 그 웃음이 형식에게 말할 수 없는 부끄러움을 준다. 자기를 비웃는 것같이 생각되었다.

"아니올시다. 제가 방학에 집으로 가는 길에 차 속에서 만났어요."

형식은 눈이 둥그레지며 영채를 보고 다시 병욱을 향하여,

"그러면 영채 씨가 평양 가시는 길에?"

"네."

하고 만다.

형식은 더 알고 싶었다. 영채가 어찌하여 죽을 결심을 풀었으며, 어찌하여 동경으로 가게 된 것인지 자세히 알고 싶었다. 그래서

"그래 어떻게 되었어요?"

병욱은 고개를 기울여서 영채의 돌아앉은 얼굴을 물끄러미 보더니,

"그래서 죽기는 왜 죽는단 말이냐. 즐거운 인생을 하루라도

오래 살지 못하여 걱정인데 왜 구태 지레 죽으려느냐고 그랬지요. 그리고 지금까지는 네가 천하 사람의 조롱을 받고, 학대를 받고……."

하고는 주저하는 듯이 형식을 바라보다가 또 웃으면서,

"또 일생에 생각하고 사모하던 사람에도 버림을 받았지마는……."

이 말이 끝나기 전에 형식의 가슴은 마치 바늘로 찌르는 것 같았다. 병욱은 형식의 낯빛이 변하여짐을 보고 말을 끊었다가,

"그렇게 지금토록 네 일생은 눈물과 원망의 일생이지마는 이제부터 네 앞에는 넓고 즐거운 장래가 있지 아니하냐 하고 억지로 차에서 끌어내렸지요."

"참 감사합니다. 아가씨 덕에 나도 죄가 얼마큼 가벼워진 듯 합니다. 저는 꼭 영채 씨께서 돌아가신 줄만 알았어요. – 이때에 병욱과 영채는 속으로 흥 한다. – 그래 즉시 평양경찰서에 전보를 놓고 다음 번 차로 평양으로 내려갔지요. – 여기 와서 형식은 자기의 변명을 할 기회가 생긴 것이 기쁘다 하는 생각이 난다. – 했더니, 경찰서에서 하는 말이 정거장에 나가서 수탐을 하여 보았지마는 알 수 없다고 하지요. 그래서 알 만한 집에도 가 물어보고, 또 박 선생 묘소에도……."

하다가, 중간에 돌아온 생각을 하매 문득 말을 그치고 고개를

숙인다. 그때에 북망산까지 가 보고 대동강가로 다만 한두 시간이라도 시체를 찾아보았다면 좋을 뻔하였다 하는 생각이 난다.

병욱은 한참 듣더니,

"네, 아마 그리하셨겠지요. 그러면 시체를 찾으시느라고 꽤 애를 쓰셨겠네."

형식은 '이 계집애가 꽤 사람을 골린다.' 하였다. 과연 형식의 등에는 땀이 흘렀다.

영채는 형식의 하는 말을 다 들었다. 그리고 형식에게 대하여 원통한 듯하던 마음이 얼마만큼 풀린다. 그러나 형식이 즉시 자기의 뒤를 따라 평양으로 내려온 것과, 열심으로 자기의 시체를 찾아 준 고마움도 자기가 죽은 지 한 달이 못하여 선형과 혼인을 하여 가지고 미국으로 간다는 생각에 눌려 버리고 만다.

영채의 생각에는 형식 한 사람이 정다운 애인도 되고 박정한 낭군도 되어 보인다. 그러나 만사가 이미 다 지나갔으니, 이제 와서 한탄하면 무엇하고 분풀이를 하면 무엇하랴. 차라리 웃는 낯으로 형식을 대하여 저편의 마음이나 기쁘게 하여 줌이 좋으리라 하는 생각도 난다. 그래서 마음을 좀 돌리기는 돌렸으나, 그래도 아주 웃는 얼굴을 보여 형식에게 안심을 주고 싶지는 아니하여,

"참말 죄송합니다. 황주 가서 곧 편지를 드리려다가 언제 죽

을지 모르는 몸이 잠깐 살아 있는 것을 알려 드리면 무엇하랴. 차라리 죽은 줄로 믿고 계시는 것이 도리어 안심이 되실 듯하기로 그만두었습니다……. 이제 보면 아니 알려 드린 것이 어떻게 잘 되었는지요."

하고 영채도 과히 말하였다는 생각이 나서 웃는다.

"그러면 어찌해서 엽서 한 장도 아니 주신단 말씀이오?"

하고 형식은 분개한 구조로,

"그렇게 사람을 괴롭게 하십니까?"

형식은 진실로 이 말을 듣고 영채를 원망하였다. 만일 영채가 엽서 한 장만 하였으면 자기는 마땅히 당장 영채를 찾아가서 영채의 손을 잡았을 것 같다.

병욱과 영채는 형식의 분개하여 하는 얼굴을 본다. 더구나 영채는 형식에게 대하여 불안한 생각이 나서,

"그러나 저는 제가 살아 있는 줄을 알게 하는 것이 도리어 선생께 부질없는 근심을 끼칠 줄로 알았어요. 만일 제가 선생의 몸에 누가 되어서 명예를 상한다든지 하면 도리어－주저하다가－선생을 위하는 도리도 아니겠고……. 그래서 억지로 참고 가만히 있었습니다."

하고 또 영채의 눈에서는 눈물이 흐른다.

형식이 영채가 하는 말을 듣다가 눈물 떨어지는 것을 보고 저

편으로 고개를 돌린다. 어디까지든지 자기를 위해 주는 영채의 심정이 더욱 감사하게 생각된다. 죽으려 한 것도 자기를 위하여, 살아 있으면서 살아 있는 줄을 알리지 아니한 것도 자기를 위하여 한 것임을 생각하매 자기의 영채에게 대한 태도의 너무 무정함이 후회된다. 마주 앉은 눈물 흘리는 영채를 보고, 또 저편 차실에 앉은 선형을 생각하매 형식의 마음은 자못 산란하다.

세 사람 사이에는 한참 말이 없고 기차는 어느 철교를 건너가느라고 요란한 소리를 낸다. 창에 뿌리는 빗발과 흘러가는 물소리는 큰비가 아직 계속하는 줄을 알게 한다. 홍수나 아니 나려는지.

114

형식은 부글부글 끓는 머리를 가지고 영채의 차실에서 나왔다. 우선이 지켜 섰다가 형식의 어깨를 툭 치며,

"영채 씨가 울데그려."

형식은 우선의 손을 잡으며,

"아, 이 일을 어찌하면 좋은가."

"왜, 무슨 일이 났나. 영채 씨가 바가지를 긁던가 보이그

려……. 요, 호남자!"

"아니어! 그렇게 농담으로 들을 게 아닐세. 참, 어쩌면 좋아?"

"아따, 걱정도 많기도 많아……. 부산 가서 배 타고, 마관 가서 차 타고, 횡빈 가서 배 타고, 상항 가서 내리고 하면 그만이지 걱정이 무슨 걱정이어!"

형식은 원망스러이 우선의 얼굴을 보고 서서 무슨 생각을 하더니,

"나는 미국 가기를 중지할라네."

"응?"

하고 우선도 놀라며,

"어째?"

"미국 가기를 중지할 테여……. 그것이 옳은 일이지……. 응, 그리할라네."

하면서 우선의 손을 놓고 차실로 들어가려 한다. 우선은 손을 잡아 형식을 끌어당기며,

"자네 미쳤단 말인가. 이리 좀 오게."

형식은 멀거니 섰다.

"자네 지금 정신이 혼란되었네. 미국 가기를 중지한다는 것이 무슨 소리여?"

"아니 저편은 나를 위해서 목숨까지 버리려고 하는데 나는

이게 무슨 일인가. 나는 선형 씨한테 이 뜻을 말하고 약혼을 파하겠네. 그것이 옳은 일이지."

"그러면 영채하고 혼인한단 말이지?"

"응, 그렇지! 그것이 옳지!"

"영채는 자네와 혼인을 한다던가?"

"그런 말은 없어."

"만일 영채가 자네와 혼인하기를 싫다 하면 어쩔 텐가?"

형식은 한참 생각하더니,

"그러면 일생 혼인 말고 지내지……. 절에 가서 중이 되든지."

우선은 마침내 껄껄 웃으며,

"지금 자네가 좀 상기되었네. 참 자네는 어린아일세. 세상이 무엇인지를 모르네그려. 행여 꿈에라도 그런 생각 내지 말고 어서 미국이나 가게."

"그러면 저 사람을 버리고?"

"버리는 것이 아니지. 일이 이미 그렇게 되었으니까. 이제 그런 생각을 하면 무엇하나. 또 영채 씨도 동경에 유학도 하게 되었고 하니까 피차에 공부나 잘하고 장래에 서로 남매 삼아 지내게그려. 그런 어림없는 미친 소리는 다 집어치고……."
하면서 형식의 등을 퉁 하고 때린다.

팔에 붉은 헝겊 두른 차장이 지나가다 두 사람을 슬쩍 본다.

형식은 자기의 자리에 돌아와 뒤에 몸을 기대고 가만히 눈을 감았다. 선형은 조는지 무슨 생각을 하는지 그린 듯이 기대어 앉았다.

형식의 가슴속에는 새로운 의문 하나가 일어난다.

대체 자기는 누구를 사랑하는가. 선형인가, 영채인가. 영채를 대하면 영채를 사랑하는 것 같고, 선형을 대하면 선형을 사랑하는 것 같다. 아까 남대문에서 차를 탈 때까지는 자기는 오직 선형에게 몸과 마음을 다 바친 듯하더니 지금 또 영채를 보매, 선형은 둘째가 되고 영채가 자기의 사랑의 대상인 듯도 하다. 그러다가 또 앞에 앉은 선형을 보매 '이야말로 내 아내, 내 사랑하는 아내'라는 생각도 난다.

자기는 선형과 영채를 둘 다 사랑하는가. 그렇다 하면 동시에 두 사람을 다 같이 사랑할 수가 있을까. 남들이 하는 말을 듣거나, 자기가 지금껏 생각하여 온 바로 보건대, 참된 사랑은 결코 동시에 두 사람 이상에 향할 수 없는 것이거늘, 지금 자기의 마음은 어떠한 상태에 있나. 아무렇게 해서라도, 어떠한 표준을 세워서라도 형식은 선형과 영채 양인 중에 한 사람을 골라야 하겠다.

오래 생각한 후에 형식은 이러한 결론에 달하였다.

자기가 선형을 사랑하는 것도 결코 뿌리 깊은 사랑이 아니다.

자기는 선형의 얼굴이 어여쁜 것과 태도가 얌전한 것과 학교에서 우등한 것과 부자요 양반집 딸인 것밖에 아무것도 선형에게 관하여 아는 것이 없다. 나는 아직도 – 약혼한 지금까지도 – 선형의 성격을 알지 못한다.

물론 선형도 자기의 성격을 알지 못한다. 서로 이해함이 없이 참사랑이 성립될 수 있을까? 내 영혼은 과연 선형을 요구하고, 선형의 영혼은 과연 나를 요구하는가? 서로 만날 때에 영혼과 영혼이 마주 합하고, 마음과 마음이 마주 합하였는가?

일언이폐지하면 자기와 선형 사이에는 과연 칼로 끊지 못하고 불로도 끊지 못할 사랑의 사실이 있는가?

이렇게 생각하매 형식은 실망함을 금치 못한다. 자기는 비록 선형에게 이 모든 것을 구하였다 하더라도 선형은 결코 자기에게 영혼도 보이지 아니하고 마음도 주지 아니하였다. 어찌 생각하면 선형에게는 자기에게 내어줄 영혼과 마음이 없는지도 모르겠다.

다만 부모의 명령과 세상의 도덕에 눌려 하릴없이 자기를 따라오는지도 모르겠다. 물론 일찍이 선형이 자기 입으로 "네." 하고 대답은 하였다. 그러나 그 대답이 과연 자각 있게 나온 대답일까?

그러면 자기가 선형에게 대한 사랑은, 즉 항용 사나이들이 고운 기생 같은 여성의 색에 취하여 하는 사랑과 다름이 있을까? 자기의 사랑은 과연 문명의 세례를 받은 전인격적 사랑이라고 할 수 있을까?

115

형식은 결코 지금까지 장난으로 선형을 사랑한 것도 아니요, 육욕으로 사랑한 것도 아니었다.

형식은 그의 동포가 사랑을 장난으로 여기고 희롱으로 여기는 태도에 대하여 큰 불만을 품는다. 자기의 일시 정욕을 만족하기 위하여 이성을 사랑한다 함을 큰 죄악으로 여긴다. 그는 사랑이란 것을 인류의 모든 정신 작용 중에 가장 중하고 거룩한 것의 하나인 줄을 믿는다.

그러므로 자기가 선형을 사랑하는 것은 자기에게 대하여서는 극히 뜻이 깊고 거룩한 일이요, 자기의 동포에게 대하여서는 큰 정신적 혁명으로 생각한다. 그러므로 형식의 사랑에 대한 태도는 종교적으로 진실하고 경건한 것이다. 사랑을 인생의 전체라고까지는 생각하지 않는다 하더라도 사랑에 대한 태도로 족히 인생에 대한 태도를 결정할 수 있다고 믿는다.

그러나 이제 생각하여 보건대 자기의 선형에게 대한 사랑은 너무 유치한 것이었다. 너무 근거가 박약하고 내용이 빈약한 것이었다.

형식은 오늘 저녁에 이것을 깨달았다. 깨달으매 슬펐다. 마치 자기가 일생 경력을 다 들여서 하여 오던 사업이 일조에 헛된 것인 줄을 깨달은 듯한 실망을 맛보았다. 그와 함께 자기의 정신의 발달한 정도가 아직도 극히 유치함을 깨달았다. 자기는 아직 인생을 깨달을 때도 아니요, 따라서 사랑을 의논할 때도 아님을 깨달았다.

그러므로 자기가 오늘날까지 여러 학생에게 문명을 가르치고, 인생을 가르친 것이 극히 외람된 일인 줄도 깨달았다. 자기는 아직도 어린애다. 마침 어른 없는 사회에 처하였으므로 스스로 어른인 체하던 것인 줄을 깨달으매 스스로 부끄러운 생각도 난다.

형식은 생각에 이어 생각을 한다.

나는 조선의 나갈 길을 분명히 알았거니 하였다. 조선 사람의 품을 이상과, 따라서 교육자가 가질 이상을 확실히 잡았거니 하였다. 그러나 이것도 필경은 어린애의 생각에 지나지 못하는 것이다.

나는 아직 조선의 과거를 모르고 현재를 모른다. 조선의 과거를 알려면 우선 역사 보는 안식을 길러 가지고 조선의 역사를 자세히 연구해 볼 필요가 있다. 조선의 현재를 알려면 우선 현대의 문명을 이해하고 세계의 대세를 살펴서 사회와 문명을 이해할 만한 안식을 기른 뒤에 조선의 모든 현재 상태를 주밀히 연구하여야 할 것이다. 조선의 나갈 방향을 알려면 그 과거와 현재를 충분히 이해한 뒤에야 할 것이다.

옳다, 내가 지금껏 생각하여 오던 바, 주장하여 오던 바는 모두 다 어린애의 어린 수작이다.

더구나 나는 인생을 모른다. 내게 무슨 인생의 지식이 있는가. 나는 아직 나를 모른다. 근본적으로 무엇인지는 설혹 알지 못한다 하여도, 적더라도 현재에 내가 세상에 처하여 갈 인생관은 있어야 할 것이다. 옳은 것을 옳다 하고 좋은 것을 좋다고 할 만한 무슨 표준은 있어야 할 것이다. 그런데 내게는 그것이 있는가. 나는 과연 자각한 사람인가.

이렇게 생각하매 형식은 자기의 어리석고 무식한 것이 눈앞에 분명히 보이는 듯하다.

형식은 눈을 떠서 선형을 본다. 선형은 여전히 가만히 앉았다. 형식은 또 생각한다.

나는 선형을 어리고 자각 없는 어린애라 하였다. 그러나 이제 보니 선형이나 자기나 다 같은 어린애다. 조상 적부터 전해 오는 사상의 전통은 다 잃어버리고 혼돈한 외국 사상 속에서 아직 자기네에게 적당하다고 생각하는 바를 택할 줄 몰라서 어쩔 줄을 모르고 방황하는 오라비와 누이 – 생활의 표준도 서지 못하고 민족의 이상도 서지 못한, 세상에 인도하는 자도 없이 내던져진 오라비와 누이 – 이것이 자기와 선형의 모양인 듯하였다.

그리고 형식은 다시 눈을 떠서 선형을 보매 선형은 잠이 들었는지 입을 반쯤 열고 가슴이 들먹들먹한다. 형식은 참지 못하여 무릎 위에 힘없이 놓인 선형의 손에 입을 대었다. 형식의 생각에 선형은 자기의 아내라기보다 같이 손을 끌고 길을 찾아가는 부모 잃은 누이라는 생각이 난다.

옳다, 그러므로 우리들은 배우러 간다. 네나 내나 다 어린애이므로 멀리멀리 문명한 나라로 배우러 간다.

형식은 저편 차에 있는 영채와 병욱을 생각한다. '불쌍한 처녀들!' 한다. 이렇게 생각하니 세 처녀가 다 같이 사랑스러워지고 정다워진다.

형식의 상상은 더욱 날개를 펴서 이희경 일파를 생각하고, 경성학교 학생 전체를 생각하고, 또 서울 장안 길에서 보던 누군지 얼굴도 모르고 성명도 모르는 남녀 학생들과 무수한 어린아이들을 생각한다.

그네들이 모두 다 자기와 같이 장차 나갈 길을 부르짖어 구하는 듯하며, 그네들이 다 자기의 형이요 동생이요 누이들인 것같이 정답게 생각된다.

형식은 마음속으로 커다란 팔을 벌려 그 어린 동생들을 한 팔에 안아 본다. 형식의 생각에 자기와 선형과, 또 병욱과 영채와 그 밖에 누군지 모르나 잘 배우려 하는 사람 몇 십 명 몇 백 명이 조선에 돌아오면 조선은 하루 이틀 동안에 갑자기 새 조선이 될 듯이 생각한다. 그리고 아까 슬픔을 잊어버리고 혼자 빙그레 웃으며 잠이 들었다.

116

그러나 선형의 가슴은 그렇게 평안하지 아니하였다. 형식이 영채를 찾아가고 없는 동안에 더욱 마음이 산란하게 되었다.

영채가 이 차에 탔단 말을 듣고 몹시 괴로워하는 형식의 모양을 보매 암만해도 형식의 마음에는 자기보다도 영채가 더 사랑스러운 것같이 보인다. 설혹 형식의 말과 같이 영채가 죽은 줄을 믿고 자기와 약혼을 하였다 하더라도 형식의 가슴속에는 영채의 기억이 깊이깊이 들어박혀서 자기는 용납할 곳이 없는 것 같다.

영채가 없으므로 부득이 자기를 사랑하려 하다가 이제 영채가 살아난 줄을 알매 다시 영채에게 대한 애정이 일어나는 것 같다. 자기는 형식에게 대하여 임시로 영채를 대신하여 준 듯하다. 이렇게 생각하매 더욱 불쾌하여진다.

'옳지, 영채가 없으니깐 나를 사랑하였지.' 하고 선형은 얼굴을 찌푸린다. '그러면 나는 이형식의 노리개가 되었던가.' 하고 한참 몸을 흔든다. '옳지, 아마 형식이 미국 유학에 탐을 내어서 나와 약혼을 한 게다.' 하고 벌떡 일어선다. '아아, 나는 남의 첩이 된 셈이로구나!' 하고 주먹을 불끈 쥔다. 형식을 정직한 사람으로 믿었던 것이 후회도 난다. '나를 사랑하시오?' 할 때에 '아니오, 나는 당신을 조금도 사랑하지 아니하오.' 하고 슬쩍 돌아서지 못한 것도 분하고, 형식이 손을 잡을 때에 순순히 잡힌 것도 분하고 모든 것이 다 분하여진다.

선형은 다시 펄썩 주저앉으며, '아아, 내가 그러한 사람을 따라 미국을 가누나.' 하고, 방금 울음이 터질 듯이 코를 실룩실룩하기도 한다.

형식이 속으로 자기와 영채를 비교할 것을 생각해 본다. 영채는 참 곱다. 그리고 영리하고 다정하게 생겼다. 선형도 자기가 친히 거울을 대하거나 남의 칭찬하는 말을 들어 자기의 얼굴이 어여쁘고 태도가 얌전한 줄을 안다. 그중에도 자기의 맑은 눈이 여러 사람의 칭찬을 받는 줄을 안다.

그러므로 선형은 자기와 연치가 비슷한 여자를 볼 때에는 반드시 그 얼굴을 자세히 보고, 또 속으로 자기의 얼굴과 비교해 보는 버릇이 있다. 아까도 영채를 보고 곧 자기의 얼굴과 비교해 보았다. 그때에 선형은 영채를 매우 곱게 보았다. '친해 두고 싶은 사람이로군.' 하였다. 그러나 알고 본즉, 그는 다방골 기생이다.

형식이 자기의 얼굴과 더러운 기생의 얼굴을 비교할 것을 생각하매 더할 수 없이 괘씸하다. 영채의 얼굴이 비록 곱다 하더라도 그것은 기생의 얼굴이다. 내 얼굴이 비록 영채의 것만 못하다 하더라도 그것은 양반집 처녀의 얼굴이다. 어찌 감히 비기랴 한다.

형식의 끈끈한 것을 보건대 당당한 여학생인 자기보다도 아양을 떨고 간사를 부리는 영채를 곱게 볼 것 같다. 영채가 무엇이냐, 다방골 기생이 아니냐, 하여 본다.

형식이 계월향이라는 기생과 좋아하다가 평양까지 따라갔다는 말을 들을 제 형식을 조금 의심하게 되고, 그 후 형식이 자기더러 '나를 사랑하시오?' 하고 염치없는 소리를 물으며, 나중에 자기의 손을 잡을 때에 '과연 기생집에나 다니던 버릇이로다.' 하였고, 지금 와서 선형은 더욱 형식을 더럽게 본다.

한참 악감정이 일어난 이 순간에는 선형이 보기에 형식은 모든 더러운 것, 악한 것을 다 갖춘 사람 같다. '아이 어찌해!' 하고 화가 나는 듯이 선형은 고개를 짤래짤래 흔든다. 자기의 앞에, 형식의 빈자리에 허깨비 형식을 그려 놓고, '엑, 나를 속였구나.' 하고 두어 번 눈을 흘겨본다. 그리고는 또 한 번 속에 불이 일어서 몸을 흔든다.

선형은 아직 사람을 미워하여 본 적이 없었다. 팔자 좋은 선형은 미워하려도 미워할 사람이 없었다. 자기를 대하는 사람은 다 자기를 귀여워해 주고 칭찬해 주었다. 학교에서 몇 번 선생을 미워하여 본 적은 있었으나 '아이구 미워.' 하고 얼굴을 찡그리도록 누구를 미워할 기회는 없었다. 형식은 선형에게 처음으로 미움을 받는 사람이다.

형식의 얼굴이 눈앞에 보인다. 그 얼굴이 어찌해 뻔질뻔질해 보이고 천해 보인다. 선형은 그 얼굴을 아니 보려고 눈을 두어 번 감았다 떴다 하며 땀에 축축하니 젖은 머리를 손으로 빡빡 긁었다.

형식은 지금 무엇을 하는가, 영채와 무슨 재미있는 이야기를 하는가, 하여 본다. 쌍긋쌍긋 웃는 영채가 보인다. 그 하얗고 동그스름한 얼굴이 요물스럽게 보인다. '무엇이 고와, 그 얼굴이 고와?' 하고 발을 한 번 들었다 놓는다. 그리고 그 요물스러운 영채가 고개를 갸웃갸웃하여 가며 형식을 호리는 것이 보인다. 그러면 형식은 그 넓적한 입을 헤벌리고 흥흥하면서 징글징글한 웃음을 웃는다.

'아이그, 꼴보기 싫어!' 하며 선형은 두 손길을 펴서 이마에 댄다. '왜 이 사람이 아직 아니 오누.' 하며 자리를 한 번 옮겨 앉는다. '무슨 이야기가 이렇게 많아!' 하며 차마 견딜 수가 없어서 한 번 일어났다가 앉는다.

형식이 돌아오거든 실컷 분풀이를 하고 싶다. '너희들끼리 더럽게 잘 놀아라.' 하고 침을 탁 뱉고 달아나고도 싶다. '아이쿠, 내 팔자야!' 하고 함부로 몸을 흔든다. 한 번 더 '어쩌면 좋아!' 하고 푹 쓰러져 운다.

선형도 계집애다. 질투와 울기를 이리하여 배웠다.

117

형식이 영채한테 간 지가 두 시간이나 세 시간이나 된 듯하다. 퍽도 오래 있는 것 같다. 오래 있는 것 같을수록 선형의 마음이 더욱 산란하였다.

선형은 지금까지 형식에게 사랑을 받고 싶다 하는 생각은 별로 없었다. 형식이 퍽 자기를 사랑하여 주니 자기도 힘껏 형식을 사랑하여 주어야 되겠다 하는 생각은 있었다. 아내 되어서는 지아비를 사랑하라 하였고, 부모께서는 자기더러 이형식의 아내가 되어라 하였으니 자기는 불가불 형식을 사랑하여야 한다는 생각은 있었다.

그러나 형식이 자기더러 요구하는 그러한 사랑, 손을 잡고 허리를 안고 입을 맞추려 하는 사랑은 없었다. 그러므로 만일 어떤 다른 여자가 형식을 안아 준다 하면 자기의 생각이 어떠할까 하는 것은 생각하여 본 적도 없었다.

그러므로 선형은 지금 자기가 가진 생각이 무엇인지를 잘 모른다. 선형도 시기라든지 질투라는 말은 안다. 그러나 시기나 질투는 큰 죄악이라, 자기와 같은 예수도 잘 믿고 교육도 잘 받은 얌전한 아가씨가 가질 것은 아니라 한다.

조물은 각 사람에게 사람으로 배워야만 할 모든 것을 다 가르친다. 그리하되 사람들이 학교에서 하는 것과 같이 책이나 말로써 하지 아니하고 반드시 실험으로써 한다. 조물은 말할 줄을 모르고 오직 실행할 줄만 아니까 그러한가 보다.

선형의 인생의 학과는 이제부터 차차 중등과에 들려 한다. 사랑을 배우고 질투를 배우고 분노하기와 미워하기와 슬퍼하기를 배우기 시작한다.

사람이란 죽는 날까지 이것을 배우는 것이니까 선형이 졸업하려면 아직 멀었다. 이 점으로 보면 영채나 형식은 선형보다 훨씬 상급생이다. 그리고 병욱은 사람들이 조물을 흉내 내어, 또는 조물의 생각을 도적질하여 만들어 놓은 문학이라든지 예술이라든지에서 인생이라는 것을 퍽 많이 배웠다.

사람이란 이러한 과정을 많이 배우면 많이 배울수록 어른이 되어 간다. 즉 천진난만한 어린애의 아리따운 태도가 스러지고 꾀도 있고, 힘도 있고, 고집도 있고, 뜻도 있고, 거짓말도 곧잘 하거니와 옳은 말도 힘 있게 하는 소위 어른이 되어 간다.

정신의 내용이 더욱 풍부하여지고 복잡하여진다. 일언이폐지하고 사람이 되는 것이라.

전에 말한 바와 같이 선형은 아직 천진난만한, 엊그제 하늘에서 뚝 떨어진 어린애다. 오늘에야 처음 사람의 맛을 보았다. 사랑의 불길에, 질투의 물결에 비로소 쓴 것도 같고 단 것도 같은 인생의 맛을 보았다.

옛말에 마마는 백골이라도 한 번은 한다는 셈으로 사람 되고는 한 번은 반드시 이 세례를 받는다. 아니 받고 지났으면 게서 더한 행복도 없을 듯하건마는, 그렇거든 사람으로 아니 나는 것이 좋다. 다나 쓰나 면할 수 없는 운명이다.

우두를 놓으면 천연두를 벗어난다. 아주 벗어나지는 못하더라도, 앓더라도 경하게 앓는다. 그러므로 근년에 와서는 누구든지 우두를 놓으며 그래서 별로 곰보를 보지 못하게 되었다.

정신에도 마마가 있으니까 정신에도 천연두가 있을 것이다. 사랑이라든지 질투라든지 실망, 낙담, 슬픔, 궤휼, 간사, 흉악, 음란, 행복, 기쁨, 성공 등 인생의 만만 현상은 다 일종 정신적 마마다.

소위 약은 부모들은 사랑하는 자녀의 괴로워하는 양을 차마 보지 못하여 아무쪼록 그네로 하여금 일생에 이 마마를 겪지 않도록 하려 하나 그것은 사람의 힘으로는 막지 못할 것이다. 야매한 사람들이 마마에 귀신이 있는 줄로 믿는 것은 잘못이거니와 이 정신적 마마야말로 귀신이 있어서, 지키는 부모 몰래 그네의 사랑하는 자녀의 정신 속에 숨어 들어가는 것이다.

그러므로 자녀에게 인생의 모든 무섭고 더러운 방면을 감추려 함은 마치 공기 중에는 여러 가지 독균이 있다 하여 자녀들을 방 안에 가두어 두는 것과 같다. 그리하여 바깥 독균 많은 공기에 익지 못한 자녀의 내장은 독균이 들어가자마자 곧 열이 나고 설사가 나서 죽어 버린다. 그러나 평생에 바깥 공기에 익어서, 내장에 독균을 대항할 만한 힘을 기르면 여간한 독균이 들어오더라도 무섭지를 아니한다. 한 번 우두로 앓은 사람은 천연두 균을 저항하는 힘이 있는 것과 같다.

선형은 지금껏 방 안에 갇혀 있었다. 그는 공기 중에 독균이 있는 줄도 몰랐다. 그리고 그는 우두도 놓지 아니하였다. 그런데 지금 질투라는 독균이 들어갔다. 사랑이라는 독균이 들어갔다. 그는 지금 어찌할 줄을 모른다. 그가 만일 종교나 문학에서 인생이라는 것을 대강 배워 사랑이 무엇이며 질투가 무엇인지를 알았던들 이 경우에 있어서 어떻게 하여야 할 것을 분명히 알았을 것이건마는, 선형은 처음 이렇게 무서운 변을 당하였다.

선형은 얼마 울다가 고개를 번쩍 들었다. 그리고 지금 지나간 자기의 심리를 돌아보고 깜짝 놀라며 진저리를 쳤다. 선형의 눈은 둥글어진다. '내가 어찌 되었는가' 하고 한참 숨을 멈춘다.

첫 번 지내 보는 그 아픈 경험이 마치 캄캄한 밤과 같은 무서움을 준다. '이게 무엇인가.' 하고 오싹오싹한 소름이 두어 번 전신으로 쪽쪽 지나간다.

그러다가 멀거니 차실을 돌아보면서, '퍽도 오래 있네.' 한다.

118

선형은 몹시 무서운 생각이 난다. 자기의 내장이 온통 빠지직 타는 듯하고 코로는 시커먼 불길이 활활 나오는 듯하다.

씨근씨근하는 자기의 숨소리가 마치 자기의 곁에 어떤 커다란 마귀가 와 서서 후후 찬 입김을 불어 주는 것 같다. 자기의 몸이 마치 성경을 배울 때에 상상하던 컴컴한 지옥 속으로 둥둥 떠 들어가는 것 같다.

선형은 흑 하고 진저리를 치며 차실 내에 여기저기 앉아 조는 사람들을 돌아본다. 그 사람들도 모두 다 무서운 마귀가 된 것 같다. 그 사람의 얼굴들이 금시에 눈을 뚝 부릅뜨고 자기를 향하고 달려들 것 같다.

'아이구 무서워!' 하고, 선형은 두 손으로 얼굴을 가린다. 얼굴을 가리면 영채와 형식의 모양이 또 보인다. 둘이 꼭 쓸어안고 뺨을 마주 대고서 비웃는 얼굴로 자기를 보는 것 같기도 하고, 자기가 그 곁에 섰다가 퉤 하고 침을 뱉으면 영채와 형식이 갑자기 무서운 마귀가 되어서 '응!' 하고 자기를 물어뜯는 것 같기도 하다.

선형은 '아이구 어머니!' 하고 푹 쓰러졌다. 선형의 몸은 알 수 없는 무서움으로 들들 떨린다. 선형은 얼른 하느님 생각을 하고 기도를 하려 하였다. 그러나 '하느님, 하느님' 할 따름이요, 다른 말이 나오지 아니하였다. 그래서 몇 번 하느님을 찾다가 무슨 뜻인지도 모르고 '이 죄인의 죄를 용서하여 주시옵소서.' 하고 말았다. 그만해도 얼마큼 무서운 생각이 없어지고 숨소리가 순하게 되었다. 그래서 선형은 곁에 그리스도가 와서 선 것을 상상하고 가만히 눈을 감고 있었다.

이때 형식이 우선과 더불어 돌아왔고, 또 선형의 손등에 입을 댄 것이다. 선형은 그때에 결코 잠이 든 것은 아니었다. 형식이 돌아오는 줄을 알면서도 일부러 눈을 뜨지 아니하였다. 그러다가 형식의 입술이 자기의 손등에 닿을 때에는 손등으로 형식의 면상을 딱 붙이고 싶도록 미웠다. 이것이 다 기생과 하던 버릇이로구나 하였다. 그리고는 선형도 잠이 들었다.

휘황하던 전등은 밤새도록 이 두 괴로워하는 사람의 얼굴을 비추었고 커다란 눈을 부릅뜬 시커먼 기관차는 캄캄한 밤과 내리쏟는 비를 뚫고 별로 태우고 내리우는 사람도 없이 산굽이를 돌고 굴을 통하여 여러 가지 꿈을 꾸는 갖가지 사람을 싣고 남으로 남으로 향하였다.

두 사람이 잠을 깬 것은 차가 삼랑진역에 닿을 적이었다. 시계의 짧은 침은 벌써 다섯 시를 가리켰으나 하늘이 흐려 아직도 정거장의 등불이 반짝반짝한다.

차장이 모자를 옆에 끼고 은근히 고개를 숙이더니,

"두 군데 선로가 파손되어 네 시간 후가 아니면 발차할 수가 없습니다."

한다.

자다가 깬 손님들은 모두 눈을 비비며 '응, 응' 하고 불평한 소리를 하다가 모두 짐을 꾸며 가지고 내린다. 어떤 사람은 차창으로 내다보다가,

"저 물 보게, 물 보게!"

하며 기쁜지 슬픈지 알 수 없는 감탄을 발한다.

비 외투를 입은 역부들은 나는 상관없다, 하는 듯이 시치미 떼고 슬근슬근 열차 곁으로 왔다 갔다 한다. 정거장은 무슨 큰 일이나 난 듯이 공연히 수선수선한다. 형식은,

"우리도 내리지요. 네 시간을 어떻게 차 속에 있겠어요."

하고 선형을 본다. 선형은 형식의 입을 보고 어제 저녁 자기의 손등에 대던 생각을 하고 속으로 우스워하면서,

"내리지요!"

하고 먼저 일어선다. 형식은 가방과 담요들을 한데 들고 앞서 내리고 선형은 형식이 보던 책과 자기의 손가방을 들고 형식의 뒤를 따라 내렸다.

개찰구 곁에 갔을 적에 병욱이 뛰어오며 뉘게 하는 말인지 모르게,

"내리셔요?"

하고 아침 인사를 잊어버린 것을 생각하고 웃는다.

"네, 네 시간이나 어떻게 기다리겠습니까. 여관에 들어 좀 쉬

지요……. 물구경이나 하고요."

"그러면 저희도 내리겠습니다. 잠깐 기다려 주셔요!"

하더니 저편으로 뛰어간다.

형식과 선형의 눈도 그리로 향하였다. 영채가 이편으로 향한 차창에 서서 물끄러미 바깥을 내다보는 것이 보인다. 그러나 두 사람은 보지 못한 것 같다.

형식은 '어찌하나?' 하고, 선형은 '조 요물이.' 하였다.

병욱이 뛰어가서,

"얘, 우리도 내리자. 저이들도 내리시는데."

하고 뒤를 돌아보는 것을 보고야 비로소 영채도 형식과 선형을 보았다. 그리고 얼른 고개를 움츠렸다.

병욱이 앞서고 영채는 병욱의 뒤에 서서 병욱의 그늘에 자기의 몸을 감추려는 듯이 비실비실 형식의 곁으로 온다. 병욱이 슬적 비켜서매 영채와 형식은 정면으로 마주 서게 되었다.

영채는 형식에게 가볍게 고개를 숙이고 다음에 선형을 향하고 방그레 웃으며 은근하게 인사를 하였다. 선형도 웃으며 답례하였다. 그러나 둘이 다 일시에 얼굴을 붉혔다.

네 사람은 열을 지어서 개찰구를 나섰다. 일없는 손님들은 네 사람의 행색을 유심히 보며 혹 웃기도 하고 수군수군하기도 한다. 마치 형식이 세 누이를 데리고 가는 것 같다.

대합실에서 여관 하인에게 짐을 맡기고 네 사람은 그 하인의 뒤를 따라 나가다가 정거장 모퉁이에 서서 붉은 물이 굽실굽실하는 낙동강을 본다.

119

"아니, 저 물 보셔요!"
하고 병욱이 가시 돋은 철사에 배를 대고 허리를 굽히며 소리를 친다.

다른 세 사람도 속으로는 '저 물 보게.' 하면서도 아무도 입 밖에 말을 내지는 아니한다.

"저것 보게. 저기 저 집들이 반이나 잠겼습니다그려……."
하고 마산선으로 갈려 나가는 길가에 있는 초가집을 가리킨다.

과연 대단한 물이로다. 좌우편 산을 남겨 놓고는 온통 시뻘건 흙물이로다. 강 한가운데로 굼실굼실 소용돌이를 쳐 가며 흘러 내려가는 물소리가 들리는 듯하고 그 물들이 좌우편에 늘어선 산굽이를 파서 얼마 아니되면 산들의 밑이 빠져 나갈 것 같다.

길이 좁아서 미처 빠지지를 못하여 우묵우묵한 웅덩이라는 웅덩이는 하나도 남겨 놓지 않고 쓸어 들여서 진을 치고 앞선

물들이 다 내려가기를 기다리는 것 같다. 길을 잃은 물은 사람 사는 촌중에까지 침입하여 사람들을 다 내몰고 방 안, 부엌, 벽장 할 것 없이 온통 점령을 하고 말았다. 그리고 집을 잃은 사람들은 모두 아이를 업고 늙은이를 이끌고 높은 데 높은 데를 찾아 산으로 기어오른다. 사람들이 중히 여기고 중히 여기어 남을 주기는커녕 잠깐 만져만 보자고 하여도 눈이 벌게지며 '못 한다.' 하던 모든 세간을 그 벌건 물들이 이리 둥실 저리 둥실 띄워 가지고 왔다 갔다 하다가 물결에 강 한복판으로 집어던져 빙글빙글 곤두박질을 하며 한정 없는 바다로 흘려내려 보낸다.

사람들이 여름에 애써서 길러 놓은 곡식들도 그 붉은 물결 속에서 부대끼고 또 부대끼어 그 약한 허리가 부러지는 것도 있을 것이요, 그 부드러운 뿌리가 끊어지는 것도 있을 것이다. 장차 누렇게 열매를 맺어 가을밤 골안개에 무거운 고개를 숙이려 하던 벼의 꽃도 다 말이 못되고 말았을 것이다. 온 땅은 전혀 붉은 물의 세력 하에 들어가고 말았다.

비는 그쳤건마는 하늘에는 언제 쏟아질지 모르는 검은 구름장이 뭉글뭉글 떠돈다. 부리나케 동편을 향하고 달아나다가는 무슨 생각이 나는지 또 서편을 향하고 몰려간다. 이따금 참다못한 듯이 굵은 빗방울이 우수수 떨어진다.

벌거벗은 높은 산에는 갑자기 된 폭포와 시내가 거꾸로 매어

달린 듯이, 마치 검은 바탕에다가 여기저기 되는 대로 흰 줄을 그어 놓은 것 같다. 그 개천들이 벌거벗은 산들의 살을 깎고, 뼈를 우비어 가지고 내려오는 소리가 무섭게 흘러가는 강물 소리와 합하여 웅대한 합주를 듣는 것 같다. 땅은 목말랐던 판에 먹을 수 있는 대로 실컷 물을 먹어서 물렁물렁하게 되었다. 마치 지심까지 들여져 젖을 것 같다. 하늘 위며 땅 밑이 온통 물 세상이로다. 이 물 세상에서 사람들은 '어찌 되려는고.' 하고 하늘만 우러러본다. 병욱은 다시,

"이렇게 물이 많이 나서 흉년이나 아니 들까요?"

하고 형식을 본다. 형식도 우적우적 높은 땅으로 기어오르는 사람들을 보고 섰다가 고개를 병욱에게로 돌리며,

"글쎄올시다. 이제라도 곧 비가 그쳤으면 좋으련마는 이제 하루만 더 오면 연사는 말이 아니될 것 같습니다."

이 말을 하는 동안에 세 처녀는 일제히 형식의 입을 본다. 그네의 속에는 개인을 뛰어난 일종의 근심과 두려움이 찬다. '큰물', '흉년' 하는 생각과, 물소리와 뭉글뭉글하는 구름과, 집을 잃고 높은 땅으로 기어오르는 사람은 그네로 하여금 개인이라는 생각을 잊어버리고 공통한 생각, 즉 사람으로 저마다 가지는 생각을 가지게 되었다. 선형도,

"이제 비가 그치면 오늘 안으로 이 물이 다 찔까요?"

하고 형식을 본다.

"아마, 내일 아침까지는 갈걸요."

한다.

"상류에 비가 아니 오면 곧 빠지지마는 만약 비가 오면……."

하고 영채가 연전 평양은 비도 아니 오는데 대동강이 범람하던 생각을 한다.

"평양 시가에도 물이 들어올 때가 있나요?"

하고 선형이 영채를 보며 묻는다.

"들어오구 말구요. 성내에는 별로 들어오는 일이 없지마는 외성에는 흔히 들어옵니다. 그저께도 외성 신시가로 배를 타구 다녔는데요."

하고 선형의 눈을 슬쩍 본다. 선형이 얼른 눈을 피하였다.

병욱은 한참 듣다가 빙긋 웃으며 속으로, '너희들이 잘 이야기를 한다.' 하였다. 영채는 병욱의 웃는 것을 보고 한 걸음 병욱에게 가까이 가며 남에게 아니 보이게 가만히 병욱의 손을 잡는다. 병욱은 영채의 손을 꼭 쥐어 주었다. 네 사람은 한참이나 말없이 저 보고 싶은 데를 멀거니 보고 있었다. 그러나 네 사람은 공통한 생각을 버리고 각각 제가 되었다.

그러고 본즉 여기 서서 구경할 재미도 없어졌다. 그래도 그냥 우두커니 섰다가 의논한 듯이 네 사람은 슬며시 발을 돌려 거기

서 십여 보가 못되는 여관으로 향하였다. 하녀들과 지배인이

"이랏샤이(어서 오십시오)."

를 부르고 네 사람은 이층 북편 끝 하치조마(八疊間, 팔첩간)로 인도한다. 지나가면서 보건대 각 방에는 손님이 다 찬 모양이요, 모두 무슨 이야기들을 한다. 여관은 물난리 덕에 매우 홍성홍성하게 되었다.

네 사람이 각각 방석을 당기어 깔고 앉자마자 소나기가 쏴 하고 여관의 함석지붕을 때린다.

"아이구, 저 집 잃은 사람들을 어찌해."

하고 세 처녀가 일시에 얼굴을 찌푸린다.

비는 좍좍 퍼붓는다. 방 안은 적적하다.

120

집을 잃은 무리들은 산기슭에 선 대로 비를 함빡 맞아서 전신에서 물이 쪽 흐르게 되었다. 어린아이를 안은 부인들은 허리를 굽혀서 팔과 몸으로 아이들을 가린다. 그러나 갑자기 퍼붓는 빗발에 숨이 막혀서 으아 하고 우는 아이도 있다. 그러면 어머니는 머리에서 흐르는 빗물에 섞인 눈물을 흘리면서 몸을 흔들거

린다.

어떤 노파는 되는 대로 되어라 하는 듯이 우두커니 쭈그리고 앉아서 비에 가려진 먼 산을 바라보고, 어떤 중늙은이는 머리 텁수룩한 총각을 데리고 그늘을 찾아서 뛰어간다.

여름내 김매기에 얼굴이 볕에 그을린 젊은 남녀들은 어찌할 줄을 모르고 멀거니 서서 자기네가 애써 지어 놓은 논 있던 곳을 바라본다. 벌건 물결은 조금 남았던 논까지도 차차 덮고야 말련다.

우르릉하는 우레 소리가 한 번 산천을 흔들 때마다 주렴 같은 비가 앞산으로 고함을 치고 달아 들어가서는 숨쉬듯 불어오는 동남풍에 비스듬히 휘면서 뒷산으로 달아 들어간다. 그러할 때마다 풀대 사이로 흙물이 모래를 밀고 왁 쓸려 내려온다. 또 한 번 우레 소리가 나고는 또 한바탕 앞산 너머로서 모진 비가 밀려 넘어온다.

그 속에 백여 명 사람들은 어찌할 줄을 모르고 가만히 섰다. 처음에는 무서운 마음도 나고 슬픈 마음도 났건마는 한참 지나서는 아무러한 생각도 없이 되었다. 굵은 빗발이 깨어져라 하고 얼굴을 때릴 때마다 흑흑 느끼며 몸을 움츠릴 뿐이라.

여러 사람의 살은 싸늘하게 식었다. 입술은 파랗게 되고 몸이 덜덜덜 떨린다. 눈앞에 늘어 있는 집들에서는 조반 짓는 연기가 나온다. 그 연기도 굴뚝 밖에 나서자마자 지쳐 들어오는 빗발에 기운을 못 쓰고 도로 쫓겨 들어가고 마는 것 같다.

비는 언제 그칠 것 같지도 아니하다. 하늘이 온통 녹아서 비가 되고 말 듯이 쏟아져 내려온다.

그중에 저편 언덕에 지게를 기둥 삼아 낡은 거적 하나를 덮어 놓은 것이 있고, 그 밑에는 어떤 행주치마 입고 얼굴에 주름 잡힌 노파가 입술을 물고 괴로워하는 젊은 부인을 안고 앉았다. 풀물 묻은 잠방이 입은 젊은 남자는 상투 바람으로 우뚝 서서 바람에 날리려는 섬거적을 붙들고 있다.

이편 귀가 들먹하면 이것을 누르고 저편 귀가 들먹하면 저것을 누른다. 노파에게 안긴 젊은 부인은 괴로움을 견디지 못하는 듯이 몸을 비틀고 이따금 아이쿠 아이쿠 하고 소리를 친다. 그러할 때마다 노파는 더 힘껏 그 부인을 껴안아 주고 젊은 남자는 고개를 기울여 들여다본다. 산에서 흘러 내려오는 물이 흙을 밀어다가 노파의 몸을 섬 삼아 좌우로 흘러 내려간다. 노파와 젊은 부인의 치맛자락이 흙에 묻혔다 나왔다 한다.

이윽고 우레 소리가 저 멀리 서편으로 달아나며 비가 차차 그치고 어둡던 천지가 좀 밝아진다. 산들이 모두 제 모양이 될 때에는 사방으로 흘러내리는 물소리만 콸콸하게 들린다.

이때에 젊은 남자는 섬거적을 벗겨 내버리고 허리를 굽혀 젊

은 부인의 얼굴을 들여다보면서,

"어떤고?"

한다. 그러나 부인은 몸을 비틀 뿐이요, 아무 대답도 없다. 노파가 부인의 손을 만지며,

"이것 보려무나. 이렇게 전신이 얼음장같이 차구나. 어떻게 하면 좋으냐?"

하고 화증을 내며 눈물을 흘린다.

"어떻게 하나?"

하고 젊은 사람도 얼굴을 찌푸린다. 부인은 또 한 번 몸을 비틀면서,

"아이쿠, 창자가 끊어지는 것 같소."

하고는 말끝에 울음이 나온다. 전신은 흙투성이가 되었다.

"얘, 그래도 어느 집에 가서 말을 해 봐라. 그래도 인정이 있지, 그렇겠니?"

"어느 집에를 가요. 누가 앓는 사람을 들인답디까?"

이때에 저편으로서 지금 바로 조반을 먹은 형식의 일행이 나와서 차차 이편을 향하고 온다. 몸에서 물이 흐르는 사람들은 땅바닥에 그냥 주저앉아서 말없이 일행이 지나가는 것을 본다. 다른 객들도 둘씩 셋씩 담배를 피워 물고 물 구경을 나온다. 갑작스런 비에 흙이 다 씻겨 나가서 길은 번번하다. 다만 여기저

기 도랑이 져서 물이 흘러 내려갈 뿐이다. 앞서서 오던 병욱은 앓는 부인 앞에 서며,

"어디가 편치 않아요?"

할 때에 남자는 한 번 슬쩍 병욱을 보고는 부끄러운 듯이 고개를 숙인다.

형식과 선형과 영채도 그 앞에 와 선다. 흙투성이가 된 부인은 또 한 번 몸을 비틀며,

"아이쿠!"

한다. 노파는 그 바람에 뒤로 쓰러졌다가 손에 묻은 흙을 자기의 팔과 허리에 되는 대로 문대면서,

"만삭 된 태모야요. 그런데 새벽부터 이렇게 배가 아프다고……."

하며 말끝을 못 맺는다.

"댁은 어디인데요?"

하고 형식이 묻자,

"저 물속에 들어갔답니다. 그 웬수의 물이……. 아아, 사람을 살려 줍시오!"

부인은 또 한 번,

"아이쿠!"

하며 숨이 막힐 것 같다. 병욱은 부인의 손을 만져 보더니 형식

을 돌아보며,

"여봅시오, 가서 방을 하나 빌려 가지고 병인을 들여다 누입시다. 아마 산기가 있나 봅니다."

한다.

영채와 선형은 얼굴을 찡그린다. 그중에도 선형은 무서운 것이나 본 듯이 진저리를 치며 한 걸음 물러선다.

형식은 집 있는 데로 달음질을 하여 간다. 일동은 형식의 가는 양을 보고 섰다.

121

병욱이 적삼 소매와 치마를 걷고 앉아서 부인의 손을 주무르며,

"얘, 영채야, 자 우선 좀 주무르자."

영채도 병욱과 같이 소매와 치마를 걷고 노파의 뒤로 가며,

"자, 어머니는 좀 일어납시오."

하고 자기가 대신 병인을 안으려 한다.

"웬걸요, 전신이 흙투성이야요. 고운 옷에 흙 묻으리다."

하고 좀처럼 듣지 아니한다.

하릴없이 영채는 그 곁에 앉아서 흐트러진 부인의 머리를 거누어 준다. 선형은 앉아서 발과 다리를 주무른다. 구경꾼들이 죽 둘러선다. 세 처녀의 하얀 손에는 누런 흙이 묻는다.

얼마 않아서 형식이 땀을 흘리며 뛰어오더니,

"자, 저리로 갑시다. 방에 불을 때라고 이르고 왔으니……."

노파는 눈물을 흘리고,

"생아자 부모라니, 이런 고마운 일이 없쇠다. 아이고, 이 은혜를 어떻게 갚나."

하고 젊은 사람더러,

"애, 자 업고 가자."

하며 병인을 일으켜 앉힌다. 젊은 사람은 아무 말도 없이 형식의 일행을 실적 보며 병인을 업고 일어난다. 병인은 두 팔로 업은 사람의 목을 쓸어안고 얼굴을 어깨에 비빈다.

형식이 앞서고 흙 묻은 노파가 한 손으로 병인의 등을 누르고 세 처녀가 뒤로 따라온다. 구경꾼들도 수군수군하면서 한참 따라오더니 하나씩 둘씩 다 떨어지고 말았다.

객주에 들여다가 옷을 갈아입혀 누이고, 일변 형식이 의사를 불러오며, 일변 세 처녀가 전신을 주물렀다. 노파는 병인의 머리맡에 앉아서 울기만 하더니 가슴이 아프다고 하며 눕는다. 젊어서 가슴앓이가 있었는데 종일 찬비에 몸이 식어서 또 일어난 것이다.

영채와 선형은 태모를 맡고, 병욱은 노파를 맡아서 간호한다. 노파는 한참씩 정신을 못 차리다가도 조금 정신이 들면,

"이런 은혜가 없어요. 백골난망이외다. 부대 수부귀다남자하고 아들딸 많이 낳고 잘살다가 극락세계에 가시오."

한다. 세 처녀는 고개를 숙이고 씩 웃었다.

영채와 선형은 땀을 흘리며 태모의 사지를 주무르고 배도 쓸어 준다. 영채의 손과 선형의 손이 가끔 마주 닿는다. 그러할 때마다 두 처녀는 슬쩍 마주 본다. 영채가 선형더러,

"제가 부엌에 가서 물을 끓여 올게요."

하고 일어선다. 선형은,

"아니오, 제가 끓이지요……."

하는 것을 영채가 선형의 손을 잡아 앉히며,

"어서 주무르셔요. 제가 끓여 올게요."

하고 일어나 나간다.

선형은 물끄러미 영채의 나가는 양을 본다. 그리고 가만히 눈을 감는다. 선형은 지금 어쩐 영문을 모른다. 병욱은 영채와 선형의 말하는 양을 보고 혼자 빙긋 웃는다.

영채가 물을 끓여 가지고 들어와서 선형으로 더불어 태모의 손발을 씻을 적에 형식이 의사를 데리고 왔다.

의원이 진찰하는 동안에 일동은 뻥 둘러서서 의사의 입과 눈만 바라보고 지금껏 말없이 문밖에 앉았던 젊은 사람도 고개를 디밀어 물끄러미 진찰하는 양을 본다.

"염려할 것은 없소."

하고 의사는 약을 보낸다고 젊은 사람을 데리고 갔다.

태모와 노파는 이제는 적이 정신을 차리고 이따금 괴로워하기는 하면서도 얼마큼 낯빛이 순하게 되었다. 노파는 연방 '이런 은혜가 없어요. 부대 수부귀다남자하라.'는 축원을 한다.

노파의 말을 듣건대…….

노파는 젊어서 과부가 되어 아들 하나를 데리고 갖은 고생을 다 하다가 아들이 점점 자라서 며느리도 얻게 되고 남의 땅일망정 농사를 지어 이럭저럭 재미롭게 살 만치 되어 자기 손으로 조그마한 집도 짓고 밭도 한 조각 사게 되었다.

또 며느리가 태중이므로 어서 손자를 안아 보았으면 남부러울 것이 없으리라 하였다. 그랬더니 어저께 물에 농사지은 것은 말끔 물속으로 들어가고 오늘 새벽에는 집까지 물에 들어가고 말았다. 여기까지 말하고는 노파는 흑흑 느끼며,

"집이 떠나가지나 아니했으면 좋겠어요."

한다. 육십 년 근고로 얻은 집이 만일 한 번 떠나가고 말면 노파는 생전에 다시 제 집이라 구경을 못하고 말 것이다. 손자를 안

아 보고 제 집 아랫목에서 죽는 것이 노파의 유일한 소원일 것이다.

그 집이란 것이야 팔아도 십 원을 받기가 어렵지마는 이 가족에게는 대궐보다도 더 중한 것이다. 노파의 눈에는 그 돌담 두른 조그마한 집만 보인다. 물결이 그 집을 헐 것을 생각할 때마다 노파는 마치 자기의 살점을 베어 내는 듯하였다. 그래서

"조금 낙을 볼까 하면 이렇게 됩니다그려. 전생에 내가 무슨 죄를 지어서 이렇게 자식까지 앙화를 받는지요."

한다.

"그렇게 생각하지 맙시오! 이제 또 잘살게 되지요. 하느님이 아니 계십니까."

하고 영채가 위로를 한다. 그러고는 어제 저녁에 자기가 병욱에게 위로를 받던 생각이 나서 속으로 우스워진다.

"아이구, 이제는 저승에나 가서 잘살는지……."

하다가 중동에 말을 그치고 고개를 번쩍 들어 며느리를 보며,

"얘, 배 아프기가 좀 나으냐. 이 어른들 아니더면 꼭 죽을 뻔했다."

하고 또 수부귀다남자를 부른다.

122

병욱은 경찰서에 들어가 서장에게 면회하기를 청하였다. 서장은 이상한 듯이 병욱을 보더니,

"무슨 일이오?"

한다.

"다른 일이 아니라……."

하고, 저 수재를 당한 사람들 중에는 병인도 있고, 태모도 있고, 젖먹이 가진 부인도 있는데, 조반도 못 먹고 비를 맞고 떠는 정경이 가련하며, 더구나 어머니가 무엇을 먹지 못하였으므로 젖이 아니 나서 어린아이들의 우는 양은 차마 못 보겠다는 말을 한 뒤에, 그래서 마침 부산 가는 기차가 비에 걸려서 오후까지 머물게 되었으니, 음악회를 열어 거기서 수입된 돈으로 불쌍한 사람들에게 따뜻한 국밥이라도 만들어 먹이고 싶다는 뜻을 말하고 허가와 원조하여 주기를 청하였다.

서장은 점점 놀라하는 빛을 보이더니,

"그러면 음악할 줄 아는 이가 있나요?"

하고 감격한 목소리로 대답한다.

"잘하기야 어떻게 바라겠습니까마는 제가 음악학교에 다닙니다. 그리고 동행하는 여자가 두어 사람 되는데 여학교에서 배

운 창가마디나 하고요…….”

서장은 이 말에 지극히 감복하여,

“참 당국에서도 구제 방침을 연구하던 중이외다. 그러나 갑자기 일어난 일이니까.”

하고 잠시 생각하더니,

“참 감사하외다. 허가야 물론이지요.”

하고 벌떡 일어나서 모자를 쓰고 나온다.

서장은 일변 정거장에 나가서 역장과 교섭하여 대합실을 회장으로 쓰기로 하고, 일변 순사를 파송하여 각 여관과 시가에 이 뜻을 말하게 하였다. 중간에서 사오 시간이나 기다리기에 답답증이 났던 승객들은 일제히 대합실에 모여들었다.

그 속에는 간혹 흰옷 입은 삼등객도 섞였다. 걸상을 있는 대로 내다 놓고, 근처 여관에서도 걸상을 모아다가 둘러놓았다. 좁은 대합실은 가득 찼다. 출찰구 곁에 큰 테이블을 놓아서 무대를 만들었다. ‘자선 음악회’라는 말은 들었으나 어떠한 사람이 나오는지 모르는 군중은 눈이 둥글하여 무대만 바라본다.

이윽고 서장이 무대 곁으로 가더니 일동을 둘러보며,

“이렇게 모이시기를 청한 것은 다름이 아니외다. 여러분! 저 산기슭을 보시오. 저기는 수재를 당하여 집을 잃은 불쌍한 동포가 밥도 못 먹고 비에 젖어서 방황합니다. 그런데 아까 어떤 아름다운 처녀가 경찰서에 와서 저 불쌍한 동포들에게 한 끼나 따뜻한 밥을 먹이기 위하여 음악회를 열게 하여 달라 합디다. 우리는 그 처녀가 얼마나 음악을 잘하는지를 모르거니와 그의 아름다운 정성이 족히 피 있고 눈물 있는 신사 숙녀 제씨를 감동시킬 줄을 확신합니다."
하며, 서장은 눈물이 흐르고 말이 막힌다.

일동의 얼굴에는 찌르르 하는 감동이 휙 지나간다. 여기저기서 코를 푸는 부인의 소리도 난다. 서장은 말을 이어,

"여러분! 우리는 그 처녀의 정성에 대답함이 있어야 할 것이외다. 이제 그 처녀를 소개합니다."
하고 저편 구석에 가지런히 섰던 세 처녀를 부른다.

바이올린을 든 병욱을 선두로 하여 세 처녀는 은근히 일동에게 경례를 한다. 대합실이 터져라 하고 박수하는 소리가 들린다. 어떤 사람은 감격함이 극하여 소리를 치는 이도 있다.

병욱은 세 사람을 대표하여,

"저희는 음악을 알아서 하려 함이 아니올시다. 다만 여러분 어른께서 동정을 줍시사 함이외다. 더구나 행리 중에 보표(譜表)가 없으니 따로 외워 하는 것이라 잘못되는 것도 많을 것이올시다."
하고 고개를 기울여 바이올린 줄을 고른 뒤에 '아이다의 비곡'

을 시작하였다.

일동은 잠잠하다. 끊이는 듯 잇는 듯한 네 줄의 슬픈 소리만 여러 사람의 가슴속을 살살 울린다.

그 곡조는 이러한 경우에 가장 적당한 곡조였다. 그렇지 아니하여도 슬픔에 가슴이 눌렸던 일동은 그만 울고 싶도록 되고 말았다. 병욱의 손이 바이올린의 활을 따라 혹은 자주, 혹은 더디게 오르고 내릴 때마다 일동의 숨소리도 그것을 맞추어서 끊었다 이었다 하는 듯하였다.

그 슬픈 곡조를 듣는 맛을 내가 길게 말하는 것보다 천고의 신인 강주사마(江州司馬)의 비파행(琵琶行)을 생각하는 것이 제일 편할 것이다. 애원한 가는 소리가 영원히 끊기지 아니할 듯이 길게 울더니 병욱은 바이올린을 안고 고개를 숙였다.

아까보다 더한 박수성이 일어나고 한 곡조 더 하라는 소리가 일어난다. 병욱의 얼굴에는 복숭아 꽃빛이 비치었다.

다음에는 영채가 병욱에게 배운 찬미가 '지난 일 생각하니 부끄럽도다'의 독창이 있었다. 병욱의 바이올린에 맞춰서 영채는 얼굴에 표정을 하여 가며 부른다.

십여 년 연단한 목소리는 과연 자유자재하였다. 바이올린의 고상한 곡조를 들을 줄 모르던 사람들도 영채의 고운 목소리에는 취하였다. '흐르는 두 줄 눈물 뿌릴 곳 없어' 할 때에는 일동의 눈에 눈물이 돌았다.

다음에 영채가 한문으로 짓고 형식이 번역한 노래를 세 처녀가 합창하였다. 그것은 집을 잃고 비에 젖은 불쌍한 사람들을 두고 지은 것인데, 이 노래는 듣는 사람에게 더욱 깊은 감동을 주었다.

그 노래는 이러하다.

123

어린 아기 보챕니다
젖 달라고 보챕니다.
짜도 젖이 아니 나니
무엇 먹여 살리리까.
봄에나 여름에나
애써 벌어 놓았던 걸
사정없는 붉은 물결
하룻밤에 쓸어 나가
비가 오고 바람 치고
날새조차 저뭅니다.

늙은 부모 어린 처자
집 없으니 어디서 자
따뜻한 밥 한 그릇
국에 말아 드립시다.
따뜻한 밥 한 그릇
국에 말아 드립시다.

순박한 이 노래와 다정한 그 곡조는 마침내 일동의 눈물을 받고야 말았다. 정성되고 엄숙한 박수 소리에 세 처녀는 은근히 경례하고 물러났다. 박수 소리가 끝나기를 기다려 서장이 다시 일어나,

"여러분의 눈에는 감격의 눈물이 있습니다. 본직은 감히 여러분을 대표하여 세 처녀에게 감사한 뜻을 표합니다."
하고 세 사람을 향하여 고개를 숙인다. 세 사람은 답례한다. 일동은 박수한다.

이리하여 한 시간이 못 되는 짧은 음악회가 끝났다. 여러 사람은 즉석에 돈 팔십여 원을 모두었다. 서장은 그 돈을 병욱에게 주며,

"어떻게 쓰든지 당신의 뜻대로 하시오."
한다. 이는 병욱에게 경의를 표하는 뜻이다. 그러나 병욱은 사

양하며,

"그것은 서장께서 맡아 하시기를 바랍니다."

하였다.

서장은 병욱에게서 그 돈을 받는 듯이 또 한 번 고개를 숙이고 일동을 향하여 그 돈으로 될 수 있는 대로 좋은 방법을 취하여 수재 만난 사람을 구제하겠노라 하였다. 일동은 병욱과 다른 두 사람의 성명을 듣고자 하였으나 그네는 다만 고개를 숙일 뿐이요, 말이 없었다.

이러하는 동안에 집 잃은 사람들은 여전히 어찌할 줄을 모르고 땅바닥에 앉아 있었다. 차차 시장증이 나고 몸이 떨리기 시작하였으나 그네에게는 아무 방책도 없었다. 그네는 다만 되어가는 대로 되기를 바랄 뿐이다.

그네는 과연 아무 힘이 없다. 자연의 폭력에 대하여서야 누구라서 능히 저항하리요마는 그네는 너무도 힘이 없다. 일생에 뼈가 휘도록 애써서 쌓아 놓은 생활의 근거를 하룻밤 비에 다 씻겨 내려 보내고 말리 만큼 그네는 힘이 없다. 그네의 생활의 근거는 마치 모래로 쌓아 놓은 것 같다. 이제 비가 그치고 물이 나가면 그네는 흩어진 모래를 긁어모아서 새 생활의 근거를 쌓는다. 마치 개미가 그 가늘고 연약한 발로 땅을 파서 둥지를 만드는 것과 같다.

하룻밤 비에 모든 것을 잃어버리고 발발 떠는 그네들이 어찌 보면 가련하기도 하지마는 또 어찌 보면 너무 약하고 어리석어 보인다. 그네의 얼굴을 보건대 무슨 지혜가 있을 것 같지 아니하다. 모두 다 미련해 보이고 무감각해 보인다. 그네는 몇 푼어치 아니되는 농사한 지식을 가지고 그저 땅을 팔 뿐이다. 이리하여서 몇 해 동안 하느님이 가만히 두면 썩은 볏섬이나 모아 두었다가는 한 번 물이 나면 다 씻겨 보내고 만다. 그래서 그네는 영원히 더 부하여짐 없이 점점 더 가난하여진다. 그래서 몸은 점점 더 약하여지고 머리는 점점 더 미련하여진다. 저대로 내버려 두면 마침내 북해도의 '아이누'나 다름없는 종자가 되고 말 것 같다.

저들에게 힘을 주어야 하겠다. 지식을 주어야 하겠다. 그리해서 생활의 근거를 안전하게 하여 주어야 하겠다. 과학! 과학! 하고 형식은 여관에 돌아와 앉아서 혼자 부르짖었다. 세 처녀는 형식을 본다.

"조선 사람에게 무엇보다 먼저 과학을 주어야겠어요. 지식을 주어야겠어요."
하고 주먹을 불끈 쥐며 자리에서 일어나 방 안을 거닌다.

"여러분은 오늘 그 광경을 보고 어떻게 생각하십니까?"

이 말에 세 사람은 어떻게 대답할 줄을 몰랐다. 한참 있다가

병욱이,

"불쌍하게 생각했지요."

하고 웃으며,

"그렇지 않아요?"

한다. 모두는 오늘 같이 활동하는 동안에 훨씬 친하여졌다.

"그렇지요, 불쌍하지요. 그러면 그 원인이 어디 있을까요?"

"물론 문명이 없는 데 있겠지요. 생활하여 갈 힘이 없는 데 있겠지요."

"그러면 어떻게 해야 저들을……, 저들이 아니라 우리들이외다. 저들을 구제할까요?"

하고 형식은 병욱을 본다. 영채와 선형은 형식과 병욱의 얼굴을 번갈아 본다.

병욱은 자신 있는 듯이,

"힘을 주어야지요. 문명을 주어야지요."

"그리하려면?"

"가르쳐야지요. 인도해야지요."

"어떻게요?"

"교육으로, 실행으로."

영채와 선형은 이 문답의 뜻을 자세히는 모른다. 물론 자기네가 아는 줄 믿지마는 형식이와 병욱이 아는 만큼 절실하게, 단

단하게 알지는 못한다.

그러나 방금 눈에 보는 사실이 그네에게 산교육을 주었다. 그것은 학교에서도 배우지 못할 것이요, 대웅변에서도 배우지 못할 것이었다.

124

일동의 정신은 긴장하였다. 더구나 영채는 아직도 이러한 큰 문제를 논란하는 것을 듣지 못하였다. '어떻게 하면 저들을 구제하나?' 함은 참 큰 문제였다.

이러한 큰 문제를 논란하는 형식과 병욱은 매우 큰 사람같이 보였다. 영채는 두자미며, 소동파의 세상을 근심하는 시구를 생각하고, 또 오 년 전 월화와 함께 대성학교장의 연설을 듣던 것을 생각하였다. 그때에는 아직 나이가 어려서 분명히 알아듣지는 못하였거니와 '여러분의 조상은 결코 여러분과 같이 못생기지는 아니하였습니다.' 할 때에 과연 지금 날마다 만나는 사람은 못생긴 사람들이다 하던 생각이 난다.

영채는 그 말과 형식의 말에 공통한 점이 있는 듯이 생각하였다. 그리고 한 번 더 형식을 보았다. 형식은,

"옳습니다. 교육으로, 실행으로 저들을 가르쳐야지요, 인도해야지요. 그러나 그것은 누가 하나요?"
하고 형식은 입을 꽉 다문다. 세 처녀는 몸에 소름이 끼친다.

형식은 한 번 더 힘 있게,

"그것을 누가 하나요?"
하고 세 처녀를 골고루 본다. 세 처녀는 아직도 경험하여 보지 못한 듯한 말할 수 없는 정신의 감동을 깨달았다. 그리고 일시에 소름이 쭉 끼쳤다. 형식은 한 번 더,

"그것을 누가 하나요?"
하였다.

"우리가 하지요!"
하는 대답이 기약하지 아니하고 세 처녀의 입에서 떨어진다. 네 사람의 눈앞에는 불길이 번쩍하는 듯하였다. 마치 큰 지진이 있어서 온 땅이 떨리는 듯하였다. 형식은 한참 고개를 숙이고 앉았더니,

"옳습니다. 우리가 해야지요! 우리가 공부하러 가는 뜻이 여기 있습니다. 우리가 지금 차를 타고 가는 돈이며 가서 공부할 학비를 누가 주나요? 조선이 주는 것입니다. 왜? 가서 힘을 얻어 오라고, 지식을 얻어 오라고, 문명을 얻어 오라고……. 그리해서 새로운 문명 위에 튼튼한 생활의 기초를 세워 달라고, 이

러한 뜻이 아닙니까."

하고 호주머니에서 돈지갑을 내어 푸른 차표를 꺼내 들면서,

"이 차표 속에는 저기서 들들 떠는 저 사람들……. 아까 그 젊은 사람의 땀도 몇 방울 들었어요! 부디 다시는 이러한 불쌍한 경우를 당하지 말게 하여 달라고요……."

하고 형식은 새로 결심하는 듯이 한 번 몸과 고개를 흔든다. 세 처녀도 그와 같이 몸을 흔들었다.

이때에 네 사람의 가슴속에는 꼭 같은 '나의 할 일'이 번개같이 지나간다. 너와 나라는 차별이 없이 온통 한몸, 한마음이 된 듯하였다.

선형도 아까 영채가 '제 물 끓여 올게요.' 하고 자기의 손목을 잡아 앉힐 때부터 차차 영채가 정다운 생각이 나고, 또 영채가 지은 노래를 셋이 합창할 때에는 영채의 손을 잡아 주도록 정다운 생각이 나고, 또 지금 세 사람이 일제히 '우리가 하지요!' 할 때에 더욱 영채가 정답게 되었다. 그리고 형식이 지금 병욱과 문답할 때에는 그 얼굴에 일종 거룩하고 엄숙한 기운이 보여 지금껏 자기가 그에게 대하여 하여 오던 생각이 죄송한 듯하다. 자기는 언제까지 형식과 영채를 같이 사랑하고 싶었다. 그래서 새로이 형식과 영채의 얼굴을 보았다.

형식은 숙였던 고개를 들어,

"우리가 늙어 죽게 될 때에는 기어이 이보다 훨씬 좋은 조선을 보도록 합시다. 우리가 게으르고 힘없던 우리 조상을 원통히 여기는 것을 생각하여, 우리는 우리 자손에게 고마운 조상이라는 말을 듣게 합시다."

하고 웃으며,

"이 자리에서 우리가 장래에 나아갈 길이나 서로 말합시다."

하고 세 사람을 본다. 세 사람도 그제야 엄숙하던 얼굴이 풀리고 방그레 웃는다.

"선생께서 먼저 말씀하셔요!"

하고 병욱이 권할 때에 문밖에서,

"들어가도 관계치 않습니까?"

하고 우선의 목소리가 들린다. 형식은 벌떡 일어나 문을 열고 우선의 손을 잡으면서,

"어떻게 지금 오나?"

우선은 세 사람을 향하여 고개를 숙이고 인사한 뒤에 형식의 곁에 앉으며,

"사(社)에서 삼랑진 근방에 물 구경을 하고 오라고 전보를 했데그려."

하고 손으로 턱을 한 번 쓴다. 영채는 고개를 숙였다.

"그런데 우리가 여기 있는 줄은 어떻게 알았나?"

"정거장에 와서 다 들었네."

하고 여자들에게 절을 하며,

"참 감사합니다. 지금 정거장에서는 칭찬이 비 오듯 합니다. 어, 과연 상쾌하외다."

하고 정거장에서 들은 말을 대개 한 뒤에 형식더러,

"오늘 일을 신문에 내도 좋겠지?"

형식은 대답 없이 병욱을 보다가,

"물론 관계치 않겠지요?"

한다.

"아이구, 그것은 내서 무엇합니까."

"그럴 수가 있습니까. 저 같은 놈도 큰 감동을 받았는데……. 참 말만 듣고도 눈물이 흐를 뻔하였습니다."

한다.

과연 정거장에서 어떤 승객에게 그 말을 들을 때에 우선은 지극히 감동한 바 되었다. 원래 호활한 우선이 그처럼 눈물이 흐르도록 감동되기는 영채가 죽으러 간 때와 이번뿐이다.

우선은 정거장에서부터 병욱 일파를 만나면 기어이 하려던 말이 있었다. 그래서 하인이 가져온 차를 마시며,

"지금 무슨 하시던 말씀이 있어요?"

하고 자기가 말할 기회를 얻으려 한다.

125

“응, 지금 우리는 장차 무엇으로 조선 사람을 구제할까 하고 각각 제 목적을 말하려던 중일세.”

“네, 그러면 저도 좀 듣지요!”

처녀들은 그의 대팻밥모자와 말하는 모양이 우스워서 터져 나오려는 웃음을 꿀꺽 참는다. 영채 하나만 어찌할 줄을 몰라서 얼굴을 잠깐 붉히나 우선은 영채를 보면서도 모르는 체한다.

“어느 분 차례입니까?”

하는 우선의 말에,

“내 차례인가 보네.”

“응, 그러면 말하게”

하고 눈을 감고 고개를 숙이며 들을 준비를 한다.

병욱은 영채의 옆구리를 꾹 찔렀다. 선형은 웃음을 참느라고 살짝 고개를 돌린다.

“나는 교육가가 되렵니다. 그리고 전문으로는 생물학을 연구하렵니다.”

그러나 듣는 사람 중에는 생물학의 뜻을 아는 자가 없었다. 이렇게 말하는 형식도 물론 생물학이란 참뜻을 알지 못하였다.

다만 자연 과학을 중히 여기는 사상과 생물학이 가장 자기의 성미에 맞을 듯하여 그렇게 작정한 것이다. 생물학이 무엇인지도 모르면서 새 문명을 건설하겠다고 자담하는 그네의 신세도 불쌍하고 그네를 믿는 시대도 불쌍하다.

형식은 병욱을 향하여,

"물론 음악이시겠지요?"

"네, 저는 음악입니다."

"또 영채 씨는?"

영채는 말없이 병욱을 본다. 병욱은 어서 말해라 하고 눈짓을 한다.

"저도 음악입니다."

'선형 씨는?' 하는 말이 나오지 아니하여서 형식은 가만히 앉았다. 여러 사람은 웃었다.

선형은 얼굴을 붉혔다.

"선형 씨는 무엇이오……. 물론 교육이겠지."

하고 병욱이 웃는다. 모두 웃는다. 형식도 고개를 수그렸다.

선형도 병욱이 첫마디에 '네, 저는 음악입니다.' 하고 활발히 대답하는 것이 부러웠다. 그래서

"저는 수학을 배울랍니다."

하고 있는 힘을 다하여서 말하였다. 학교에서 수학을 잘한다고 선생에게 칭찬받던 생각이 난 것이다. 다른 사람들도 수학이 좋

은 것인 줄은 알았으나 수학과 인생에 어떠한 관계가 있는지를 모른다.

"그담에는 자네 차례일세."

"나는 붓이나 들지."

한참 말이 없었다. 제가끔 제 장래를 그려 본다. 그리고 그 장래의 귀착점은 다 같았다.

우선이 고개를 숙이고 우두커니 무슨 생각을 하는 것을 보고 형식이,

"왜, 오늘은 그렇게 점잖아졌나?"

하고 웃는다.

우선이 고개를 들더니,

"언제인가 자네가 날더러 인생은 장난이 아니라고, 나는 인생을 희롱으로 본다고 그랬지. 진지하게 생각지를 않는다고……."

"글쎄, 그런 일이 있던가."

"과연 그게 옳은 말일세. 나는 지금까지 인생을 장난으로 보아 왔네. 내가 술을 많이 먹는 것이라든지……. 또 되는 대로 노는 것이 확실히 인생을 장난으로 여기던 증거지. 나는 도리어 자네가 너무 진지한 것을 속이 좁다고 비웃어 왔지마는, 요컨대 내가 잘못 생각했던 것이어……."

여기까지 와서는 형식도 우선의 말이 오늘은 농담이 아닌 것을 깨닫고 정색하고 우선의 얼굴을 본다. 세 처녀도 정색하고 듣는다. 과연 우선의 얼굴에는 무슨 결심의 빛이 보인다.

우선은 말을 이어,

"오늘 와서 깨달았네. 오늘 정거장에서 음악회를 했다는 말을 듣고 비로소 깨달았네. 나는 차 타고 지나오면서 산기슭에 선 사람들을 보고 불쌍하다는 생각도 나기는 났지마는 그 꾀죄하고 섰는 양이 우스워서 웃기부터 하였네. 나는 어떻게 하면 저들을 건지나 하는 생각도 아니하고, 그들을 위해서 눈물도 아니 흘렸네. 그리고 차를 내리면 얼른 구경을 가리라, 가서 시나 한 수 지으리라, 하고 울기는커녕 웃으면서 내려 가지고, 그 말을 들을 때에 나는 가슴이 뜨끔하였네. 더구나 젊은 여자가……."

하고 감격한 듯이 말을 맺지 못한다. 듣던 사람들도 묵묵하다.

우선은 말을 이어,

"나도 오늘 이때, 이 땅 사람이 되었네. 힘껏, 정성껏 붓대를 둘러서 조금이라도 사회에 공헌함이 있으려 하네. 이제 한 시간이 못하여 자네와 작별을 하면 아마 사오 년 되어야 만나게 되겠네그려. 멀리 간 뒤에라도 내가 이전 신우선이 아닌 줄로 알고 있게. 나는 자네와 떠나기 전에 이 말을 하게 된 것을 큰 기쁨으로 아네."

하고 손을 내밀어 형식의 손을 잡는다.

형식도 꼭 우선의 손을 잡아 흔들며,

"기쁜 말일세. 물론 자네가 언제인들 잘못한 일이 있었겠나마는 그처럼 새 결심한 것이 무한히 기쁘이……"

우선은 한참 주저하다가,

"영채 씨, 이전 버릇없던 것은 다 용서합시오! 저도 이제부터 새사람이 되렵니다. 부대 공부 잘하셔서 큰일 하십시오."
하고 길게 한숨을 쉰다.

영채의 눈에서는 눈물이 뚝뚝 떨어진다. 선형은 이제야 형식에게 영채의 말이 모두 참인 줄을 깨달았다. 그리고 가만히 영채의 손을 잡고 속으로 '형님 잘못했습니다.' 하였다.

영채도 선형의 손을 마주 쥐며 더욱 눈물이 쏟아진다. 형식도 울었다. 병욱도 울었다. 마침내 모두 울었다.

비 갠 뒤 맑은 바람이 창밖에 늘어진 수양버들가지를 스쳐 방안에 불어 들어와 다섯 사람의 화끈거리는 얼굴을 식힌다. 잠잠하다.

126

형식과 선형은 지금 미국 시카고대학 사 년생인데 내내 몸이 건강하였으며 – 금년 구 월에 졸업하고는 전후의 구라파를 한 번 돌아 본국에 돌아올 예정이며 – 김 장로 부부는 날마다 사랑하는 딸이 돌아오기를 기다려 벌써부터 돌아온 후에 할 일과 먹일 것을 궁리하는 중.

병욱은 음악학교를 졸업하고 자기의 힘으로 돈을 벌어서 독일 베를린에 이태 동안 유학을 하고, 금년 겨울에 형식의 일행을 기다려 시베리아 철도로 같이 돌아올 예정이며, 영채도 금년 봄에 동경 상야 음악학교 피아노과와 성악과를 우등으로 졸업하고 아직 동경에 있는 중인데 그 역시 구월경에 서울로 돌아오겠다.

더욱 기쁜 것은, 병욱은 베를린 음악계에 일종이채(一種異彩)를 발하여 명성이 책책(嘖嘖)하다는 말이, 근일에 도착한 베를린 어느 잡지에 유력한 비평가의 비평과 함께 기록된 것과, 영채가 동경 어느 큰 음악회에서 피아노와 독창과 조선 춤으로 대갈채를 받았다는 말이 영채의 사진과 함께 동경 각 신문에 게재된 것이다.

듣건대 형식과 선형도 해마다 우량한 성적을 얻었다 한다.

삼랑진 정거장 대합실에서 자선 음악회를 열던 세 처녀가 이제는 훌륭한 레이디가 되어 경성 한복판에 떨치고 나설 날이 멀지 아니할 것이다.

신우선은 그로부터 일절 화류계에 발을 끊고 예의전심, 일변 수양에 힘쓰며 일변 저술에 노력하여 문명이 전토에 떨쳤으며, 더욱이 근일 발행한 《조선의 장래》는 발행한 이 주일이 못하여 사 판에 달하였으며 그의 사상은 더욱 깊고 넓게 되며, 붓은 더욱 날카롭게 되어 간다.

한 가지 걱정은 아직 술이 너무 과함이나, 고래로 동양 문장에 술 못 먹는 사람이 없으니, 그리 책망할 것도 없을 것이다. 지금은 유명한 대팻밥모자를 벗어 버리고 백설 같은 파나마모자를 쓰며 코 아래는 고운 카이젤 수염까지 났다.

황주 김병국은 십만여 주의 대상원(大桑園)을 지었다. 작년에 봄서리로 적지 아니한 손해를 보았으나 금년에는 상엽이 매우 충실하다 하니 다행이며, 병국의 조모는 불행히 사랑하는 손녀를 보지 못하고 작년 여름에 세상을 떠나셨다. 병국의 부인도 이제는 아들 하나, 딸 하나를 낳고 내외의 금실도 전 같지는 아니하다든가.

형식이 주인하고 있던 노파의 집에는 의학 전문학교 학생들이 있는데, 구더기 있는 장찌개와 담뱃대는 지금도 전같이 유명하나 노파는 다만 차차 몸이 쇠약하여져서 지금은 약수에도 다니지 못한다. 그러나 보는 사람마다 형식의 말을 늘 한다.

영채의 '어머니'는 집을 팔아 가지고 평양 어느 촌으로 내려가서 양자를 들여 데리고 농사를 지으며, 진실한 예수교 신자가 되어서 편안히 천당 길을 닦는다.

우선에게서 영채가 죽지 않고 동경에 갔다는 말을 듣고 너무 기뻐서 울었다 함은 우선의 말이다. 그 후에 영채는 한 달에 한 번씩 편지를 하였으며, '어머니'도 자기가 진실히 예수를 믿는다는 말과 영채도 예수를 잘 믿으라는 말과 졸업하고 오거든 곧 자기의 집으로 오라는 말을 편지마다 하고 혹 옷값으로 돈도 보내 주며 가끔 고추장, 암치 같은 것도 보내어 준다.

한 가지 불쌍한 것은 형식이 평양에 갔을 적에 데리고 칠성문으로 나가던 계향이 어떤 부잣집 방탕한 자식의 첩이 되어 갔다가 매독에 걸리고, 게다가 남편한테 쫓겨나기까지 하여 아주 적막하게 신고함이니, 아마 형식이 돌아와서 이 말을 들으면 매우 슬퍼할 것이다. 그 어여쁘던 얼굴이 말 못되게 초췌하여 이제는 누구 돌아보아 주는 이도 없게 되었다.

혹 독자 여러분이 기억하시는지 모르거니와 형식이 사랑하던 이희경 군은 아까운 재주를 품고 조세하였고, 얼굴이 컴컴하던 김종렬 군은 북간도 등지로 갔다는데 이내 소식을 모르며,

배 학감은 그 후에 교주와 충돌이 생겨 지금은 황해도 어느 금광에 가 있다는데 아직도 철이 나지 못한 모양이라 하니 가엾은 일이다.

또 한 가지 말할 것은, 칠성문 밖 형식이 돌부처라 하던 그 노인은 아직도 건강하여 십여 일 전부터 툇마루에 나와 앉아서 몸을 흔들거리고 있다. 다만 달라진 것은 그 감투가 전보다 더 낡아졌을 뿐.

나중에 말할 것은 형식 일행이 부산서 배를 탄 뒤로 조선 전체가 많이 변한 것이다.

교육으로 보든지 경제로 보든지, 문학 언론으로 보든지, 모든 문명 사상의 보급으로 보든지 장족의 진보를 하였으며 더욱 하례할 것은 상공업의 발달이니, 경성을 머리로 하여 각 대도회에 석탄 연기와 쇠망치 소리가 아니 나는 데가 없으며, 연래에 극도에 쇠하였던 우리의 상업도 점차 진흥하게 됨이라.

아아, 우리 땅은 날로 아름다워 간다. 우리의 연약하던 팔뚝에는 날로 힘이 오르고 우리의 어둡던 정신에는 날로 빛이 난다. 우리는 마침내 남과 같이 번적하게 될 것이로다.

그러할수록 우리는 더욱 힘을 써야 하겠고, 더욱 큰 인물, 큰 학자, 큰 교육가, 큰 실업가, 큰 예술가, 큰 발명가, 큰 종교가가 나야 할 터인데, 더욱더욱 나야 할 터인데 마침 금년 가을에는 사방으로 돌아오는 유학생과 함께 형식, 병욱, 영채, 선형 같은 훌륭한 인물을 맞아들일 것이니 어찌 아니 기쁠까.

해마다 각 전문학교에서는 튼튼한 일꾼이 쏟아져 나오고 해마다 보통학교 문으로는 어여쁘고 기운찬 도련님, 작은아씨들이 들어가는구나! 아니 기쁘고 어찌하랴.

어둡던 세상이 평생 어두울 것이 아니요, 무정하던 세상이 평생 무정할 것이 아니다. 우리는 우리 힘으로 밝게 하고, 유정하게 하고, 즐겁게 하고, 가멸게 하고, 굳세게 할 것이로다.

기쁜 웃음과 만세의 부르짖음으로 지나간 세상을 조상하는 《무정》을 마치자.